hanser**blau**

2

Irgendwo muss ein Feuer ausgebrochen sein, dachte Agnese. Zwei Löschfahrzeuge hatten die Kreuzung mit gellenden Sirenen überquert, sie hatte sie vorbeisausen sehen, ohne sich aus dem Bett zu rühren, gespiegelt in den offenen Fenstern. Ein Tag für offene Fenster heute, sagte sie kaum hörbar zu sich selbst; dann drifteten ihre Gedanken zu der Tragweite eines Feuers, zu der Bedeutung des Wortes, zu der freigesetzten Hitze; sie verdrängte das Bild eines verbrannten Gesichtes, das sie im Fernsehen gesehen hatte, und aus der Erinnerung stieg das eines Skiausfluges auf – sie trug eine kaninchenförmige Mütze, die nicht ihr gehörte –, die Terrasse eines Restaurants mit Blick auf die Skipiste, die bunten Overalls, der Geruch nach Sonnencreme; dann konzentrierte sie sich wieder auf das spiegelnde Fensterglas.

Ein Tag für offene Fenster heute, sagte sie noch einmal.

Die Ärztin kam herein; hinter ihr Andrea. Sie trat zur Seite, um ihn vorbeizulassen, und nachdem sie eine Winzigkeit zu lang neben ihm gestanden hatte, wie um Agnese und ihn einander vorzustellen, sagte sie: Wenn Sie mich brauchen, ich bin am Ende des Flurs.

Es war ein Zweibettzimmer, aber nur ihr Platz war belegt; an den Wänden alte Drucke der Stadt – keine Poster von Kindern in Nussschalen. Mit linkischen Bewegungen nahm Andrea einen Hocker, setzte sich und streichelte flüchtig über das von ihrem Fuß gewölbte Stück Bettdecke.

Wo warst du, verdammt?

Laufen.

Laufen, klar.

Das konnte ich doch nicht ahnen.

Nein, sagte sie, das konntest du nicht. Du nicht und ich nicht, und genau das – sie schüttelte den Kopf, als wollte sie die bereits herabrinnenden Tränen vertreiben – lässt mir keine Ruhe. Also springe ich dauernd von einem lächerlichen Gedanken zum nächsten, denn wenn ich zu denken aufhöre und innehalte, fange ich an zu überlegen, was ich heute gemacht habe, und ich schwöre dir, ich habe nichts Besonderes gemacht heute, ich habe weder schwer gehoben noch bin ich Rad gefahren, ich bin losgegangen, um Tee zu kaufen, okay? Tee. Also überlege ich, was ich gestern gemacht habe, aber auch gestern habe ich nichts falsch gemacht, und so gehe ich noch einen Tag zurück und noch einen und einen weiteren, ohne etwas zu finden, keinen Hinweis, keine Spur. Ihr Atem versagte und sie brach in verzweifeltes Schluchzen aus. Wie soll ich ohne einen beschissenen Hinweis kapieren, was nicht in Ordnung ist? Wie soll ich so ein Kind kriegen?

Andrea nahm ihre Hand. Sie zog sie weg, als hätte eine

FABIO GEDA

Was man sieht, wenn man über das Meer blickt

Roman

Aus dem Italienischen von
Verena von Koskull

hanserblau

Die italienische Originalausgabe erschien 2014 unter dem Titel
Se la vita che salvi è la tua bei Einaudi in Turin.

Es wird zitiert aus:
John Fante: *Frag den Staub*, übersetzt von Alex Capus, Berlin 2017

Auf S. 279 wird eine Vergewaltigung geschildert.

1. Auflage 2022

ISBN 978-3-446-27136-4

This edition published in arrangement with Grandi & Associati
Umschlag: ZERO Werbeagentur, München
Motiv: © plainpicture/Thomas Lemmler – Kollektion Rauschen
Satz im Verlag
Druck und Bindung: Friedrich Pustet, Regensburg
Printed in Germany

I

Und so kehrt er am Ende wieder vom Flughafen zurück, läuft, bis er Füße und Beine nicht mehr spürt, zieht das Handy aus der Tasche, das die dösige Luft im Central Park mit *Summertime* erfüllt – auf dem Display ein Foto von Agnese, die über den Rand ihrer Sonnenbrille lugt –, und wirft es in einem von Billie Holidays rauer Stimme beschriebenen Bogen in einen der Teiche, zwischen den Bäumen hindurch, unter dem Blick eines Falken; wenige Meter vom Ufer erstirbt die Stimme mit einem Plumpsen im Süßwasser, geht unter und verliert sich für einen winzigen Augenblick, der Andrea so unnatürlich lang erscheint, dass er glaubt, der See würde singen, in einem letzten *summertime and the livin' is easy, fish are jumpin' and the cotton is high.*

Derselben Melodie wegen hatte er sich, an einem Frühlingsmorgen fünf Monate zuvor, in seiner Stadt in Italien die Lunge aus dem Leib gerannt.
Ein auf dem Rasen liegender Unistudent reckte, als er ihn sah, den Kopf wie eine Schildkröte über sein Chemiebuch und löste die Finger aus den Locken des Mädchens neben sich; ein kleiner Junge mit offenen

Schnürsenkeln hörte auf, seinem Ball nachzulaufen; eine Touristengruppe, die neben ihren frisch gemieteten Fahrrädern stand, blickte vom Lageplan des Parks auf. Alle folgten der unsteten Bahn dieses kalligrafischen Läufers, der, gekleidet wie jedermann, wie einer der vielen, die morgens dort unter den Kastanien unterwegs sind, in leichten Schuhen, kurzen Hosen und grauem Sweatshirt vorbeirannte, als ginge es – so schien es immerhin – um sein Leben. Ein Stück weiter vorn schoben zwei Frauen schwatzend ihre Kinderwagen vor sich her; sie lachten unbeschwert und sahen ihn nicht kommen. Um ihnen auszuweichen, schoss Andrea schmal wie eine Klinge zwischen ihnen und der Mauer des botanischen Gartens hindurch und schürfte sich dabei den Handrücken auf. Die größere Frau ohne Halstuch ließ die Wasserflasche fallen, aus der sie gerade trinken wollte, und schlug die Finger vor den Mund, um den Schreck zu ersticken; die andere krümmte sich katzenhaft über ihr Kind, um es zu schützen. Ein greiser Chinese unterbrach seine Atemübungen und drehte, die Arme vorgestreckt, mit mondartigem Phlegma den Kopf – später sollte er zu Hause einen Dokumentarfilm über die Gezeiten sehen und seine Frau überreden, das Foto ihres Sohnes zu vernichten.

Auf den zwei Kilometern, die ihn von der gynäkologischen Abteilung trennten, zog Andrea eine knirschende Spur hinter sich her. Aus einem fernen Winkel stieg die Erinnerung auf, wie er mit acht oder neun Jahren von einem Baum gefallen war und sich den Oberarm gebrochen hatte: Der erkletterte Ast war zu schwach gewesen, um ihn zu tragen, und von der Beobachtung eines Rotmilans gebannt, hatte er das Knacken des Holzes überhört.

Bei der Brücke ließ er den schützenden Park hinter sich und stürzte sich in die Straßen. Die Autos machten eine Vollbremsung, um ihn nicht zu überfahren, und doch musste er sich mit der Hand auf der Motorhaube eines Taxis abstützen. Er schnellte auf den Gehsteig und rannte entlang der Häuser weiter.

Frauen und Männer betraten und verließen Geschäfte, bestiegen und entstiegen Autos, nahmen Anrufe entgegen. Recycling-Müllcontainer wurden geleert, Fahrräder geklaut, Brotlaibe aus Öfen gezogen.

Hinter einer Reihe niedriger Gebäude tauchte das Krankenhaus auf. Die Schiebetür öffnete sich, ohne dass Andrea abbremsen musste. Er schlitterte über den Marmor und hielt mit rudernden Armen das Gleichgewicht; bog in den Gang ein und folgte der hellblauen Linie am Boden, die zur Abteilung führte. Es war heiß, unerklärlich heiß. Doch das irritierte ihn nicht, auch nicht die fragenden Blicke der Leute. Was ihn wirklich stutzen ließ, war, dass die Stimmen der Ärzte und Patienten, die Reifen der Rollstühle, das Klackern der Absätze, das Schlagen der Türen, das Knirschen der Rohrleitungen wie das des Astes, auf dem er als Kind ge-

sessen hatte, und des berstenden Knochens in seinem Oberarm mit einem Mal verstummten.
Und als ihm das bewusst wurde, verloren die Sohlen die Bodenhaftung.

Das ist der Mann unserer Tochter, sagten zwei Stimmen.

Spinne sie gebissen. Drehte sich auf die Seite. Am liebsten hätte sie die Knie zur Brust gezogen, um sich in den Fötus zu verwandeln, der ihr genommen worden war, doch sie vermochte die Beine nicht anzuwinkeln.
Geh weg, sagte sie.
Agnese …
Bitte, geh weg. Geh.
Andrea blieb noch einen Moment sitzen, bis ihm ein Stich durch den Oberarmknochen fuhr und er den Schrei des Rotmilans hörte; aber nein, es waren weitere Sirenen, die auf der Straße aufflammten.

Auf dem Weg hinaus sah er die Schwiegereltern auf dem Gang, die Augen geschlossen, die Hände im Schoß. Er klopfte an die Praxistür der Ärztin. Agnese müsse noch ein paar Tage im Krankenhaus bleiben, sagte sie. Und, ja, wenn sie wollten, könnten sie es erneut mit einer Schwangerschaft versuchen. Und, nein, es gebe keine Möglichkeit herauszufinden, ob und wann eine Schwangerschaft erfolgreich wäre. Jetzt müssen Sie sich um Ihre Frau kümmern, sagte sie.
Ja.
Drängen Sie sie nicht.
Nein.
Es braucht Zeit.
Zeit, wiederholte er.
Das Telefon klingelte und die Ärztin klemmte den Hörer zwischen Schulter und Ohr, um sich eine Zigarette

anzuzünden; sie trat ans Fenster und öffnete es weit. Andreas Blick fiel auf den Druck eines Klimt-Gemäldes hinter dem Schreibtisch: ein Ausschnitt aus *Die drei Lebensalter der Frau*, das ergriffene Antlitz der Mutter, die ihre kleine Tochter in einer Umarmung an sich drückt, Blumen im Haar, porzellanene Wangen. In der anderen Hälfte die alte Frau mit der trockenen Haut und dem aufgedunsenen Bauch, die Hand über den Augen, gequält von der eigenen welken Nacktheit, niemand kennt sie.

Ich habe leider keine Zeit mehr für Sie, sagte die Ärztin, warf die Zigarette auf die Straße und legte den Hörer auf; das Morgenlicht fiel auf ihr Gesicht. Attraktive Frau, dachte Andrea und schämte sich sofort. Zeit, wie gesagt, es braucht Zeit, sagte sie. Verlieren Sie nicht die Geduld.

In der Tür fuhr Andrea herum. Hören Sie, gibt es zufällig noch einen anderen Ausgang?

Wie bitte?

Aus dem Krankenhaus, meine ich. Oder … Mit dem Daumen deutete er Richtung Hauptflur.

Folgen Sie der roten Linie. Die führt zur Hintertreppe. Links, nach den Toiletten.

Agneses Eltern saßen noch immer in der gleichen schmerzvollen Haltung da; sie bekamen nicht mit, wie er floh, die Treppen hinunter und nach draußen schlüpfte, zwischen die vom zarten Hauch des Frühlingstages trunkenen Menschen. Durch Seitenstraßen, an den Häuserwänden entlang machte er sich auf den Heimweg. Vor der Eingangstür schob er die Hände in die Taschen und stellte fest, dass er keine Schlüssel bei sich hatte. Im Geist ging er die Handgriffe vor dem Verlassen der Wohnung durch und kam zu dem Schluss, dass er sie eingesteckt hatte; er musste sie beim Laufen verloren haben. Er klingelte bei den Nachbarn, die ein paar Ersatzschlüssel hatten, doch niemand reagierte. Er blickte sich um. Stellte fest, dass er Hunger hatte, aber kein Geld. Ein Hund schlug an und reckte den Kopf von einem der obersten Balkone des Mietshauses gegenüber. Andrea ließ sich auf die Eingangsstufe sinken, blinzelte zu dem Kläffen empor, die Augen mit der Hand gegen die Sonne beschirmt, eine unbeschwerte Sonne, die alles jenseits des Dickichts aus Antennen und Schornsteinen bestrahlte, die aufgehängte Wäsche trocknete, die Fesseln des langen Winters löste und die Menschen drängte, ihre Häuser zu verlassen und den Anbruch einer neuen Jahreszeit zu feiern.

Nach vier Tagen voller Nachuntersuchungen und Schmerzmitteln kehrte Agnese nach Hause zurück. Ehe sie das Krankenhaus verließ, hatte sie versucht, sich wieder herzurichten: Von Andrea hatte sie sich einen schwarzen Rock und eine Bluse mitbringen lassen, die sie sonst zur Arbeit trug. Es war ein Fehler gewesen, das war ihr sofort klar geworden, als sie vor dem Badezimmerspiegel stand und ihre matten Augen und ihre

Haut musterte, vor allem die am Hals, die so dünn war, dass die Adern hindurchschimmerten.

Beim Aufschließen der Wohnungstür hatte Andrea Mühe, den Schlüssel zu drehen, als würde etwas oder jemand ihn von innen blockieren. Na bitte, das hat uns gerade noch gefehlt, sagte er lächelnd. Sie lächelte nicht zurück. Morgen rufe ich den Schlosser an.

Als das Schloss endlich nachgab, schlich Agnese auf Zehenspitzen hinein; mit zusammengekniffenen Augen, die Hand schräg an die Stirn gelegt, taxierte sie die Wohnung, auf der Suche nach einer Zuflucht, einem Ort, an dem sie sich in dieser urvertrauten, mit einem Mal feindseligen Umgebung verkriechen konnte.

Willst du einen Kräutertee oder einen Saft? Es ist Joghurt da, wenn du möchtest.

Sie antwortete nicht. Sie hatte sich für den Sessel entschieden. Ja, der Sessel war in Ordnung. Sie kauerte sich darauf zusammen und zog die Schuhe aus, schnappte sich ein Kissen, schob es zwischen Kopf und Rückenlehne und schloss die Augen. Nein, es war gar nicht so schwer, die Welt auszusperren.

Andrea schaltete das Küchenradio ein und suchte nach einem passenden Sender, doch jede Musik ging ihm auf die Nerven und er machte es wieder aus. Er nahm einen kleinen Topf aus dem Spülbecken, setzte Wasser auf, wartete, bis es kochte, hängte zwei Teebeutel hinein – einmal Minze und einmal Fenchel –, füllte die Tassen und trug sie ins Wohnzimmer. Es war später Nachmittag. Der Wind drückte gegen die Fenster und ließ die Rahmen knarren. Er setzte sich aufs Sofa und schlug die Beine übereinander. Stellte eine Tasse auf dem Couchtisch ab, behielt die andere in der Hand und drückte sie gegen sein Hemd, um die Wärme zu spüren.

Haben sie dich angerufen?, fragte Agnese, ohne die Augen zu öffnen.

Andrea dachte an die Ärzte. Wie bitte?

Aus der Schule. Haben sie dich angerufen?

Noch nicht.

Glaubst du, sie rufen dich noch an?

Wie immer, sagte er. Wieso sollten sie nicht?

Agnese lachte grunzend auf. Sie drehte sich um und nahm die Tasse vom Tisch.

Gestern hat Carla angerufen, sagte Andrea.

Wie lang bist du jetzt zu Hause? Drei Wochen?

Andrea nickte. Carla sagte, sie hätte es auf deinem Handy probiert. Aber es war ausgeschaltet.

Ich verstehe das nicht.

Was?

Wie du das aushältst.

Agnese … Das ist jetzt vielleicht nicht der richtige Augenblick.

Agnese setzte sich auf und verdrehte die Augen. Nicht der richtige Augenblick?

Ich meine, wenn es uns nicht gelingt, ein Kind zu bekommen, liegt das nicht … na ja, es liegt bestimmt nicht am Job. Das wollte ich sagen.

Das wolltest du sagen?
Ich unterrichte Kunst und Zeichnen, Agnese. Was soll ich denn tun?
Sie hörten das Geräusch des haltenden Fahrstuhls, den freudigen Lärm der Nachbarskinder, die in Dialekt gesprochenen Zurechtweisungen der Großmutter. Dann ein Klingeln, Gelächter, das Klimpern der Schlüssel. Das geschmeidige Klacken des Schlosses.
Andrea senkte die Stimme. Es ist nur eine Frage der Zeit, sagte er.
O bitte, blaffte sie und hob die Hand. Die brüske Bewegung ließ den Kräutertee aus der Tasse schwappen, ein Spritzer traf ihren Hals und landete auf der Bluse. Scheiße, sagte sie. Sie griff sich ein paar Papiertaschentücher, tupfte sich ab, fühlte sich dennoch schmutzig und unwohl und fing an, über Haut und Blusenstoff zu reiben, zuerst sacht, dann immer ungehaltener, doch je heftiger sie rieb, desto mehr lösten sich die Taschentücher auf und hinterließen staubige Flusen. Sie stieß einen Schrei aus. Schleuderte die zerfledderten Taschentücher zu Boden, knallte die Tasse, die trudelnd einen Teil des Kräutertees vergoss, auf den Tisch, sprang auf und stürmte ins Schlafzimmer.
Andrea wartete auf das Schlagen der Tür. Doch es blieb aus.
Vom Sofa aus sah er zu, wie Schmerz sich auf die Möbel und Bücher, auf die Zeitschriften Vorhänge Pflanzen, auf die Fotorahmen und schließlich auf den Fußboden

senkte. Dann kniete er sich hin, stellte eine Glasvase beiseite, die auf dem Couchtisch neben einem Stapel *Internazionale* gestanden hatte, hielt Agneses Tasse an die Tischkante, schob die vertrockneten Blütenblätter zusammen, die seit wer weiß wann dort lagen, und ließ sie in den Rest Kräutertee rieseln. Er sammelte die Taschentücher auf, ging in die Küche und räumte alles ins Spülbecken.
Er überlegte, dass sie über die Fehlgeburt nicht mehr sprechen würden.

Aun-Liang war vier Jahre alt, jeden Donnerstag ging Andrea zu ihm nach Hause. Die Familie Zhao lebte im zweiten Stock eines Gründerzeithauses, rund dreißig kleine Wohnungen, von Italienern an Einwanderer vermietet, fünf oder sechs wurden noch von den alten Eigentümern bewohnt, von denen zwei vor dem Krieg geboren waren. Der gelblich getünchte Putz rieselte auf die Stufen aus Luserna-Stein. Geruch nach gekochtem Gemüse. Auf dem Austritt des Treppenabsatzes zum Trocknen aufgehängte Wäsche. Die Gegensprechanlage am Hauseingang war ein Kartogramm der Migrationsströme, mit einer auffälligen Häufung ostasiatischer Nachnamen.
Aun-Liang war ein Patient von Agnese. Er war gehörlos geboren worden, aber niemand hatte es bemerkt. Nach der Geburt hatte man kleinere Pathologien diagnostiziert, jedoch keine Taubheit, und erst mit anderthalb

Jahren war aufgefallen, dass er auf Geräusche nicht reagierte, nicht einmal auf plötzlichen Lärm wie einen herunterfallenden Topf oder eine LKW-Hupe. Die Eltern hatten sich für eine Operation entschieden, und nachdem man ihm ein Cochlea-Implantat eingesetzt hatte, war er zweimal die Woche zu Agnese gegangen, die Logopädin war. Die Familie hatte Lernförderung erhalten, doch dann war das Programm eingestellt worden, und als Andrea wieder einmal keine Vertretungsstelle hatte, hatte Agnese ihm vorgeschlagen, den Jungen ehrenamtlich zu betreuen.

Am Tag ihrer Rückkehr aus dem Krankenhaus aß Agnese nichts zu Mittag. Andrea knabberte ein Stück Käse im Stehen, den Rücken gegen den Kühlschrank gelehnt, dann steckte er den Kopf ins Schlafzimmer und sagte, er würde zu Aun-Liang gehen. Agnese antwortete nicht.

Er wollte erst das Auto nehmen und entschied sich dann kurzerhand für den Bus. Ein paar Minuten lang lehnte er am Haltestellenmast, dann wanderte er los. Er wurde zu keiner bestimmten Uhrzeit erwartet und verspürte einen verzweifelten Bewegungsdrang.

Durch die Vitrinen der Bar, die sie zwei Hausnummern vor ihrer Wohnadresse mit ihrem Mann betrieb, sah Aun-Liangs Mutter ihn kommen. Sie kam heraus, um ihn zu begrüßen. Sie hatte ein frisches, breites Gesicht und gütige Augen. Sie sagte nie mehr als: Andrea Andrea, beteuernd und dankbar. Mitunter ließ sie sich zu

einem anerkennenden ›Nicht wärst du‹ hinreißen, woraufhin er sich jedes Mal fragte: Wer wäre ich dann?
Andrea Andrea, sagte sie und kam auf ihn zu. Nicht wärst du.
Wenn ich nicht wäre, wärt ihr da, entgegnete er – Agnese hatte ihm nahegelegt, jeden Versuch von Verantwortungszuweisung postwendend zurückzuspielen – und deutete auf die Frau, um zu bekräftigen, dass er sie meinte.
Nein nein. Nicht wärst du.
Ist Aun-Liang zu Hause?
Warten.
Er wartet auf *mich* oder soll ich warten? Kann ich raufgehen? Läuft im Kindergarten alles gut? Schläft er?
Ja.
Er ist zum Schlafen dortgeblieben? Wann?
Ja.
Signora, ich habe Sie gefragt, ob er zum Schlafen dortgeblieben ist. Aun-Liang. Im Kindergarten.
Frau Zhaos Miene verdüsterte sich, konzentriert schloss sie die Augen. Schlafen noch nicht, sagte sie und schüttelte den Kopf.
Die Großmutter öffnete die Tür. Hinter ihr, an ihren Kittel geklammert, linste Aun-Liang hervor. Wegen seines kurzen Haars waren die Mikrofone hinter den Ohren und die flache Empfängerantenne zu sehen, die mit einem Magnet am Kopf befestigt war. Die Großmutter sagte etwas auf Chinesisch, Andrea nickte grü-

ßend. Wie immer nahm Aun-Liang ihn bei der Hand, und zusammen zogen sie sich in ihre übliche Nische zwischen Bett und Fenster zurück. Der Junge legte sich rücklings auf den Boden, griff sich ein Spielzeugauto, einen Feuerwehrwagen, und ließ ihn fliegen. Andrea zog eine alte Blechkiste von einem Bord, die Kiste mit den Holzbauklötzen, und baute, von Aun-Liang unbeachtet, eine Art Triumphbogen. Er nahm eine Trommel, die unter einem Stuhl liegen geblieben war, holte eine Trillerpfeife aus der Tasche und kniete sich hinter den Jungen.

Aun-Liang.

...

Aun-Liang, wiederholte er ein wenig lauter.

...

Aun-Liang, sagte er noch einmal. Und endlich rollte sich der Junge auf den Bauch, legte den Feuerwehrwagen an die Wange, ließ die Reifen darüberkitzeln und blickte zu Andrea auf. Begleitet von Einwortsätzen, *Spielzeugauto*, *Tunnel*, *Durchfahren*, *Geräusch*, zeigte er Aun-Liang, was er tun sollte, und sagte, beim Pfiff solle das Löschfahrzeug durch den Bogen hindurchfahren und ihn beim Schlag auf die Trommel umrunden. Doch ehe er pfeifen oder trommeln konnte, schleuderte Aun-Liang das Auto gegen den Bogen; Bauklötze flogen in alle Richtungen.

Chá?, fragte die Großmutter und schaute zur Tür herein – sie meinte, ob er Tee wolle.

Nein, danke, sagte Andrea. Die Frau verschwand im Flur und er hockte sich hin, um den Bogen wieder aufzubauen. Nicht so, sagte er zu Aun-Liang und türmte die Bauklötze aufeinander. Nicht so. Er nahm ihm das Spielzeugauto aus der Hand, steckte sich die Trillerpfeife in den Mund, wartete, bis Aun-Liang ihn ansah, ihn *wahrnahm*, pfiff und ließ es unter dem Bogen hindurchfahren. So, verstanden? Ich pfeife, sagte er und pfiff. Auto, sagte er und zeigte darauf. Bogen, sagte er und wiederholte den Vorgang.

Aun-Liang grinste, hob den Arm und ließ ihn mit voller Wucht auf den Bogen niedersausen.

Aun-Liang!, schrie Andrea.

Der Junge flitzte davon und Andrea rannte ihm nach, doch als er in den Flur kam, war Aun-Liang verschwunden. Ein alter Mann trat aus einer Tür und blieb wie angewurzelt stehen. Andrea hatte ihn noch nie zuvor gesehen.

Aun-Liang?, fragte er den Alten und deutete auf die Tür hinter ihm.

Der Mann antwortete nicht und starrte ihn unvermindert an.

Mit einer Entschuldigung schob sich Andrea an ihm vorbei und steckte den Kopf durch die Tür: Dort stand ein Ehebett, darauf lagen drei Männer und eine Frau und schliefen. Hastig fuhr er zurück und drehte sich auf dem Absatz um. Der Alte war verschwunden, stattdessen stand Aun-Liang vor ihm.

Die Eingangstür stand sperrangelweit offen.
Aun-Liang schoss auf den Treppenabsatz hinaus und die Stufen hinunter – seine Flipflops machten ein Geräusch wie Regen, der in Pfützen fällt.
Aun-Liang!, schrie Andrea und wusste, dass es zwecklos war.
Das Haustor zur Straße stand offen, die Sonne ging gerade unter. Unter lautem Rädersurren rollte ein Junge auf einem Skateboard in den Hauseingang. Bestimmt ist er zu seinen Eltern gelaufen, dachte Andrea, doch als er in die leere Bar stürzte, drehten sich Vater und Mutter gleichzeitig um, einen feuchten Putzlappen in der einen, ein Glas in der anderen Hand. Ihr leerer Blick beantwortete seine Frage, noch ehe er sie gestellt hatte. Er machte kehrt, gefolgt von den beiden, die ihm nachriefen und wissen wollten, was passiert war – die strenge Stimme des Vaters, das hektische Trippeln der Mutter. Gemeinsam betraten sie den Hauseingang.
Aus dem Schatten hinter der Tür tauchte Aun-Liang auf und lachte. Abermals wollte er Richtung Hof davonflitzen. Andrea packte seine Hand und zog ihn wie ein Tau zu sich heran: erst das Handgelenk, dann den Arm, die Schultern, schließlich hob er ihn hoch.
Halt still. Halt still, habe ich gesagt. Verdammt!
Aun-Liang strampelte, riss sich das linke Hörgerät herunter und schleuderte es zu Boden; eine Salve von Tritten brach los, von denen einer Andrea so heftig in den Unterleib traf, dass er sich vor Schmerz zusam-

menkrümmte und den Jungen loslassen musste. Er rannte die Treppen hinauf, gefolgt vom Vater, während die Mutter Andrea auf die Beine half.
Andrea Andrea. Sie fasste ihn unter die Achseln. Nicht wärst du.

Als Andrea nach Hause kam, erwiderte Agnese seinen Gruß nicht. Er machte Gemüsecremesuppe warm und brachte ihr eine Tasse davon ins Schlafzimmer, die sie auf dem Nachttisch kalt werden ließ. Sie fragte nicht, wie es mit Aun-Liang gelaufen war; er sagte nichts.
Nach Mitternacht schaltete er den Fernseher aus, trank einen Schluck Wasser und entschied sich für das Bett. Agnese wandte ihm den Rücken zu. Das durch den Vorhang sickernde Licht der Straßenlaterne lag wie Flaum auf der Bettdecke. Er zog sich aus, warf die Kleider auf einen Stuhl, schlüpfte in seinen Schlafanzug, glitt unter die Laken und schmiegte seinen Körper an den seiner Frau: die Knie in ihre Kniekehlen, die Brust gegen ihre Schulterblätter, die Nase in ihr Haar. Er legte seine Hand auf ihre Hüfte, und die Stille begleitete sie bis zum Erwachen.

Den folgenden Tag brachte Andrea damit zu, die Schwangerschaft aus der Wohnung zu verbannen. Bücher über Mutterschaft; vorzeitig erhaltene Geschenke; auf Zetteln des Gesundheitsamtes notierte Namenslisten – sie wollten es Lorenzo nennen, oder Chiara; ein hingekritzelter Grundriss, der die Umwandlung des Arbeitszimmers in ein Kinderzimmer durchspielte; ein Katalog für Umstandsmode. Und dennoch, nachdem alles zusammengeräumt und weggeworfen und jede Spur beseitigt war, schien der Geruch der Schwangerschaft noch immer in der Luft zu hängen. Er saugte Staub, steckte die Vorhänge in die Waschmaschine, besprühte Sofa und Sessel mit Desinfektionsspray – wo hatten er und Agnese am Abend der Zeugung miteinander geschlafen? Nein, nicht auf dem Sofa. Er würde die Laken verbrennen; sie hatten noch nagelneue im Schrank.

Er ging hinunter auf die Straße, um die Müllsäcke wegzuwerfen.

Auf dem Rückweg lief er der Frau aus dem obersten Stock in die Arme, die ihn über eine Eigentümerversammlung informierte, bei der er nicht gewesen war: ein Problem mit den Farben der Deckenlampen im Keller, der Wechsel der Reinigungsfirma. Andrea sah, wie sich die Lippen der Frau bewegten, doch die Worte drangen nicht zu ihm durch. Dann ließ Billie Holidays raue Stimme *Summertime* aus seiner Tasche klingen.

Ja, hallo? Mit einem Winken verabschiedete er sich von der Frau und ging die Treppe hinauf.

Eine grelle Stimme fragte nach Signor Luna.

Das bin ich.

Sie rufe aus der Mittelschule Don Milani in San Rocco an, wegen einer Vertretung. Der Kunstlehrer habe sich krankgemeldet. Der Kartei entnehme sie, dass er in der Stadt lebe und mit dem Auto oder der Bahn kommen müsste.

Ja. Aber das ist kein Problem. Ich komme mit dem Zug.

Sie sagte, der Lehrer habe sich ausgebeten, immer zur ersten Stunde zu kommen.

Kein Problem.

Sie sagte, Professor Rostagno, der Lehrer, habe darum gebeten, Andrea seine Nummer zu geben, er solle ihn anrufen.

Ich rufe den Lehrer, den ich vertrete, immer an.

Sie sagte, da habe sie keine Zweifel, und Andrea fragte sich, warum, schließlich kannte sie ihn gar nicht.

Als das Gespräch beendet war, verharrte er noch einen Moment mit dem Telefon in der Hand, dann ging er freudig ins Schlafzimmer. Agnese kehrte ihm den Rücken zu.

Morgen muss ich früh raus, sagte er. Ich habe eine Vertretung. Den ganzen Monat.

Sie änderte ihre Position, ließ die Beine unter den Laken rascheln und umarmte das Kissen – was auch immer das heißen mochte.

Den Nachmittag über beschäftigte Andrea sich damit, wie man mit Nagellack und Prägefolie mittelalterlichen Schmuck nachbastelte, das war Professor Rostagnos Unterrichtsstoff für die sechste Klasse gewesen, ehe ihm eine Bauchfellentzündung diagnostiziert wor-

den war; wie man Pixel-Art-Figuren mit Post-its herstellte – Lehrplan für die Fünfte –, und er suchte im Internet nach Informationen zur visuellen Poesie der Futuristen für die Siebte. Am nächsten Morgen stand er um halb sechs auf. Angezogen, den Rucksack auf den Schultern, überkam ihn der dringende Wunsch, die schlafende Agnese zu küssen. Er umrundete das Bett und wollte sich hinunterbeugen, ließ dann aber davon ab.
Gegen zwei Uhr nachmittags saß er auf der Bank am Bahnhof, wartete auf den Zug, der ihn nach Hause bringen sollte, und sah dem Spiel der Sonnenstrahlen in einer Pfütze zu. Während des Unterrichts in der Sechsten hatte es am Vormittag einen heftigen Regenguss gegeben, dann war die Sonne wieder durch die Wolken gesickert. Normalerweise hätte ihn ein solcher Moment – das Warten auf den Zug, die Ländlichkeit – mit Freude erfüllt. Doch an diesem Tag brachten ihn die Anzeichen der wechselnden Jahreszeit, die unbeständige Witterung, aus der Fassung.
Ihm ging auf, dass er ein Kind verloren hatte.
Nicht, dass ihm das vorher nicht bewusst gewesen wäre, doch war er zu sehr damit beschäftigt gewesen, Agnese beizustehen, als dass dieser Gedanke sich hätte setzen und Wurzeln schlagen können, wie ein solcher Gedanke sich setzen und Wurzeln schlagen muss – in gebührender Tiefe. Mit einem Mal ging ihm auf, dass nichts von diesem Kind existierte oder je existieren würde: seine Spiele nicht, seine Stimme nicht, seine Hausauf-

gaben nicht. Dass er vielleicht nie ein Kind haben würde. Dass das nicht selbstverständlich war. Dass bei Agnese vielleicht tatsächlich irgendetwas nicht in Ordnung war.

An mir kann es nicht liegen, dachte er, wie kann es meine Schuld sein?

Als der Zug einfuhr, hatte Andrea Mühe aufzustehen, sich einen Platz zu suchen: Er weinte nicht, doch die Tränen implodierten und trübten ihn gänzlich ein. In der Stadt war es nicht leicht, den Heimweg zu finden, und als er endlich ankam, seine Jackentaschen nach dem Schlüssel abtastete und ihn nicht fand, fiel ihm auf, dass er den Rucksack in der Bahn hatte stehen lassen: Schülerzeichnungen, Handy, Brieftasche; alles.

Hastig drückte er auf die Klingel, wie zur Entschuldigung. Dann zwei weitere Male. Er klingelte abermals, diesmal länger, noch immer nichts; als wäre niemand zu Hause. Also drückte er mit aller Kraft. Wohl wissend, dass die Heftigkeit der Geste an der Lautstärke des Läutens nichts ändern würde, straffte er die Schulter, den Arm, die Hand und hielt den Finger auf den Knopf gepresst, bis er den Schall der eigenen Klingel in den Fallrohren dröhnen und durch die Wände dringen hörte. Doch Agnese öffnete nicht. Dann fiel ihm ein, es bei den Nachbarn zu versuchen, die sonst nie zu Hause waren, doch diesmal waren sie es.

Ich habe geklingelt, sagte er zu Agnese, als er die Schlafzimmertür aufriss.

Sie seufzte, zog die Nase hoch und rollte sich im Bett zusammen.

Verschiedene Tiere hatten sich in ihr einen Bau gegraben; zumindest schien es ihr so. Der Dachs, die Haselmaus und das Murmeltier hatten sich zwischen den Knieknorpeln zum Winterschlaf verkrochen und machten sie bewegungsunfähig. Fuchs und Adler stritten zwischen den Magenwänden um einen Hasenkadaver, und kaum glitt er ihnen aus den Fängen, stürzten sie sich auf das Aas, zerbissen und zerfleischten es. Zwei Fledermäuse waren nachts durch ihre Ohren ins Gehirn gedrungen, und hin und wieder wurden sie wach, jagten einander kreischend nach und flüchteten sich in die Seitenventrikel, um dort für einige Zeit zu verstummen. In den Lungen hatte eine Schlange ihre Eier gelegt; Eidechsen in ihrem Haar.

Eines Morgens schlug Agnese die Augen auf und stellte fest, dass die Tiere über Nacht verschwunden waren. Andrea war gegangen, um den Zug zu nehmen: das Kissen ohne Abdruck, der Schlafanzug gefaltet; unter dem Rollladen bohrte sich ein Lichtstrahl hindurch.

Mühsam schälte sich Agnese aus dem Bett und ging duschen. Das dampfend heiße Wasser löste die Reste des Schlafs, schwemmte die Taubheit aus den Muskeln. Sie machte sich ein reichhaltiges Frühstück, wie sie und Andrea es sich aus Zeitgründen sonst nur am Sonntagmorgen gönnten. Sie zog die rutschfeste Matte unter dem Bett hervor, legte sie vor das Fenster und machte die Übungen, mit denen sie vorher – in jener Zeit, die sie von nun an einfach *vorher* nennen würde – stets ihren Tag begonnen hatte. Sie zog sich an und ging zur Arbeit.

So früh hatte man sie nicht zurückerwartet, Andrea hatte angerufen und gesagt, sie würde zwei Wochen fehlen, deshalb wurde ihre Rückkehr mit Freude und Staunen, Umarmungen, Handschlägen und Schulterklopfen begrüßt, jedoch ohne ein Wort zu dem, was passiert war, obwohl alle davon wussten, was das Vergangene unter den Schichten aus Nettigkeiten, überfürsorglichen Gesten und verlegenen Blicken noch spürbarer machte. Kurz nach zwei rief Andrea sie auf dem Handy an, er war aus der Schule zurück und hatte sie nicht angetroffen.

Du hättest eine Nachricht hinterlassen können.

Ich bin in der Praxis, sagte sie, als wäre das selbstverständlich.

Darüber sei er froh, entgegnete er. Und auch erstaunt. Froh und erstaunt. Er habe den Rucksack wiedergefunden, sagte er noch.

An dem Abend bestellten sie chinesisches Essen und aßen im Wohnzimmer vor einer politischen Sendung, die keiner von beiden sehen wollte.

Ich habe mit meiner Mutter gesprochen, sagte Agnese und schob die Reisreste in einen Behälter. Sie hat uns für Samstag zum Abendessen eingeladen.

Schön.
Schön?
Ja.
Andrea, du bist nie gern zum Abendessen zu meinen Eltern gegangen. Ihr hasst euch.
Andrea zuckte die Achseln. Nicht alles, was passiert, gefällt uns, oder?
Und nächste Woche habe ich eine Konferenz in Lyon. Moissan hat mich angefragt.
Professor Moissan. Tja, was soll ich sagen? Professor Moissan hält nun einmal große Stücke auf dich, sagte Andrea und richtete ein Essstäbchen auf sie.
Weißt du, was ich glaube? Du solltest dir dieses Vertrauen zunutze machen.
Er griff sich ein Stück Hühnchen.
Ich könnte Freitag nachkommen, wenn du möchtest. Samstag – er schob sich das letzte Stück Frühlingsrolle in den Mund –, Samstag habe ich frei.
Besser nicht. Was meinst du?
Wieso nicht?
Ich werde arbeiten müssen, bin die ganze Zeit mit Kollegen zusammen. Du weißt schon.
Sie machte eine Handbewegung, wie um zu sagen, das sei kein Urlaub, er würde sich ausgeschlossen fühlen.
Niemand bringt seinen Partner mit, sagte sie. Sie stand auf, um die Reste des Abendessens hinauszutragen. Willst du, dass ich sie einlade?
Andrea fragte, wen sie meine.

Meine Eltern. Samstag. Oder dass ich allein hingehe?
Nein, sagte Andrea noch einmal, das sei nicht nötig, er würde eine Flasche von diesem sizilianischen Passito besorgen – Weißt du noch, wie der hieß? –, der ihrer Mutter so gut geschmeckt hatte.
In der Küche knipste Agnese das matte Licht über dem Gasherd an. Sie trennte den Abfall: Feuchtmüll, Papier und Pappe, Plastik. Dann schälte sie sich einen Apfel und knabberte ihn, gegen die Spüle gelehnt. Von dort aus dem Halbdunkel konnte sie, eingerahmt von der Küchentür, Andrea im Schneidersitz auf dem Teppich hocken sehen, den Rücken gegen das Sofa gelehnt. Das kalte Flackern des Fernsehers umriss seine Züge, doch er achtete nicht auf den Fernseher. Sein Blick verlor sich an der Wand, an der sie vor einiger Zeit ein Bild oder ein großformatiges Foto hatten aufhängen wollen – ein Renaissancegemälde oder eine Stadtlandschaft von Gabriele Basilico –, sich jedoch nie hatten entscheiden können. Die Wand war leer geblieben. Agnese fragte sich, was er dort sah.

Das Abendessen am Samstag war ein Debakel. Agnese hatte keinen Hunger und ihre Mutter, die sich ausgesprochen ungern an den Herd stellte, beklagte sich, das hätte sie vorher sagen können, sie hätte liebend gern darauf verzichtet, den halben Nachmittag lang Gemüse zu schälen und zu dünsten. Nach einer Bemerkung zu einer Nachrichtenmeldung verstrickten sich And-

rea und Signor Ardenzi in eine Diskussion darüber, ob eine Polarisierung der Parteien notwendig sei oder nicht. Andrea sagte, er halte sich für einen Gemäßigten mit katholischer Prägung, und die besten Entscheidungen für die größtmögliche Mehrheit der Leute ließen sich nur mit gesundem Menschenverstand und Konsens treffen. Ardenzi brach ihn übertriebenes Gelächter aus. Er sagte, die *gemäßigten Schlappschwänze* – so seine Wortwahl –, und vor allem die mit katholischer Prägung, seien am Niedergang Italiens schuld. Hörst du dir eigentlich zu?, schnaubte Adrenzi. Mit Mäßigung regieren … Hörst du nicht den knirschenden Widerspruch? Er machte eine Handbewegung, als schraubte er sich etwas ins Ohr. Entweder man regiert oder man regiert nicht; entweder das eine oder das andere.
Die Konferenz in Lyon war indes ein Erfolg. Nicht zuletzt für Agnese. Als sie zum Abschluss der fünf Tage beim Abendessen saßen und winzige, mit Lauch und Ziegenkäse gefüllte Crêpes verzehrten, schenkte Professor Moissan ihr ein Glas Bordeaux ein und fragte sie, ob sie an einem Forschungsstipendium an seinem Lehrstuhl interessiert sei. Drei Tage die Woche in Lyon, sie würde nicht umziehen müssen. Wohnen könnte sie bei ihm – sein Arbeitszimmer verfüge über ein Schlafsofa und ein Duschbad. Du hast den ganzen Sommer Zeit, um darüber nachzudenken, sagte er. Ich schicke dir den Vertrag und alles Weitere, und du lässt es dir durch den Kopf gehen. Sprich mit deinem Mann darüber.

Sie stießen auf das Angebot an. Agnese sagte, sie müsse nicht darüber nachdenken, würde es aber trotzdem tun. Sie war so beglückt, dass sie in der Nacht kein Auge zutat und trotz des Nebels um sechs Uhr morgens das Hotel verließ, um am Fluss spazieren zu gehen.

Zwei Wochen später saß Andrea wieder einmal ohne Job zu Hause und wartete darauf, dass ihm eine Vertretungsstelle angeboten wurde. In acht Jahren Lehrtätigkeit war es ihm zweimal gelungen, ein ganzes Jahr lang dieselben Klassen zu betreuen, und nur dreimal waren es mehr als sechs Monate gewesen. Ansonsten ging es darum, die Krumen aufzulesen und jedes Mal von vorn anzufangen: neue Kollegen, neue Arbeitszeiten, neue Schüler. Was ihm am meisten zu schaffen machte, waren die Namen: Sie nicht zu kennen und, kaum hatte er sie gelernt, wieder gehen zu müssen.

In dieser arbeitslosen Zeit lief Andrea eines Maimorgens, nach einer Stunde Jogging, Vincenzo über den Weg. Er ging gerade die Bogengänge entlang, im Kopf bei den Einkäufen, die auf dem Bauernmarkt zu machen waren, als er aus einem Café seinen Namen rufen hörte.

Einige Jahre zuvor hatten er und Vincenzo zusammen drei Monate in New York verbracht und in einem italienischen Restaurant in der Bronx schwarz gearbeitet: Er hatte gerade seinen Abschluss in Architektur gemacht und Vincenzo hatte beschlossen, sein Ingenieurwissenschaftsstudium an den Nagel zu hängen. Doch aus verschiedenen Gründen, unter anderem wegen eines irischen Mädchens namens Dáire, hatten sie sich nach dieser Zeit aus den Augen verloren. Dann hatte Andrea eines Tages von gemeinsamen Freunden erfahren, dass Vincenzo wieder nach New York gegangen war, beruflich, und diesmal endgültig.

Vincenzo hatte sich einen Bart wachsen lassen. Er trug einen maßgeschneiderten Anzug; das Haar an den Schläfen war weiß geworden. Sie umarmten einander.

Setz dich doch, ich spendiere dir einen Kaffee.

Er drehte sich um.

Signorina, noch einen Kaffee. Was treibst du? Warst du laufen?

Wie viele Jahre sind es jetzt, Vincenzo? Nein, halt, ich will es gar nicht wissen. Andrea legte eine Hand aufs Herz und mimte einen Infarkt.

Scheiße, ich habe nur zehn Minuten, tut mir leid. Mein Cousin heiratet. Und morgen früh hetze ich zu meinem Flieger, weil ich nach New York zurückmuss. Ich habe so wahnsinnig viel um die Ohren. Aber du solltest mal meine Eltern hören, wenn ich nicht gekommen wäre. Du weißt schon: Du bist weg, du lässt uns allein, du rufst nie an …

Und die Familie ist dir wurst …

Und die Familie ist dir wurst, ganz genau.

Andrea dachte, dass er dieses Zugehörigkeitsgefühl nicht mehr empfunden hatte, seit seine Eltern in seinem ersten Studienjahr bei einem Unfall ums Leben gekommen waren. Bist du noch dort?, fragte er. In New York, meine ich.

Wer rührt sich von da schon weg, Andrea? Ich habe zwar keine Villa in den Hamptons, aber ich komme ganz gut über die Runden. Ich habe geheiratet: Rosa kommt aus Mexiko. Wir haben zwei Mädchen. Ich habe eine Gebäudereinigungsfirma aufgezogen, weißt du? Dem Vater sei Dank, muss ich dazusagen, Rosas Vater …

Gebäudereinigung?

Büros, Mietshäuser. Aber erzähl mir von dir. Die kleine Irin?

Dáire? Gute Güte. An die habe ich seit … seit wann habe ich nicht mehr an sie gedacht? Was soll ich dir sagen, Vincenzo? Ich bin auch verheiratet und unterrichte Kunst und Werken.

Du bist Lehrer?

Sagen wir, ich wäre es gern, wenn Schule und Staat mich ließen.

Aber wie geht es dir? Erzähl mir, wie es dir geht. Bist du glücklich?

Die Kellnerin brachte den Kaffee und fragte, ob er Milch wünsche.

Nein, danke, sagte er. Wie es mir geht? Sagen wir es so: Im vergangenen Jahrhundert hatten wir zwei Weltkriege, dazu den Kalten Krieg und die Angst vor einem Atomkrieg, und trotzdem haben die Menschen an die

Zukunft geglaubt. Sie hatten Vertrauen in die Zukunft. Und ich … Ich kriege das nicht hin, Vincenzo.
Er holte tief Luft.
Ich kriege es einfach nicht hin. So geht's mir.
Weil wir noch immer zu viel Geld haben, Andrea. Es geht uns prima, und trotzdem sind wir neidisch auf das, was unsere Eltern hatten.
Er schaute auf die Uhr.
Scheiße! Es ist schon verdammt spät. Ich muss los.
Sie standen auf und umarmten einander.
Such »Leogrande Janitorial Services« im Internet, da steht meine Mail-Adresse. Wir schreiben uns, in Ordnung? Im Ernst, ich zähle drauf.

Während er auf dem Bauernmarkt Zucchiniblüten und Auberginen aussuchte, fragte Andrea sich, was wohl aus Dáire geworden war. Ihretwegen hatte er beschlossen, Lehrer zu werden. Zu Hause kramte er in einem Karton nach dem Umschlag mit den New-York-Fotos. Das erste, das ihm in die Hände fiel, war eines mit Vincenzo, sie beide auf der Brooklyn Heights Promenade, Manhattan im Rücken. Dann Gebäude und Straßen, Häuser in SoHo oder auf Coney Island. Er dachte, dass dies die schönsten Monate seines Lebens gewesen waren. Doch die Fotos von Dáire waren nicht mehr da.

Dass sie das Forschungsstipendium von Professor Moissan annehmen würde, besprach Agnese nicht mit Andrea – sie setzte ihn über die Neuigkeit *in Kenntnis* und erwartete von ihm die gleiche Begeisterung. Die sie auch bekam. Andrea küsste und beglückwünschte sie. Er sagte, das sei großartig, wenn auch nicht verwunderlich, er jedenfalls würde sich nicht wundern, dass man ihr ein Angebot gemacht hatte, bei ihrem Können sei das ganz normal. So sollten die Dinge laufen.
Du erntest das, was du gesät hast, sagte er, während er sich die Joggingklamotten auszog. Das ist nicht immer so, aber es sollte immer so sein. Du hast es verdient.
Die drei, höchstens vier Tage pro Woche, die Agnese in Lyon verbrächte und sie sich nicht sähen, wurden unter dem Schlagwort Kollateralschäden archiviert: nichts, was nicht machbar wäre.
Da er nichts anderes zu tun hatte, hatte Andrea einstweilen beschlossen, die Anzahl seiner Treffen mit Aun-Liang zu erhöhen. Zum Donnerstagnachmittag hatte er den Dienstag hinzugenommen, dann – als Moissan Agnese in die Vorbereitung eines Seminars in Norwegen eingebunden hatte – den Sonntagnachmittag, und als das Ende des Schuljahres näher rückte und die Chancen auf einen Anruf wegen einer Vertretungsstelle schwanden, teilte Andrea den Zhaos mit, dass er gern jeden Tag kommen würde.
Er begann schlecht zu schlafen. Mitten in der Nacht wachte er auf, weil das Parkett knirschte, eine Gruppe

Jugendlicher auf der Straße lärmte, eine Autotür zuknallte; dann konnte er nicht wieder einschlafen. Er stand auf, goss sich ein Glas Wein ein, schaltete den Fernseher an. Sah alte Filme. Hörte über Kopfhörer Musik, meist Jazz, Blues oder die frühen Platten von Leonard Cohen. Manchmal machte er sich Notizen, verfasste Dekaloge, von denen er sich ein Gefühl von Sicherheit versprach: die zehn Menschen, denen er sich am meisten verbunden fühlte, die zehn schönsten Erinnerungen seines Lebens, die zehn Orte, die er vor seinem Tod noch besuchen wollte. Und er verließ das Haus, um zu laufen, auch nachts.

Seit wann haben wir nicht mehr miteinander geschlafen?, fragte er Agnese eines Morgens beim Kaffeekochen. Es lag kein Vorwurf in seiner Stimme, eher der nüchterne Ton einer Feststellung, einer statistischen Erhebung.
Mit dem Löffel drückte sie ihren Beutel Apfeltee aus.
Ich habe heute Nacht masturbiert, sagte Andrea. Es war …
Ich hoffe, du willst nicht ins Detail gehen.
Nein. Quatsch. Ich wollte nicht … Ich wollte nur wissen, was du davon hältst.
Davon, dass du dir einen runtergeholt hast?
Davon, dass wir uns nicht mehr anfassen.
Agnese starrte auf den Grund ihrer Tasse, als wollte sie daraus die Zukunft lesen. Sie schlürfte am Tee, der

noch zu heiß war, verbrannte sich die Zungenspitze und verzog das Gesicht. Fehlt es dir?

Wenn ich …

Andrea, sagte Agnese, holte tief Luft und stellte die Tasse ab. Gib uns Zeit.

Ja, sicher. Nur dass ich seit einiger Zeit nicht so gut mit der Zeit klarkomme, weißt du? Dafür müsste man wissen, wie man sie nutzen soll. Wohin gehen wir? Mit der Hand durchschnitt er die Luft, wie um eine Straße anzudeuten. Wohin gehen wir, Agnese?

Ich ins Rathaus, Andrea. Ich habe ein wichtiges Meeting. Entschuldige, aber ich muss mich fertig machen, sagte sie und stand auf.

Wer weiß, wieso Andrea die Frage in den Sinn kam, ob sie die Fotos von Dáire aus der Schachtel mit den New-York-Erinnerungen genommen hatte. Stattdessen fragte er: Und dir?

Was?

Fehlt es dir nicht?

Es wird mir fehlen, sagte sie und sah auf die Uhr. Ganz bestimmt wird es mir fehlen. Sie deutete ein beschwichtigendes Lächeln an, doch sie war noch nicht ganz aus der Küche, da war es bereits verschwunden, zu einer unmerklichen Spannung in den Mundwinkeln zergangen.

Es war Mitte Juni, und auf die Stadt hatte sich eine schwüle Hitze gesenkt; ein Vorgeschmack auf den Sommer, hieß es, der einer der drückendsten der vergangenen Jahre werden sollte. In den Zeitungen hagelte es Artikel für oder wider die Erderwärmung. Jedenfalls hatte sich Andrea damit abgefunden, erst gegen Morgen einzuschlafen, wenn die Kühle die in Zement und Ziegelwerk gestaute Tageshitze zumindest ansatzweise zurückgedrängt hatte.

Es war kurz nach zwei Uhr nachts. Später würde er sich fragen, welcher Tag es war: vermutlich Dienstag. Er hatte einen Rest Frikadellen gegessen und sich ein Bier aus dem Kühlschrank genommen. Mit der Flasche an der Schläfe zappte er durch die Programme und blieb bei einem Beitrag über eine Ausstellung hängen, die im Metropolitan Museum eröffnet worden war: *Dutch Golden Age*. Die Malerei des Goldenen Zeitalters der Niederlande mit besonderem Augenmerk auf Rembrandt. Zum ersten Mal – so der Sprecher, der von der Terrasse des Museums aus berichtete, den Central Park im Rücken – würde man die bedeutendsten Werke des Meisters vereint sehen können, Gemälde wie *Die Nachtwache*, eine Leihgabe des Rijksmuseum Amsterdam, *Das Gastmahl des Belsazar* aus der Londoner National Gallery und *Die Rückkehr des verlorenen Sohnes* aus der Eremitage in Sankt Petersburg.

Auf dem Bildschirm wechselten sich Aufnahmen der Gemälde mit Ausschnitten aus Dokus und Spielfilmen ab: Colin Firth als Vermeer und Scarlett Johansson als das Mädchen mit dem Perlenohrring. Ein Kunstprofessor der Columbia University gab einen kurzen Abriss von Rembrandts Leben: der Erfolg als Porträtmaler, die wirtschaftlichen Schwierigkeiten, die persönlichen Schicksalsschläge – der Tod des zwei Monate alten Sohnes Rumbartus, der seiner Tochter Cornelia drei Wochen nach ihrer Geburt und der einer zweiten, ebenfalls Cornelia genannten Tochter nach kaum einem Monat. Es war, als wäre es ihm *versagt*, ein Kind in die Welt zu setzen, sagte der Professor und blickte rechts an der Kamera vorbei. Denn schließlich überlebte Rembrandt sogar Titus, den einzigen Sohn, den er hatte aufwachsen sehen und der mit zwanzig Jahren starb.

Der Journalist – groß, graumeliert, mit einem hellblauen Schal um den Hals – fuhr fort, von der Museum Mile zu sprechen, dem Abschnitt der Fifth Avenue, an dem sich die bedeutendsten Museen der Stadt reihten. Dann wurden Archivaufnahmen von New York von den Fünfzigern bis zu den Achtzigern gezeigt: Pollock mit Peggy Guggenheim, Warhol, Haring. Mit dieser kreativen Triebkraft sei es inzwischen vorbei, sagte der Journalist und hielt mit einer Hand den Schal fest, den der Wind ihm fortzureißen versuchte. Aber der Nachhall jener Jahre sei hier und dort bis heute spürbar, gebrochen in den spiegelnden Fassaden der Wolkenkratzer. Es folgte ein kurzer Abspann – Andrea meinte die

Stimme von Antony Hegarty zu erkennen –, der übergangslos zum Werbespot einer Lampenmarke wechselte. Er schaltete ab.
Einige Minuten lang drängten sich die Bilder des Beitrages ohne erkennbare Ordnung vor seinen Augen. Dann mischten sie sich plötzlich mit den Erinnerungen – seinen Erinnerungen an New York – und lösten einen so heftigen Schwindel aus, dass Andrea sich am Sofa festklammern musste, das sich zu überschlagen drohte. Die Sehnsucht nach etwas, das er nicht zu erfassen vermochte, überrollte ihn mit gnadenloser Wucht. Ihm blieb die Luft weg.
Er setzte die Bierflasche an die Lippen, doch sie war leer, und taumelnd stand er auf, um sich eine neue zu holen. Mühsam erreichte er die Küche. Als er den Kühlschrank öffnen wollte, sah er das grüne Lämpchen des Laptops, den Agnese zum Aufladen auf dem Tisch gelassen hatte. Er setzte sich, klickte auf den Browser, tippte: »new york last minute«. Surfte durch Travelagentur- und Reiseveranstalterseiten, bis er ein Angebot für eine Woche unter tausend Euro fand. Er überlegte nicht lange. Holte seinen Pass, vergewisserte sich, dass er noch gültig war – er war es –, zog die Kreditkarte aus dem Portemonnaie. Als alle Schritte erledigt waren und draußen das Bellen eines Hundes, ein modulierter Pfiff und abermaliges langes Kläffen die Stille zerrissen, wartete Andrea, das Gesicht vom Bildschirm erhellt, auf den Eingang der Bestätigungsmail.

Am nächsten Morgen drehte er sich noch einmal um und stellte sich schlafend, bis Agnese die Wohnung verließ. Er blieb im Bett liegen und überlegte, was er ihr sagen sollte. Er fand nicht in seinen Laufrhythmus – dauernd wurde er zu schnell –, und obwohl sich Aun-Liang besonders empfänglich zeigte, konnte er ihn zu nichts Sinnvollem animieren. Als der Junge anfing, die Wand mit Kreide zu bekritzeln, packte Andrea seine Sachen zusammen, schaute in der Küche vorbei, um sich von der Großmutter zu verabschieden, die gerade grüne Bohnen pulte, und machte sich auf den Weg nach Hause.

Nach New York wegen einer Ausstellung?
Andrea hatte gewartet, bis sie beim Essen saßen, um es Agnese zu sagen. Er hatte die Neuigkeit zwischen die Brotkrümel auf den Tisch geworfen, nach dem Motto: Was soll schon sein, ich brauche ein bisschen Luft, lass uns eine Pause einlegen, wird uns bestimmt guttun.
Dir wird das bestimmt guttun, sagte Agnese. Wie auch nicht? Mir würde es auch guttun, eine Woche irgendwohin abzuhauen, schade nur, dass ich zu sehr damit beschäftigt bin, meinen Lebensunterhalt zu verdienen. Wie viel hast du in diesem Jahr von der Schule bekommen, Andrea? Wie viel? Achttausend? Siebentausend? Wieso also nicht einen Tausender raushauen, um sich eine Woche New York wegen einer Ausstellung zu gönnen. Schließlich unterrichtest du Kunst. Das ist

eine Investition. Nein, warte … eine Fortbildung. So nennt ihr das doch, oder? Sie schlug die Fäuste auf den Tisch, und ein Schwall Suppe ergoss sich auf die Tischdecke.
Andrea sagte nichts. Er war eigentümlich ruhig.
Agnese stand auf, um das Fenster zu öffnen. Insekten umsurrten die Straßenlaternen wie Sterne. Der Wind hatte den Himmel und die Stadt blank geputzt, die Luft war klar, und trotz der elektrischen Lichter in den Straßen und Häusern, vielleicht des fingernagelschmalen Mondes wegen, verströmten ganze Galaxien den Chor ihrer Klage, kindlich und leidend, und sie musste sich die Ohren zuhalten, um sie nicht zu hören.

3

Die Sonne ging gerade unter, als Andrea auf der Hundertfünfundzwanzigsten zwischen den wimmelnden Passanten aus der U-Bahn auftauchte. Nach einer kurzen Verunsicherung, wo Norden lag – der Sonnenuntergang verriet es ihm –, bog er in die Lenox Avenue und zog den Rollkoffer in Richtung Hotel. Er war bei heftigem Platzregen in Newark gelandet, der die alte Polin hinter ihm zu langen Stoßgebeten veranlasst hatte, hatte Manhattan mit Blicken umarmt, während der Wind die Wolken zerriss, und wie er nun vor Lokalen stehen blieb, an die er sich nicht erinnerte, zerging das städtische Chaos in opalisierendem Licht, das sich in den Pfützen brach, die Straßen Harlems in eine mystische Aura tauchte – und ihm das Gefühl gab, zu Hause zu sein.

Das Hotel nahm einen Teil eines alten Mietshauses ein. Ihm wurde ein Zimmer im dritten Stock zugewiesen: Von den Wänden blätterte der Putz und das Fenster war vergittert, doch die Matratze war bequem und die Bettwäsche sauber. Er ging unter die Dusche und fragte sich, ob er genug Energie hätte, auszugehen und etwas zu essen, blieb sich die Antwort jedoch schuldig. Als er sich, ins Handtuch gewickelt, auf dem Bett ausstreckte, stellte er sich die Frage erneut und dachte kurz, ja, das wäre nett. Doch als Frauenkichern und das Knirschen eines Schlüssels in der Tür nebenan ihn die Augen aufschlagen ließen, war es bereits Nacht und er hatte mehrere Stunden geschlafen. Er zog sich das Handtuch von den Hüften, trat die Decke beiseite, rollte sich nackt in die kühlen Laken und überließ es dem Rauschen der Klimaanlage, ihn zurück in seinen Traum zu tragen.

Um fünf Uhr war er wach. Er duschte ein zweites Mal, verließ das Hotel auf der Suche nach einem Café und wurde ein paar Blocks weiter fündig. Er bestellte zwei Schoko-Donuts, setzte sich, um zu frühstücken, und überlegte, Agnese eine Nachricht zu schicken.

Zum Flughafen hatte er den Bus genommen. Sie hatte sich geweigert, ihn hinzubringen. Seit er ihr von der Reise erzählt hatte, hatten sie sich nur noch mit Halbsätzen und Kopfbewegungen verständigt. Doch in der Nacht vor der Abreise hatte sich Agnese unter der Decke an ihn geschmiegt und ihre Hand in seinen Pyjama gleiten lassen; die Heftigkeit seiner Erektion hatte ihn überwältigt. Andrea hatte sich auf die Seite gedreht und sich an ihren Rücken, ihren Hintern, ihre Schenkel gedrängt. Sie hatten heftig miteinander geschlafen, ohne sich zu küssen; wie ein Erdbeben, das entlang der geologischen Bruchlinien um sich greift.

Er entschied sich für: »Schon seltsam, einen Ozean entfernt zu sein.« Er versendete die Nachricht und mach-

te sich auf eine Antwort gefasst: In Italien war es Mittag und Agnese trug ihr Telefon stets angeschaltet in der Tasche – doch es kam nichts. Er stand auf und spazierte in Richtung East River. Ein Müllaster, der schwarze Säcke auflud, ließ ihn an Vincenzo denken, und er überlegte, dass er ihm eine Mail schreiben könnte. Zurück im Hotel, fragte er den Jungen an der Rezeption, ob es Wi-Fi gebe, und bekam zu hören, im Flur stünden den Gästen zwei Computer mit Netzzugang zur Verfügung.
Also kein Wi-Fi, sagte Andrea.
Also kein Wi-Fi, wiederholte der Junge.
Er suchte die Webseite der Leogrande Janitorial Services und fand Vincenzos Mailadresse, der als *general manager* ausgewiesen war; er schrieb ihm, er würde eine Woche in New York sein, hinterließ seine Handynummer, falls er anrufen wolle, sowie den Namen des Hotels. Nachdem er auf den »Senden«-Button geklickt hatte, überlegte er, dass er ihm vor seiner Abreise hätte schreiben können, um vielleicht bei ihm unterzukommen, doch wenn er sich so viele Gedanken gemacht hätte, wäre er womöglich gar nicht losgeflogen.

Er entschied sich für das Met. Als Erstes wollte er die Ausstellung sehen, dann würde er zu den Orten seiner New-York-Zeit pilgern, auf den Spuren eines Selbst, das es nicht mehr gab, auf den Spuren von Dáire und von etwas anderem, das er nicht zu benennen vermochte und das mit einem Plan zusammenhing, den er ein-

mal für sich und das Leben gefasst hatte und der ihm nun aus dem Fokus geraten war; er bezweifelte sogar, je einen gehabt zu haben.
Zum Museum nahm er den Weg durch den Park. Ergriffen blieb er in der Great Hall stehen und betrachtete das neoklassizistische Gewölbe, die Empore und die Treppen in den zweiten Stock, wo sich, wenn er sich recht erinnerte, die Tisch Gallery sowie die Cantor Exhibition Hall für neue Installationen und Wechselausstellungen befanden, in denen die Schau über das Goldene Zeitalter untergebracht war. Er beschloss, sich ihr in Kreisen zu nähern und zuerst eine Runde durch das Erdgeschoss zu drehen. Unbeteiligt streifte er zwischen präkolumbianischen Skulpturen und mittelalterlichen Rüstungen umher und stieg schließlich mit einem erhabenen Glücksgefühl die Stufen empor.
»Dutch Golden Age« stand auf einem Banner, das von der Decke hing.
Der erste Teil war der Wissenschaft gewidmet, der intellektuellen Vielfalt, die Denker und Wissenschaftler aus ganz Europa angezogen hatte, wiewohl die unbestrittene Hauptfigur der Ausstellung ein Holländer war: Christiaan Huygens, der Mann, der die Ringe des Saturn studiert, als Erster die Energieerhaltung erfasst und seinen Ruhm vor allem der Erfindung der Pendeluhr zu verdanken hatte – es waren mehrere Exemplare ausgestellt.
Andrea erfuhr – oder vielleicht hatte er es gewusst und

wieder vergessen –, dass die menschliche Triebkraft des Goldenen Zeitalters die Einwanderer gewesen waren: calvinistische Kaufleute, die vor dem Achtzigjährigen Krieg aus den südlichen Niederlanden flohen, Juden, die aus Portugal und Spanien, und Hugenotten, die aus Frankreich kamen. Er entdeckte Namen wieder wie Frans Hals, von dem mehrere Porträts fröhlicher, schmuddeliger Kinder zu sehen waren; Van Ruisdael mit seinen Panoramen; Vermeer, dem mit einer verblüffenden Installation zur Veranschaulichung der Camera obscura gehuldigt wurde.

Selbstvergessen schlenderte Andrea durch die Säle und gab sich ihren Stimmungen hin, bis er unversehens den Rembrandt gewidmeten Ausstellungsraum betrat – auf einer Stele stand der Namenszug mit dem großen *d*, Rembran*D*t, um das Rätsel dieses der Signatur hinzugefügten Buchstabens zu unterstreichen. Sogleich schlugen ihn einige Selbstporträts in den Bann; besonders eine Tuschezeichnung als junger Mann, das Gesicht in verblüfftem Schmerz erstarrt, der Mund halb geöffnet, die Augen aufgerissen, als hätte er ein Gespenst gesehen. Ein kleines Mädchen begann zu weinen, die Mutter nahm es in den Arm und tröstete es in einer Sprache, die Andrea nicht kannte, und zugleich klang von der Empore der Great Hall das Spiel eines Streichquintetts herüber. Schubert, bemerkte ein Mann mit einem orangefarbenen Turban und kratzte sich den Bart – seine Frau nickte.

Verzeihung. Ja, Sie meine ich. Können Sie mir sagen, wo der chinesische Garten ist?, fragte ein junges Mädchen. Sie meinte ihn, Andrea, und als Andrea sich umdrehte, um ihr zu antworten – ihr zu sagen, ja, wenn er sich recht erinnere, befinde der sich im zweiten Stock –, als er also gerade antworten wollte, erblickte er es: hinter ihrem Rücken. Er riss die Augen auf und brachte keinen Ton heraus.

Die Rückkehr des verlorenen Sohnes ist ein gewaltiges Bild: zweieinhalb mal zwei Meter; eines der letzten Werke Rembrandts. Abendliches Licht erhellt die Szenerie: Unter dem ernsten Blick des Erstgeborenen empfängt der Vater den jüngeren Sohn, der, nachdem er seinen Teil des Erbes verprasst hat, nach Hause zurückgekehrt ist. Wie ein ungeborenes Kind kniet der Jüngere vor seinem Vater, der sich mit den Augen eines Blinden schmerzerfüllt über ihn beugt und ihm die Hände auf den Rücken legt: eine männliche und eine weibliche Hand. Der ältere Sohn ist wie versteinert vor Groll und Eifersucht. Er hat dich betrogen, denkt er, er hat deinen Tod herbeigewünscht, und du, du nimmst ihn mit einer Güte auf, die du mir nie gewährtest; ich, der stets an deiner Seite war, ich, der stets tat, was von ihm verlangt wurde. Ich, der dir stets treulich diente. Doch niemand schenkt seinen Gedanken Gehör: weder die Personen im Hintergrund noch der Vater oder der Bruder; und erst recht nicht Andrea, der den Blick nicht losreißen kann von dieser Umarmung und dem Leuchten, das sie umgibt – von dem Wunsch, so aufgenommen zu werden, solche Vergebung zu erfahren.

Er muss sich setzen, doch es gibt weder Bänke noch Hocker, also nimmt er den Fußboden. Er hat den Boden noch nicht berührt, da nähert sich ein Museumsaufseher, ein Afroamerikaner mit dichtem Schnurrbart und dicker Brille, und geht neben ihm in die Hocke.

Alles in Ordnung, Sir? Fühlen Sie sich nicht wohl?

Wie bitte?

Ich fragte, ob Sie sich nicht wohlfühlen.

Doch. Mir geht es gut.

Sie dürfen hier nicht bleiben, Sir, tut mir leid.

Wie bitte?

Ich sagte, Sie dürfen sich nicht auf den Boden setzen. Dort hinten gibt es Bänke, wenn Ihnen danach ist.

Ich würde es gern ansehen ... Und er zeigt auf das Bild.

Niemand will Ihnen das verwehren, aber Sie müssen es im Stehen tun, Sir. Tut mir leid.

Andrea nickt, ohne aufzustehen; die Wucht des Bildes drückt ihn nieder. Der Aufseher greift ihm unter die Arme und zieht ihn hoch, und er lässt es dankend geschehen. Er sagt, wenn er ihn brauche, finde er ihn dort, neben der Tür.

Haben Sie verstanden?, fragt er.

Ja, sagt Andrea. Und tatsächlich hat er *Tür* und *finden* und *brauchen* verstanden, und während ein Teil seines Gehirns versucht, die Wörter zusammenzufügen und ihre Bedeutung zu verarbeiten, werden seine Augen, sein Körper, abermals in dieses Gemälde gezogen – nicht zu ihm hin, sondern *hinein.* Lautlos schlüpft er in den Hintergrund und kauert sich neben die anderen Figuren, Diener, Handlanger, Erntehelfer. Er duckt sich hinter die nach Zwiebel stinkenden Weidenkörbe und rührt sich nicht fort, bis es Abend wird und ihm derselbe afroamerikanische Aufseher, der ihn zum Aufstehen nötigte, auf die Schulter tippt und sagt, er bedaure, aber das Museum würde schließen. Also kommt Andrea hinter den Körben hervor und schleicht, vom Vater und den Söhnen unbemerkt, auf Zehenspitzen aus der Szene zurück in den Saal.

Danke für Ihre Geduld, sagt er zu dem Mann neben sich.

Nicht doch, Sir, sagt der und nimmt die Brille ab, um sie mit seinem Taschentuch zu putzen. Dann: Verzeihen Sie, wenn ich Sie noch einmal frage, Sir. Aber sind Sie sicher, dass es Ihnen gut geht?

Andrea blickt sich um. Ich glaube nicht, nein. Vielleicht sollte ich ein paar Schritte laufen.

Am Abend kehrt er nach einem langen Spaziergang ins Hotel zurück, doch er schläft unruhig. Details des Gemäldes drängen sich hartnäckig in seine Gedanken, und weil er sich ihnen nicht zu entziehen vermag, findet er erst gegen Morgen in den Schlaf. Dieser Tag sollte sein ganz persönlicher Gedenktag sein. Er wollte beim *Gondola* vorbeischauen, dem Restaurant in der Bronx, in dem er mit Vincenzo vor Jahren gearbeitet hatte, und dann beim Astoria, in dem Dáire gewohnt und er häufiger und länger Sex gehabt hatte, als er es damals je für möglich gehalten hätte. Er wollte den Ort unter der Washington Bridge wiederfinden, wo er mit den uruguayischen Tellerwäschern gekickt hatte, im *Katz's* zu Mittag essen, dann über die Brooklyn Bridge wandern, noch eine SMS an Agnese schicken und ihr endlich sagen, du fehlst mir – ohne sich zu fragen, ob es stimmte.

Doch als er die Kraft findet, sich aus dem Bett zu schälen, läuft er nach Süden und nimmt den Weg durch den Park zum Metropolitan Museum. Er zahlt, tritt ein, geht die Treppe hinauf, steuert, ohne sich umzublicken, zum Rembrandt-Saal und bleibt vor der Umarmung stehen. Stundenlang verharrt er dort, bemerkt weder die Besucher, die an ihm vorbeigehen, ihm ausweichen, noch das Kind, das gegen seine Beine rempelt: Die Welt ringsum bewegt sich rasch, die Menschen sind verwischte Schemen.

Dieses Bild muss Ihnen ja mächtig gefallen, Sir.

Die dunklen Augen des Aufsehers hinter den dicken Brillengläsern mustern ihn neugierig.

Verzeihen Sie, wenn ich das sage. Aber jemand, der so lange Zeit vor einem einzigen Bild verbringt, findet sich nicht so leicht, wissen Sie? Manche Leute kommen zum Zeichnen, mit Skizzenblock und so, Sie wissen schon. Und dann gibt es die Experten, die laut vor sich hin reden. Aber die meisten Leute gehen eigentlich nur vorbei. Sie stehen nur da und gucken, Sie zeichnen nicht, machen sich keine Notizen, verziehen nicht einmal das Gesicht oder lächeln …

Schon klar, was Sie meinen.

Jepp.

Sind Sie schon lange hier?

Um neun habe ich angefangen.

Nein. Ich meine, grundsätzlich, im Met.

Ob ich schon lange hier arbeite?

Genau.

Seit zehn Jahren, Sir.

Gefällt es Ihnen?

Im Met zu arbeiten? Aber natürlich, Sir. Und was ist mit Ihnen?

Ja, das würde mir auch gefallen, sagt Andrea. Glaube ich zumindest.

Nein, ich meinte: Was machen Sie beruflich?

Ich bin Lehrer.

Wirklich? Was unterrichten Sie?

Kunst, Zeichnen, solche Dinge. Haben Sie Kinder?

Drei, Sir. Alle gehen auf die Harris High School in Flushing, die beste öffentliche Schule in Queens. Sie können sich nicht vorstellen, was wir veranstalten mussten, damit sie dort genommen wurden … Sie sind Italiener, stimmt's?

Hört man das?

Ich war nie in Italien. Vielleicht werden meine Kinder einmal reisen. Gut möglich. Mein Vater war Taxifahrer, wissen Sie? 58 hat er Modugno gefahren. Ich habe all seine Platten zu Hause. Deshalb habe ich gemerkt, dass Sie Italiener sind. Aber allmählich werde ich zu aufdringlich, entschuldigen Sie.
Nein.
Ich kehre auf meinen Platz zurück. Haben Sie einen schönen Tag, Sir.
Nein, sagt Andrea noch einmal, Sie stören kein bisschen, doch er geht bereits davon und zieht dabei den rechten Fuß ein wenig nach; nur ganz leicht – als würde er sich Dreck von der Sohle wischen.
Andrea verlässt das Bild nur, um etwas zu essen. Am Nachmittag geht er in die Cafeteria auf der Empore, bestellt einen frisch gepressten Orangensaft und einen Kaffee, und während er auf seine Getränke wartet, taucht das Streichquartett auf, dasselbe wie am Vortag, drei Männer und eine Frau. Die Frau hat ungefähr sein Alter, und Andrea erhascht ein blaues Augenpaar von verblüffender Strahlkraft. Sie rücken Stühle und Notenständer zurecht, stimmen ihre Instrumente und beginnen zu spielen. Es könnte wieder Schubert sein, doch er weiß es nicht. Er mag klassische Musik, wüsste aber nicht zu sagen, welches Stück von welchem Komponisten stammt. Zwei Herren stehen auf, und er wechselt auf ihre Plätze. Er lauscht dem Quartett bis zum Ende, dieser Musik, so satt und duftend wie feuch-

tes Gras. Als er das Museum verlässt, ist es bereits wieder Abend.

Der nächste Tag ist eine Kopie des vorigen; und der danach ebenfalls, und der danach ebenfalls. Bei Tagesanbruch schläft er ein, und gegen zehn Uhr wecken ihn das Licht, der Verkehr und die Kinderstimmen im Hof. Nach dem Frühstück bricht er auf, um spazieren zu gehen und umzusetzen, was er sich vorgenommen hat, aber kaum erblickt er die Bäume des Central Park, biegt er doch wieder ab, vom Park zum Metropolitan ist es dann nur ein Katzensprung, und sobald er in die Nähe des Museums kommt, ist da dieses Phänomen, eine Art Strahlung – fünf Minuten, denkt er, ein rascher Blick.

Am vierten Tag bringt der Museumsaufseher ihm einen Hocker.

Hey, sagt Andrea.

Hey.

Gestern habe ich Sie nicht gesehen.

Mein freier Tag. Ich war mit meinem Jüngsten in Rockaway am Meer.

Andrea nimmt den Hocker und betrachtet ihn, als hätte er noch nie zuvor einen gesehen. Das wäre doch nicht nötig gewesen, sagt er. Ist das auch bestimmt kein Problem?

Nun ja, in solchen Fällen machen wir eine Ausnahme.

In welchen Fällen?

Also, zum Beispiel im Falle einer Operation wie der Ihren, Sir.
Welche Operation?
Die am Rücken, sagt er und sieht ihn über die Brille hinweg komplizenhaft an.
Im Ernst?
Jetzt müssen Sie sich aber setzen. Und wenn man Sie fragt … Sie wurden am Rücken operiert.
Andrea, sagt Andrea und hält ihm die Hand hin. Andrea Luna.
Walter Quinn, sagt der Mann und drückt sie. Einen schönen Tag, Sir.
Walter …
Ja?
Was halten Sie davon?
Wovon?
Von dem *Verlorenen Sohn.*
Das ist ein mächtig schönes Bild, Sir.
Andrea setzt sich, streckt die Beine aus. Ja, das ist ein mächtig schönes Bild.
Der Aufseher wendet sich zum Gehen, doch Andrea ruft ihn zurück.
Walter …
Ja?
Danke.
Walter legt zwei Finger an die Stirn. Gern geschehen, Sir.
Im Museum gibt es kostenloses WLAN, und ab und zu

checkt Andrea seine Mails, doch Vincenzo hat noch nicht geantwortet. Agnese auch nicht. Er hat ihr geschrieben, um sie wissen zu lassen, dass alles in Ordnung ist, dass er sehr viel nachdenkt – er hatte *unternimmt* geschrieben und es gelöscht, er hatte *ausruht* geschrieben und es ebenfalls gelöscht – und es gar nicht abwarten kann, wieder bei ihr zu sein und sie in die Arme zu schließen. Als er gegen drei Uhr nachmittags das Quartett aus der Halle herüberklingen hört, steht er auf, nimmt den Hocker und geht in die Cafeteria. Er bestellt ein Thunfischbrötchen und ein Glas Mineralwasser; setzt sich hinter die Viola, die junge Frau mit den himmelblauen Augen – aus der Nähe hat er festgestellt, dass sie nicht blau sind, sondern himmelblau, und dass die Frau wohl ein paar Jahre jünger ist als er. Sorgfältig kaut er jeden Bissen und beobachtet das elektrisierte Zucken ihres Halses, das die Bogenschwünge unterstreicht. Ehe er am Tagesende das Museum verlässt, gibt er den Hocker einem dicken jungen Mädchen, das Walters Platz eingenommen hat. Mit dem Handy macht er ein Foto von dem Bild und schickt es Agnese – er schreibt nichts.

Am Morgen des letzten Tages kommt Vincenzos Mail. Er schreibt, er sei mit seiner Frau zur Hochzeit eines ihrer Cousins in Mexiko, wie schade, dass er ihn nicht treffen könne, wieso er ihm nicht vorher Bescheid gesagt habe, und er solle ihn besuchen kommen, jederzeit. Andrea antwortet, das täte er ganz bestimmt, er käme wieder und würde ihm rechtzeitig Bescheid geben; das war wirklich ein spontaner Blitzbesuch, schreibt er.

Er packt seinen Koffer und bittet den Jungen an der Rezeption, ihn aufzubewahren. Der Flug geht um acht Uhr abends von Newark: Er hat alle Zeit, noch eine Runde zu drehen und ihn später abzuholen.

Es ist ein kindischer Juni, der Wind, der durch die Straßen fährt, reißt den Menschen die Hüte vom Kopf; die Luft glitzert, als schwebten winzige Wassertröpfchen darin. Andrea geht ein paar Blocks Richtung Süden, hält an, um bei *Jamba Juice* einen Bananenshake zu trinken, und biegt in die Hundertfünfundzwanzigste ein, um nicht abermals vor dem Museum zu stehen. In dieser Nacht konnte er schlafen. Er war vor elf Uhr eingeschlafen und hatte morgens um neun ausgeruht die Augen aufgeschlagen. Beim Duschen am Abend zuvor war ihm der Gedanke gekommen, dass am Ende nur Agnese ihn mit der Rückhaltlosigkeit aufnehmen kann, die er braucht. Im Grunde, denkt er, liegen die Schwiegereltern nicht falsch, wenn sie sagen, er habe sich hinter Worten wie *Berufung* verschanzt, hinter Behauptungen wie *darin bin ich eben gut,* um bloß nicht zu scheitern – um es gar nicht erst zu versuchen und sich nicht infrage zu stellen. Unter der Dusche am Abend zuvor hat er beschlossen, dass er das Problem mit Agnese angehen

wird, sie werden es zusammen angehen. Und was Kinder betrifft: Wenn sie keine bekommen können, dann adoptieren sie eben welche.
Er bleibt stehen, um sich an den Ständen umzuschauen, die den Gehsteig einnehmen: Modeschmuck, schwarzgebrannte CDs, Fotos von Jazzmusikern der Harlem Renaissance, Barack Obama und Martin Luther King, Michael Jackson und James Brown, Kappen mit dem Logo der Black Panther Party, Parfums, Schals, psychedelische T-Shirts. Eine Gruppe Funktaxifahrer tritt auseinander, um ihn vorbeizulassen. Wo soll's hingehen, Sir?, fragen sie und reißen die Autotür auf. Er bedankt sich und geht weiter. An der Amsterdam Avenue steigt er in den Bus. Eine Gruppe Kinder aus einem Sommerlager hat ein paar Plätze besetzt, die Köpfe in ein Buch gesteckt, jedes Schwatzen wird von zwei Betreuerinnen im Keim erstickt.
In der Greenwich Street steigt er aus. Läuft zum Battery Park. Er ist gerade an der *Sphere* vorbei, die einmal auf dem Vorplatz des World Trade Centers stand, als er einen Schrei hört. Eine Frau ruft jemandes Namen, und vielleicht wegen des Tonfalls, wegen der Panik, den er verströmt, vermutet Andrea, dass es der Name ihres Kindes ist. Ein zwölf- oder dreizehnjähriger Junge rennt zu ihr, breitet kopfschüttelnd die Arme aus. Sie vergräbt die Finger in seinem Haar und ruft erneut. Der Junge läuft davon, hopst auf die Bänke, wirft sich auf den Boden, um zwischen den Beinen der Menschen

hindurchzulugen, doch seine Miene ist eher genervt denn besorgt.
Der Name lautet Jonathan. Zwei Polizisten und ein paar Passanten gehen zu der Frau hin, die erklärt, wo sie ihn das letzte Mal gesehen hat; mit der Hand deutet sie an, wie groß er ist, und zeigt ein Handyfoto herum. Andrea stellt sich dazu, um über die Schultern eines Alten mit Rollator einen Blick auf das Bild zu werfen: ein Strand, dahinter das Meer, und im Vordergrund das strahlende Lächeln eines vier- oder fünfjährigen Jungen, der eine Muschel hochhält.
Die Mutter und ein Polizist gehen zu der Touristenschlange, die auf die Fähre nach Ellis Island wartet, der andere Polizist spricht in sein Funkgerät und hält sich dabei ein Ohr zu. Das Menschengrüppchen löst sich auf, manche setzen ihren Weg fort, andere helfen bei der Suche. Es sind Straßenbauarbeiten im Gange. Der Name des Kindes wird von der Asphaltfräse und dem Presslufthammer verschluckt. Hin und wieder dreht sich Andrea nach der Frau um, die immer wieder in Verzweiflung ausbricht; sie glaubt, ihren Sohn entdeckt zu haben, lächelt, schlägt sich vor Enttäuschung mit den Fäusten auf die Schenkel, kratzt sich am Kopf, als hätte sie Läuse.
Am Anleger für die Boote, die Sightseeing-Touren durch die Bucht anbieten, tummeln sich Möwen: Sie spielen Fangen und jagen einander nach, streifen den Wasserspiegel und steigen wieder empor. Trotz der Su-

che nach Jonathan lässt sich der große Bruder von ihrem Tanz in den Bann ziehen und hält ab und zu im Laufen inne, um ihnen heimlich zuzusehen. Beim Durchkämmen des Parks ist Andrea zum Eingang des Fährterminals gelangt, der Manhattan mit Staten Island verbindet. Eine Fähre läuft ein, und auf dem kleinen Vorplatz bläst ein Clown riesige Seifenblasen. Andrea geht an den applaudierenden Zuschauern vorbei, großenteils asiatische Touristen, und betritt die Halle. Eine Gruppe Khaki-Scouts hockt im Schneidersitz im Kreis; viele Leute haben Fahrräder dabei; zwei Liebende halten sich eng umschlungen und starren jeder auf einen anderen Punkt in der Ferne, jenseits der Fensterfront, die auf das Wasser hinausgeht. Ein Stück daneben, die Hände gegen das Glas gestemmt, mit schräg geneigtem Kopf und vom Abfahrtschaos unbeeindruckt, steht Jonathan, den Blick von etwas gefesselt, das offenbar nur er sehen kann.

Ich glaube, das habe ich auch einmal gesehen, sagt Andrea und hockt sich neben ihn.

Was denn?, fragt der Junge, den Blick starr geradeaus gerichtet.

So etwas …, sagt Andrea. Etwas, das mich vergessen ließ, wer ich war.

Ich weiß, wer ich bin.

Und wer bist du?

Jonathan.

Jonathan. Im Ernst?

Ja.
Aber … bist du das etwa?
Wer?
Jonathan. Der Jonathan, den da draußen alle suchen.
Der Junge lächelt. Er zuckt die Achseln und hebt die Hände, als wollte er sagen, keine Ahnung, ob ich der Jonathan bin, den da draußen alle suchen, kann sein.
Weißt du, was ich an deiner Stelle tun würde?, flüstert Andrea.
Was denn?, flüstert Jonathan und rückt näher, um besser zu hören.
Ich würde mal nachsehen.
Mit einigem Abstand folgt Andrea dem Jungen, der die Schiebetür durchquert und in das blendende Morgenlicht hinaustritt. Jetzt kniet die Mutter inmitten der Polizisten und schließt ihren Sohn weinend in die Arme. Der große Bruder steht daneben, unentschlossen, ob er den Möwen nachlaufen oder der Szene beiwohnen soll. Andrea denkt, dass er aussieht wie einer, der eines Tages ebenfalls beschließen könnte, verloren zu gehen. Wer weiß. Von irgendwo her brandet Beifall auf, wegen des Clowns vielleicht.

Am Check-in ist wenig los, er ist schnell damit durch und hat sowieso kein Gepäck aufzugeben, nur den Rollkoffer. Um die Zeit rumzukriegen, hat er zwei Bücher dabei. In Italien hat er sich eine Rembrandt-Biografie eingepackt, die er auf dem Hinflug durchgeblät-

tert hat, und auf dem Rückweg zum Hotel an diesem Nachmittag hat er im Schaufenster einer Buchhandlung einen Roman von Richard Ford entdeckt, *Wild leben*, auf dem Umschlag ein brennender Wald, der sich im Wasser eines Flusses spiegelt, und weil es eines seiner Lieblingsbücher ist und er sein eingerostetes Englisch damit auf Trab bringen könnte, hat er es gekauft. Doch in diesem Moment hat er weder auf das eine noch auf das andere Lust, denn eine Art Grundrauschen hat sich in seine Gedanken geschlichen, das sich einfach nicht ausblenden lässt und ihn verfolgt, seit er den Battery Park verlassen hat.
Er liest die Speisekarte einer Cafeteria und überlegt, ob er etwas essen soll, als ihm jemand auf die Schulter tippt.
Hey, Michael.
Andrea dreht sich um.
Oh! Entschuldigung. Ich dachte …
Ich wäre Michael.
Von hinten sehen Sie haargenau so aus, ich schwör's. Am liebsten würde ich ein Foto machen und es ihm schicken. An Michael, meine ich.
Die Frau lacht. Andrea lässt den Blick von ihren Augen zu ihrem Gepäck wandern, zu dem Instrumentenkoffer. Die Viola aus dem Met, sagt er.
Verzeihung?
Ich sagte … Sie spielen Viola in einem Streichquartett, richtig? Sie sind das, ich bin mir ganz sicher. Ich habe Sie im Metropolitan gesehen.

Die Augen der Frau weiten sich zu großen, eisblauen Ebenen. Also, ohne Witz, sagt sie, das ist wirklich das erste Mal, dass mir das passiert.
Was denn?
Dass jemand mich erkennt, als wäre ich …
Eine Berühmtheit.
Ganz genau. Eine Berühmtheit.
Elisabeth, ruft ein Mann am Ende des Ganges.
Ich komme! Gute Güte, ich bin ein Star. Bestimmt erwarten mich alle, nicht wahr? Mit übertriebener Geste legt sie den Handrücken an die Stirn. Lacht, lacht noch einmal. Andrea denkt, dass sie ein wunderschönes Lachen hat.
Aber ich fürchte, jetzt muss ich wirklich los. Danke, dass Sie mich erkannt haben. Das macht mir diesen Tag unvergesslich, im Ernst. Ich werde mich ewig an Sie erinnern.
Andrea sieht sie mit erhobenen Fersen davonhasten, was für eine bezaubernde Frau. Er blickt auf die Uhr: Zeit, zum Gate zu gehen.
Die Menschen haben sich bereits angestellt, doch weil er immer gern als Letzter einsteigt, setzt er sich. Zieht Fords Roman aus der Tasche. Er denkt, dass *Brände* ein sehr viel passenderer Titel wäre als *Wild leben.* Während er über die Geschichte nachdenkt, über die Flammen, die in der Beziehung zwischen Joes Eltern auflodern, zwischen ihnen und ihrem Sohn, lässt er den Blick durch die Fensterfront gleiten, die auf das Rollfeld hin-

ausgeht, und sieht eine Möwe vorbeisegeln. Für einen kurzen Augenblick bringt die Möwe ihn zum Battery Park zurück. Zu der Flucht des kleinen Jonathan und zu seinem Bruder. Er selbst ist nie verloren gegangen, überlegt er. Das sagten seine Eltern häufig, wenn es bei gemeinsamen Abendessen mit Freunden um die Kinder ging. Andrea ist verlässlich, sagten sie. Er ist kein Junge, der auf dumme Gedanken kommt, der am Strand oder auf dem Jahrmarkt verloren geht.

Und so passiert es.

Die Zeit faltet sich zusammen wie ein Origami, ihn überkommt eine heftige Übelkeit, und in seinem Kopf öffnet sich ein Loch, das immer größer, immer tiefer wird und aus dem mit einem Mal ein Funke der Erkenntnis aufsteigt, glitzernd wie ein Diamant. Ich bin der große Bruder, denkt er.
Am Gate steht niemand mehr fürs Boarding. Zwei skandinavische Touristen, Mann und Frau, kommen angerannt, in der Eile fallen ihr die Tickets aus der Tasche. Sie entschuldigen sich und flachsen mit dem Boardingpersonal, sagen, ein Hamburger sei schuld – eine falsche Bestellung. Währenddessen landet ein Flugzeug der Turkish Airlines auf dem von der tiefstehenden Sonne erhellten Rollfeld.
Andrea muss aufstehen: den Rollkoffer hinter sich herziehen, das Ticket vorzeigen, seinen Platz einnehmen.

Seit Jahren drifte ich umher und bringe es nicht fertig, all das aus meinem Schicksal zu machen, was ich mir wünsche und was mir zusteht, hatte er sich vor Rembrandts Gemälde immer wieder gesagt, während er die Umarmung dieses barmherzigen Vaters mit seinem Jüngeren ausspähte und sich berechtigt glaubte, sich in diesem Sohn zu erkennen. Doch so ist es nicht. Denn es stimmt nicht, dass er seit Jahren *umherdriftet.* Im Gegenteil, er ist zu Hause geblieben. Hat alles getan, was man von ihm verlangte. All das, was seine Eltern, die bei einem Flugzeugabsturz vor den Komoren ums Leben kamen, als er neunzehn Jahre alt war, von ihm erwartet hätten. Ich habe alles getan, was man von mir verlangte, und nichts dafür bekommen, denkt er – nicht den Job, den ich wollte, kein Kind und erst recht kein Zicklein zur Feier. Ich bin nicht der verlorene Sohn. Nein, er ist nicht der verlorene Sohn. Er ist derjenige, der stinkwütend ist, weil manche weniger geleistet und mehr bekommen haben. Der Neidische. Derjenige, der vielleicht gut daran getan hätte, wenigstens ein einziges Mal im Leben *verloren zu gehen,* auszuscheren und auf Risiko zu spielen, statt im Ideal der Heiligkeit zu vermodern.

Das denkt er. Und der Gedanke lähmt ihn.

Aus dem Lautsprecher ertönt ein Name. Sein Name. Andrea Luna, Mister Andrea Luna. Er wird von dem jungen Mädchen mit dem schwarzen Pony ausgerufen, das vor ihm steht. Ihre Blicke treffen sich. Sie sagt, Mis-

ter Andrea Luna, kommen Sie bitte unverzüglich zum Boarding ans Gate.
Einmal, denkt er, als Kind, hat er zusammen mit Freunden einen Ameisenhaufen angezündet. Er bekam das Gewimmel der fliehenden Insekten nicht mehr aus dem Kopf, sie schienen zu schreien, doch niemand konnte sie hören. Dann erinnert er sich an die Hautprobe, die er im Gymnasium unter dem Mikroskop betrachtet hat, erinnert sich an die Äderungen, wie Luftaufnahmen von Autobahnkreuzen. Andrea Luna, bitte begeben Sie sich zum Boarding, wiederholt die Stimme; sie wiederholt es mehrere Male, auch auf Italienisch. Das junge Mädchen schiebt das Mikro zur Seite, hebt kopfschüttelnd die Hände. Sie späht den Gang hinunter, blickt auf die Uhr. Der Mann neben ihr telefoniert, schirmt Mund und Hörer mit der Hand ab und lacht. Ein kleiner Junge flitzt vorbei und drückt sich einen roten Luftballon an die Brust.
Am Nachbargate ist ein Flugzeug aus Portugal gelandet. Die Passagiere strömen heraus. Ein Rugby-Team singt beim Aussteigen ein Lied. Andrea hört *tá bem* heraus, das Wort *igreja*. Andrea Luna, letzter Aufruf. Eine junge Frau hat etwas an Bord vergessen und sagt: Pardon, Entschuldigung – Andrea Luna, Mister Andrea Luna –, während sie versucht, sich zwischen den Rugby-Spielern hindurch zurück ins Flugzeug zu drängeln. Andrea Luna. Ein Mann war aufmerksam genug und hat es mitgenommen. Es ist ein orangefarbenes Note-

book mit winzigen perlfarbenen Aufklebern. Danke, sagt sie beglückt. Danke, tausend Dank. Andrea Luna. Und küsst ihn auf die Wange.

Bryant Park ist voller Stühle und Tischchen. Es ist spät in der Nacht, trotzdem sind viele junge Leute dort, die sich unterhalten, und Touristengrüppchen, die essen und trinken und ihre tagsüber gemachten Handyschnappschüsse durchsehen. In Italien ist Samstagmorgen, acht Uhr. Agnese schläft sicher noch, denkt er. Ob sie ihn abgeholt hätte? Er weiß es nicht. Vielleicht. Vielleicht wäre sie ihm entgegengelaufen, hätte ihn umarmt. Vielleicht hatte sie, genau wie er, den Wunsch nach einem wachsenden Bedürfnis, einander wiederzufinden. Vielleicht auch nicht.
Er schreibt eine kurze Nachricht, dass er nicht abgeflogen ist und eine weitere Woche in New York bleibt, wenn er zurück sei, würde er ihr alles erklären; wenn sie wolle, könne sie ihn jederzeit anrufen.
Er muss einen Plan fassen, ein Hotel suchen, doch plötzlich fällt ihm ein, wie er mit Dáire immer auf die Washington Bridge ging, um den Sonnenaufgang zu sehen, und es mag an der Verblüffung liegen über das, was er getan hat, oder an dem Schwindel angesichts der Folgen oder an der Euphorie, die die Luft in Midtown erfüllt, aber Andrea ist nicht müde – er fühlt sich leicht, wie beschwipst.
Der erste U-Bahn-Waggon, den er besteigt, ist von ei-

nem Penner in Beschlag genommen, der einen ranzigen Muff ausdünstet, Alkohol und Urin; an der nächsten Haltestelle wechselt er in den Wagen daneben. Eine afroamerikanische Familie sitzt darin: Mutter, Vater, Kinder. Zwei sind Zwillinge, eines hockt im Buggy, das vierte ist kurz vor der Pubertät; sie essen und angeln sich Pommes und Hamburger aus drei McDonald's-Tüten. Die Mutter kämpft gegen den Schlaf, der Junge hört mit Kopfhörern Musik; der Kleine im Buggy sieht krank aus und der Vater streichelt ihm übers Haar, ohne ihn aus den Augen zu lassen. Ein paar Sitze weiter liest ein Student mit NYU-Sweatshirt und sonnenverbranntem Gesicht in einer Segel-Zeitschrift. In Washington Hights steigt Andrea aus. Kein Mensch auf der Straße, nur das Rattern des Rollkoffers ist zu hören. Über die Fußgängertreppe erklimmt er die Brücke. Die Bäume des Riverside Park verdecken das nördliche Manhattan und lassen es aussehen, als schösse die Upper West Side direkt aus den Wäldern empor. Darüber Myriaden von Lichtern.

Bis zum Sonnenaufgang sind es noch ein paar Stunden. Andrea setzt sich auf den Boden, lehnt den Kopf gegen eine Metallstrebe, den Rollkoffer unter dem Ellenbogen, und schließt die Augen. In dem Moment stößt das Handy einen Klingelton aus. Mach, was du willst, lautet die Nachricht. Andrea streift das Telefon mit den Lippen, steckt es in die Tasche und gleitet, ohne es zu merken, in den Schlaf.

Er schläft, als der Himmel über ihm anfängt, farbige Purzelbäume zu schlagen.

Er findet ein Zimmer in einer Jugendherberge. In sein Hotel will er nicht zurück: Womöglich müsste er etwas erklären. Von der Jugendherberge aus bucht er einen Flug für den nächsten Freitag. Weitere sechs Tage dort. Er kann wieder ins Museum gehen, durch die Stadt wandern. Und das tut er, doch zu seinem großen Erstaunen zieht es ihn nicht mehr zu dem Gemälde, es steht nicht mehr an oberster Stelle. Er hatte geglaubt, der Wunsch, es im Licht der neuen Erkenntnis zu betrachten, in der neuen Rolle, die er in der Szene einnähme, würde überwiegen – doch dem ist nicht so. Sein Kopf ist leer, und nur der Rhythmus der Schritte, das Mantra der Stadt, kann den flüchtigen Gedanken etwas wohltuend Schlüssiges verleihen.
Ziellos umherzuwandern, erfüllt ihn. Ganz gleich, in welche Richtung, ob bei Tag oder bei Nacht, auch wenn ihm die Zwischenzeiten – Morgengrauen und Dämmerung – tatsächlich die liebsten sind, oder auch die Dunkelheit, der Schein der elektrischen Lichter, in den Mittagsstunden legt er sich lieber zum Schlafen unter einen Baum im Central Park. Drei Tage vor der neuen Abreise sieht er nachmittags einen Falken durch die Luft gleiten und auf die Gänse des Reservoirs hinabstoßen. Die Gegenwart des Falken in der Stadt, die Grausamkeit und Natürlichkeit seines Verhaltens fas-

zinieren ihn so sehr, dass er für mehrere Stunden den Park durchstreift, in der Hoffnung, ihn wiederzusehen. Als er sich am Freitagnachmittag im Abflugbereich des JFK wiederfindet, könnte er nicht einmal sagen, wie er dort hingekommen ist.

Er erinnert sich, die Tasche gepackt, die Jugendherberge per Kreditkarte gezahlt und eine U-Bahn bestiegen zu haben, aber er ist sich nicht sicher, ob er sich vergewissert hat, in der richtigen Linie zu sitzen, er erinnert sich nicht, in Howard Beach ausgestiegen, die AirTrain genommen und den Check-in gemacht zu haben. Er überlegt, was Agnese wohl sagen wird. Sie wird ihm vorwerfen, noch mehr Geld für eine weitere, *unverdiente* Woche Urlaub rausgeschmissen zu haben. Sie wird sich nicht erkundigen, wie er seine Tage verbracht hat, sie wird nicht wissen wollen, worüber er nachgedacht und was er begriffen hat, weil sie selbstverständlich davon ausgehen wird, dass er eine rundum entspannte Zeit hatte, während sie mit Beratungsgesprächen, Meetings und Therapien beschäftigt war; und sie wird sich darüber mokieren, dass nun, da Sommer ist, zwei Monate Nichts vor ihm liegen, während sie sich, wenn alles gut läuft, im August ein paar Tage freischaufeln kann.

Während er sich zu Gate 7 begibt, begegnet er einem Mann, der ihn an seinen Vater erinnert: die gleiche Haltung, die gleichen Schultern. Einmal, als er ihn zum Angeln mitnahm, hatte sein Vater gesagt, er würde ihm helfen, seine Hände von allen Sünden reinzuwaschen, genau das. Doch dann war er gestorben, ehe Andrea den Mut fand, ihn zu fragen, welche Sünden er meinte, und auch jetzt wüsste er nicht zu sagen, worauf er sich bezog. So war er, sein Vater. Er und seine Mutter waren in den Höfen der Pfarrgemeinde Sant'Andrea Archangelo aufgewachsen, sie hatten sich als Kinder kennengelernt, ineinander verliebt und schließlich geheiratet; aus diesem Grund hatten sie ihr erstes Kind – von dem sie hofften, es wäre das erste von vielen – Andrea genannt. Doch nach Andreas Geburt war Rebeccas Fruchtbarkeit versiegt. Der Herr, so sollten sie sich immer wieder sagen, hatte andere Pläne, und mit der Zeit hatten sie sich damit abgefunden. Im Grunde war Andrea das Kind, das sie sich gewünscht und, noch ehe sie es zu Gesicht bekamen, in ihrer Vorstellung großgezogen hatten. Er wuchs still heran, ohne zu stören, von allen geliebt. Mit seinem freundlichen, selbstlosen Wesen war er fürs Teilen gemacht – weniger fürs Zusammensein. Er liebte es, die Dinge von oben und aus der Ferne zu betrachten: die sich überlagernden Geometrien der Stadt vom heimischen Balkon aus; die Täler und Grate von den Terrassen der Berghütten, zu denen er mit den Gemeindegruppen wanderte; die Äolischen Inseln, die vor dem Kap von Milazzo zergingen, wo er mit seinen Eltern Camping machte. Weil sie sich nur um ein Kind kümmern mussten, das obendrein pflegeleicht war, hatten die beiden beschlossen, ihre Arbeit aufzugeben – sie leitete eine Bibliothek, er war bei einem Chemieunternehmen angestellt – und sich dem fairen Handel zu widmen. Sie waren gerade auf der Reise zu einem Genossenschaftsbesuch, als das Flugzeug in den Indischen Ozean stürzte.

Außerhalb des Flughafens ist es heiß, drinnen ist die Luft klimatisiert, und wer Sandalen trägt, wackelt mit den kalten Zehen. Ein buddhistischer Mönch in orangefarbener Kutte isst Reis, den er mit Stäbchen aus einem Plastikbehälter fischt. Ein Kind mit Downsyndrom scharwenzelt neugierig um ihn herum und flitzt lachend davon, sobald der Mönch ihm grüßend zublinzelt. Andreas Flug – erste Zwischenlandung: Madrid – beginnt mit dem Boarding. Die Menschen erheben sich von ihren Sitzen, er holt das in der Woche zuvor gekaufte *Wild leben* heraus, das er seitdem nicht mehr aufgeschlagen hat, und fängt an zu lesen. Der Vater des sechzehnjährigen Joe, der erzählenden Hauptfigur, bricht auf, um einen Waldbrand zu bekämpfen, während die Leute ins Flugzeug steigen und das Gate sich leert. Joes Mutter verliebt sich in einen gewissen Warren Miller, während das Boardingpersonal anfängt, seinen Namen auszurufen. Joe beobachtet die Risse, die sich im Sommer 1960 in Great Falls, Montana, in dem Stoff auftun, aus dem seine Familie gemacht ist, während die Stimme Andrea Luna skandiert und aus dem Nachnamen L*iu*na macht. L*iu*na, Mister Andrea L*iu*na, wiederholt sie. Andrea L*iu*na wird gebeten, umgehend zu Gate sieben zu kommen.

Was soll der Scheiß? Agneses pulvrige Stimme explodiert, noch ehe er *Hallo* sagen kann.
Er hat die Jugendherberge gewechselt, eine billigere in Brooklyn gefunden. Als er am Nachmittag auf die U-Bahn wartete, um zurück in die Stadt zu fahren, hat er Agnese dieselbe Nachricht geschickt wie beim letzten Mal: Ich habe den Flug nicht genommen, ich bleibe noch eine Woche, ich erkläre dir alles, wenn ich zurück bin. Doch in Italien schliefen alle, Agnese würde die Nachricht erst am nächsten Morgen lesen. Es ist also kurz nach ein Uhr nachts und Andrea sitzt auf der Feuertreppe und betrachtet die Lichter der Autos, die über den Gowanus Expressway rasen, als das Handy klingelt.
Kannst du mir mal erklären, welche Scheiße in deinem Hirn vorgeht?
Andrea denkt, dass das keine schlechte Frage ist.
Keine Ahnung.
Vielleicht ist es die Wortwahl oder die elliptische Ausdrucksweise; vielleicht ist es sein Tonfall, die Seelenruhe, Lässigkeit, Beiläufigkeit. Tatsache ist jedenfalls, dass Agnese einige Momente lang schweigt, in denen die Lichter der Autos auf dem Expressway weniger werden und es Andrea vorkommt, als hielte der ganze Vorort den Atem an, dann bricht sie in ein Lachen aus, das wie ein entnervtes, ungläubiges Stöhnen klingt. Sie sagt: Kannst du das bitte wiederholen?
Ich weiß nicht genau, was ich gerade tue. Ich würde es

dir gern erklären, eine umfassende, elegante Entschuldigung parat haben, mit der du etwas anfangen kannst, aber, nun ja, es ist nun einmal so, dass ich keine habe. Was ich dir sagen kann, ist, dass ich einen weiteren Flug für Donnerstag gebucht habe.

Du bist wahnsinnig.

Ich glaube, dass …

Es ist mir scheißegal, was du glaubst, Andrea. Du hast zwei Flugtickets weggeschmissen, *zwei* Flugtickets von New York, und du weißt nicht, wieso? Hörst du dir eigentlich zu? Du bist echt nicht mehr zu retten, verdammt.

Kann sein.

Kann sein?

Kann sein, sagt Andrea. Und wie geht es dir?

Ich … ich muss los, Andrea. Ich muss duschen, ins Auto steigen, meinen Tag beginnen.

Ich fliege am Donnerstag. Versprochen.

…

Hallo?

Eine Sirene hallt durch die Nacht. Im Flur sind Geräusche zu hören, Gelächter. Im Zimmer neben der Feuertreppe geht das Licht an und ein Mädchen steckt den Kopf aus dem Fenster. Sie ist sehr jung, bestimmt nicht älter als zwanzig. Sie sieht Andrea.

Hey!

Hey!, sagt Andrea.

Hast du eine Zigarette?

Nein.
Willst du eine?, fragt sie und hält ein Päckchen hoch.
Wieso hast du mich nach einer Zigarette gefragt, wenn du welche hast?
Sie kramt ein Feuerzeug aus der Tasche, die Flamme erhellt ihr Gesicht; sie hat dunkle Haut und schwarze, gierige Augen. Du bist nicht besonders witzig, oder? Woher kommst du?
Du?
Portland, Oregon. Ich glaube, du bist Grieche …
Muss ich das ernst nehmen, oder ist das auch ein Scherz?
Nein, ich mein's ernst. Woher kommst du?
Belarus, sagt Andrea.
Echt?
Er prustet los. Nein, natürlich nicht. Sehe ich etwa belarussisch aus?
Die Hemdenärmel des Mädchens sind zerschlissen, sie hat Schwimmerinnenschultern und einen Kratzer, auf dem ein Pflaster klebt. Hinter ihr taucht eine Freundin auf.
Und wer ist das?
Das versuche ich gerade herauszufinden.
Ich heiße Andrea. Ich bin Italiener.
Glaub ihm nicht, sagt das erste Mädchen.
Wieso nicht?, fragt das zweite.
Pff! Weil er einen Haufen Scheiße erzählt.
Seid ihr Schwestern?, fragt Andrea.

Schwestern?, sagen sie im Chor. Die Erste muss so sehr lachen, dass sie mit dem Kopf gegen den Fensterrahmen stößt.

Wie kommst du denn darauf?, fragt die Zweite. Sie hat eine vorspringende Nase, trägt einen Ringelpulli und eine Menge bunter Kettchen.

Findest du, wir sehen uns ähnlich?

Kaum hat sie es gesagt, verschwindet sie im Zimmer, als wäre das keine Frage gewesen.

Mit den Fingern formt Andrea einen rechteckigen Rahmen und nimmt das erste Mädchen ins Visier, das noch immer rauchend am Fenster steht.

Vielleicht ist es die Kopfform, der Kiefer …

Das Mädchen legt die Finger ebenfalls zu einem Rahmen zusammen und kneift ein Auge zu, die Zigarette zwischen den Lippen. Die Haare, nuschelt sie. Die Stirn, die Ohren. Dann nimmt sie seinen Schritt ins Visier. Oder vielleicht etwas anderes. Willst du mit uns ausgehen, griechisch-belarussisch-italienischer Freund?

Es ist fast zwei Uhr nachts, sagt er. Ich dachte, ihr kämt gerade zurück.

Gehen oder Kommen … sagt das Mädchen. Wer weiß das schon? Und was macht es für einen Unterschied? Sie hebt das Kinn und bläst den Zigarettenrauch aus. Draußen fiel der Regen, dunkel und langsam, rezitiert sie mit getragener Stimme, während ich über diesen gefährlichen, aber unwiderstehlichen Zeitvertreib nachgrübelte …

Andrea runzelt die Stirn. Allen Ginsberg?, fragt er.
Pink Floyd, sagt sie.

Es ist helllichter Tag, als er aufwacht, angestrahlt von einem grellen Sonnenfleck, der sich über das Bett und den wurmzerfressenen Schrank ergießt, und sein erster Gedanke ist, dass er besser nicht mit Rita und Unique hätte ausgehen sollen. Unique ist nicht ihr richtiger Name, sie heißt Claire; sie hat angefangen, sich Unique zu nennen, als sie mit sechzehn mit ihren Freundinnen eine Indie-Rock-Band gegründet hat, in der sie die Bassgitarre spielte, und ist den Namen nicht mehr losgeworden. Dass er nicht mit ihnen hätte ausgehen sollen, hat weniger damit zu tun, dass er, wie manch einer denken könnte, solche Abende nicht mehr verträgt, sondern dass er solche Abende *noch nie* vertragen hat – und heute erst recht nicht. Er hat sie in eine Kneipe in Bushwick begleitet und ihnen was zu trinken spendiert, da waren zwei Milchgesichter, die Lieder von den Pet Shop Boys coverten, und die Mädchen tanzten, die Arme in die Höhe gereckt. Er blieb sitzen und schaute ihnen zu. Dann ließ jemand Marihuana herumgehen, und Unique drängte ihn zum Rauchen – er erinnert sich nicht genau, wie ihr das gelungen ist –, und am Ende sind sie nach Red Hook gefahren, haben von einer Brücke Steine in Richtung der Freiheitsstatue geworfen und gewettet, wer es schaffen würde, sie zu treffen.

Er duscht und zieht sich an, geht raus, um zu frühstücken. Mit einem Kaffee in der Hand schleppt er sich bis zum Prospect Park. Gegen Mittag wird die Hitze drückend, und so beschließt er, in die U-Bahn zu springen und ins klimatisierte Metropolitan zu fahren. Als er dort ist und den Anstecker befestigt hat, den jeder Besucher erhält, geht er in den zweiten Stock hinauf und begegnet auf der Treppe Walter.
Hey! Walter.
Sir! Sie sind noch hier? Ich dachte, Sie wären gefahren.
Ja, so war es geplant. Es ist was dazwischengekommen. Wie dem auch sei, hier alles gut? Ist mein Rembrandt noch an seinem Platz?
Ihr Rembrandt, Sir, ist dort und wartet auf Sie.
Bestens. Dann will ich ihm mal Hallo sagen.
Ich hätte noch einen Hocker im Lager stehen, Sir, sagt Walter und hebt die Stimme. Bei Ihrem Zustand ist es mir wohl erlaubt, ihn holen zu gehen.
Unendlichen Dank, sagt Andrea, legt die Hand in den Rücken und zieht die Lippen kraus.
Da ist er. Der Vater und seine Söhne, die Umarmung und der Zorn, die Reue und die Vergebung. Die Eifersucht. Walter kommt mit dem Hocker. Andrea schleicht sich ins Bild und kauert sich hinter die Diener ins Dunkel. Dort reckt er den Hals, um den großen Bruder zu beobachten, der in edler Haltung, aufrecht und gram, auf der rechten Seite steht, zum ersten Mal blickt er ihm aufmerksam ins Gesicht und sieht nicht nur sich

selbst darin, sondern sämtliche von ihren Eltern getäuschten Söhne, die jahrelang zu hören bekamen, sie sollten dem elterlichen Beispiel folgen: Sie würden bekommen, was ihnen zustehe, was sie verdienten, sie würden den Planeten zu einem besseren Ort machen, und, nein, nicht der Aufstand sei der rechte Weg, und auch nicht die Zwietracht oder der Trotz, der rechte Weg sei die Mäßigung, der Kompromiss – sie müssten nur Vertrauen haben.
Als Walter ihm eine Hand auf die Schulter legt, ist es, als würde er ihn wecken.
Ich habe zehn Minuten Pause, Sir. Ich habe mich gefragt, ob ich Ihnen einen Kaffee spendieren darf.
Wie wär's, wenn ich Ihnen einen Kaffee spendiere, Walter?, sagt er und steht auf. Soll ich den mitnehmen?, fragt er und zeigt auf den Hocker.
Sie setzen sich an ein Tischchen in der Cafeteria; Walter kommt mit zwei Espressi.
Mein Vater machte den besten Espresso im ganzen Viertel, wissen Sie. Er war ganz verliebt in Italien. Verliebt. Seit er Modugno kennengelernt hatte. Hatte ich Ihnen schon erzählt, dass mein Vater Modugno in seinem Taxi herumgefahren hat?
Was sagst du deinen Kindern, Walter?
Verzeihung, Sir?
Um sie auf die Zukunft vorzubereiten, meine ich. Was sagst du ihnen?
Walter überlegt, nippt am Kaffee, wischt sich über den

Mund. Als ich acht oder neun Jahre alt war, sagt er, nahm mein Onkel mich zur Seite. Er sagte, er müsse mit mir sprechen. Es sei *wichtig*. Nun, ich vergötterte meinen Onkel, Sir. Nachdem meine Mutter ertrunken war, blieben mein Vater und ich allein zurück, bis eines Tages mein Onkel aus Oregon mit einem Koffer auftauchte und bei uns einzog. Zwei Männer und ein Knirps in einer winzigen Wohnung in Harlem. Draußen gingen die Leute anschaffen, ballerten sich nieder, mein Vater arbeitete für gewisse Geldleute von der East Side als Fahrer und war fast jeden Tag unterwegs. Und mein Onkel, der gern geschrieben hätte …

Geschrieben?

Romane, Sir. Sein Kopf war voller Geschichten, wissen Sie? Ich weiß nicht, woher er sie nahm, jedenfalls erzählte er mir jeden Abend zum Einschlafen eine neue: eine verrückter als die andere. Er schrieb ganze Notizbücher voll. Eines Tages sagt er zu mir, er müsse mit mir reden, also gehen wir raus in den Park. Die Sonne scheint grell, und ich weiß noch, wie wir in den Schatten eines großen Baumes schlüpfen, auf den ich immer geklettert bin, und er sagt: Ich beobachte dich schon seit einer ganzen Weile, Wally. Er macht ein ernstes Gesicht. Ich beobachte dich schon seit einer ganzen Weile und bin zu folgendem Schluss gekommen: Du bist etwas ganz Besonderes und kannst im Leben alles erreichen, alles. Du musst es nur wollen. Ich weiß noch, wie ich ihn mit großen Augen anstarrte. Das können

Sie sich sicher vorstellen, Sir. Er war mein *Held.* Wenn es einen Menschen auf der Welt gab, den ich für etwas Besonderes hielt, dann war es mein Onkel. Ich war überzeugt, dass *er* alles erreichen könnte, und jetzt sagte er mir, *ich* könnte werden, was immer ich wollte. Es war eine Art Taufe, Sir, wenn Sie verstehen, was ich meine …

Ein Ritterschlag …

Richtig, Sir. Genau das. Fehlten nur das Schwert und der Umhang und dass er mich aufforderte, niederzuknien. Ich fing an zu überlegen, was ich im Leben machen wollte, schließlich musste ich ja irgendwie loslegen, nicht wahr? Ich beschloss, dass ich Arzt werden wollte. Und ich lernte; all die Jahre, die ich in die Schule gehen konnte, lernte ich wie ein Besessener, denn irgendwann musste man sich am College einschreiben, und mein Vater hatte kein Geld, um mich aufs College zu schicken. Ich bewarb mich um Stipendien, bekam aber kein einziges. Tja, ich heulte mir die Augen aus dem Kopf, bis ein Freund der Familie, Bernard Koil, ein wahrer Freund, mich fragte, ob ich ihm in der Werkstatt helfen wolle, und so fing ich an zu arbeiten. Seitdem habe ich nicht mehr aufgehört.

Dein Onkel?

Oh, der war nicht mehr da. Er war fortgegangen. Vergeblich hatte er versucht, seine Geschichten zu veröffentlichen. Es gelang ihm, für eine Tageszeitung in Kansas zu schreiben, aber ein richtiger Journalist ist nie

aus ihm geworden; wenn Sie verstehen, was ich meine, Sir. Er hatte Mühe, über die Runden zu kommen, und so fing er an zu trinken, zu rauchen. Er ist an einem Herzinfarkt gestorben, mit nicht einmal fünfzig.
Das tut mir leid.
Ja. Und deshalb: Was sage ich meinen Kindern, Sir? Verzeihen Sie die Offenheit, aber meinen Kindern sage ich einen Scheißdreck. Ich stehe jeden Tag auf und mache meinen Job, und wenn ich keinen mehr habe, gehe ich los und suche mir einen. Mir ist nie ein Tropfen Alkohol ins Haus gekommen, und als meine Frau mit George schwanger war, habe ich aufgehört zu rauchen. Meine Kinder tun das, was sie können und was das Leben für sie bereithält. Was ich ihnen beibringen kann, ist das *Wie*. Wie man's macht, wie man aufsteht und dem Tag entgegengeht, den Gott allmorgendlich vor uns ausrollt, wenn die ersten Sonnenstrahlen die Dächer der Häuser erhellen, ganz egal, wer in ihnen wohnt. Ich halte nicht besonders viel von Worten, Sir. Vom guten Beispiel hingegen schon.

Am Donnerstag der Abreise wird Andrea von einem heftigen Platzregen geweckt. Er steht auf und tritt ans Fenster: Die Blitze spinnen elektrische Netze über Brooklyn. Er legt sich wieder schlafen, und als er aufwacht, ist er nassgeschwitzt, denn die Sonne ist hervorgekommen, und die Feuchtigkeit, die von den Straßen empordampft, sättigt die Luft. Als er am Mittag aus-

checken will und der Junge am Empfang die Daten seiner Kreditkarte eingegeben hat, hört er ihn sagen: Die funktioniert nicht.
Wie bitte?
Die funktioniert nicht.
Was?
Die Karte. Vorgang abgelehnt. Passiert manchmal. Haben Sie noch eine andere?
Eine andere Karte? Nein, nur die. Ich habe eine EC-Karte, aber ich kann pro Tag nur zweihundert Dollar abheben. Gestern habe ich sie benutzt, und sie hat funktioniert. Könnten Sie es bitte noch einmal versuchen?
Der Junge tippt auf der Tastatur herum, starrt auf den Bildschirm, schüttelt den Kopf. Bedaure. Haben Sie eine Nummer, bei der Sie anrufen können? Sie können unser Telefon benutzen.
Kein Problem, sagt er. Auf seinem Handy sucht er die Servicenummer heraus, und nachdem man ihn in die Warteschleife geschickt und sein Geburtsdatum und seine Adresse abgeglichen hat, teilt eine Frauenstimme mit slawischem Akzent ihm mit, dass seine Kreditkarte als gestohlen gemeldet ist, der Diebstahl wurde angezeigt und die Karte gesperrt.
Ich habe keinen Diebstahl angezeigt.
Sie haben ein gemeinsames Konto mit Frau Agnese Ardenzi, richtig?
Ja, das ist meine Frau.

Sie hat den Diebstahl der Karte angezeigt. Und der EC-Karte.
Wie bitte?
Agnese Ardenzi. Sie hat den Diebstahl der Karte und der EC-Karte angezeigt.
Meine Frau?
Agnese Ardenzi ist Ihre Frau?
Ja, aber … Hören Sie, das ist ein Irrtum. Ich bin in New York und muss meine Unterkunft bezahlen und meinen Flug kriegen. Kann man die Anzeige nicht zurücknehmen? Kreditkarte und EC-Karte sind hier, bei mir. Ich habe sie gerade in der Hand.
Tut mir leid, Sir. Wenn eine Karte gesperrt ist, lässt sie sich nicht reaktivieren. Sie müssen sich zu einer unserer Filialen begeben und eine neue beantragen.
Probleme in Belarus, Bürger?
Andrea dreht sich um und gibt Unique mit Blicken zu verstehen, dass es gerade nicht passt. Es muss doch irgendeine Lösung geben, sagt er an den Jungen gewandt.
Sieht nicht so aus, anscheinend gibt es keine Lösung.
Ich fasse es nicht.
Unique kommt näher. Rita stolpert aus dem Fahrstuhl und schiebt keuchend zwei Koffer vor sich her. Sie sagt: Du könntest mir auch helfen, blöde Kuh. Unique hört nicht hin und spielt an Andreas Hemdknöpfen herum.
Können wir was tun?
Was denn?
Brauchst du Geld?

Nein, ich brauche kein Geld.
Was dann?
Unique, bitte … Andrea entfernt sich und wählt Agneses Nummer.
Agnese antwortet beim ersten Klingeln. Ich nehme an, du musst etwas bezahlen, sagt sie.
Was fällt dir ein?
Ein kleiner Anreiz, Andrea. Kein Geld, kein Aufschieben. Musst du das Hotel bezahlen?
Ja.
Gib mir die Rezeption, ich regele das.
…
Ich zahle mit meiner Karte, Andrea. Du musst nur deine Tasche nehmen, zum Flughafen fahren und in diesen Scheißflieger steigen. Glaubst du, du schaffst das?
…
Andrea. Glaubst du, du schaffst das?
Ja.
Gib mir die Rezeption.
Unique und Rita begleichen gerade ihre Rechnung. Andrea entschuldigt sich und hält dem Jungen sein Handy hin, der das Gespräch in professionellem Ton entgegennimmt, nickt, auf der Tastatur herumklackert. Rita fragt, was passiert ist. Andrea erzählt. Er fühlt sich gedemütigt, das ist es. Gekränkt und gedemütigt. Er schaut vom Boden auf und sieht den Jungen an, der seinen Blick erwidert, und auf seinen Lippen zeichnet sich ein ironisches kleines Grinsen ab.

So eine Schlampe, sagt Unique. Wieso sagst du ihr nicht, sie soll dich am Arsch lecken?
Der Junge gibt ihm das Handy zurück. Alles in Ordnung, sagt er. Andrea meint, aus seiner Stimme eine Spur Verachtung herauszuhören.
Kommst du mit?, fragt Rita.
Ich? Ich muss zum Flughafen. Wo geht ihr hin?
Wir ziehen zu einer Schulkameradin von mir …
Nein, ich muss wirklich los, tut mir leid. Danke für alles.
Wir haben einen Scheißdreck gemacht, sagt Unique.
Na ja, war schön, euch kennenzulernen. Wie auch immer, danke für die Gesellschaft.
Unique rafft ihre Tasche vom Boden. Falls du es brauchen solltest, 133 Pitt Street, Lower East. An der Klingel steht Lowe. Alles Gute, Bürger … Dann dreht sie sich um die eigene Achse und verflüchtigt sich im verführerischen Licht des Tages, gefolgt von Rita, die fluchend die Koffer hinter sich herschleift.

Am Check-in gibt es Probleme mit dem Computer, die Warteschlange ist ewig lang und die Menschen sind genervt; ein Kind weint, und obwohl die Mutter alles unternimmt, um es auf andere Gedanken zu bringen, scheint es untröstlich zu sein. Als Andrea schließlich das Gate erreicht, gibt es keinen Sitzplatz, also beschließt er, an die Tischchen des Starbucks auszuweichen. Er schlägt Fords Buch auf, kann sich aber nicht konzentrieren. Ein Feuerwehrauto prallt gegen seinen

Fuß; er hebt es auf. Ein Junge von acht oder neun Jahren rennt auf ihn zu. Sein Haar ist duftig, das Gesicht von Sommersprossen übersät, er trägt ein blau kariertes Hemd und ein himmelblaues Jäckchen, kurze Hosen und Sandalen.
Könnten Sie es mir bitte wiedergeben?, fragt er auf Englisch mit starkem französischem Akzent.
Ist das deins?
Ja.
Woher soll ich wissen, dass es wirklich deins ist?
Der Junge ist reglos, ausdruckslos. Dass er nachdenkt, erkennt Andrea nur am unmerklichen Zucken der Lider.
Weil ich hier der Einzige bin, der Sie darum bittet, sagt er auf einmal. Wenn es nicht meins wäre, wäre ich nicht hier, sondern jemand anders.
Wie heißt du?
Quetzalcoatl.
Glaube ich nicht.
Na ja, das ist nicht der Name, den mir meine Eltern gegeben haben, den habe ich mir ausgesucht.
Und wie ist der, den dir deine Eltern gegeben haben? Sehr hässlich?
Den kann ich dir nicht sagen.
Warum nicht?
Als ich mir meinen neuen Namen ausgesucht habe, habe ich versprochen, den alten zu vergessen, und jetzt darf ich ihn nicht mehr aussprechen.

Sind deine Eltern damit einverstanden?
Sie wissen es nicht. Ich werd's ihnen sagen, wenn ich sie sehe.
Bist du jetzt nicht mit ihnen unterwegs?
Er schüttelt den Kopf, sagt: mit meiner Oma. Wir sind nach Mexiko gefahren, um uns die Pyramiden anzusehen. Meine Eltern wohnen in Brüssel. Ich wohne auch in Brüssel. Meine Oma lebt in New York, aber sie verbringt sehr viel Zeit bei uns. In Brüssel werde ich der Einzige sein, der so heißt.
Da habe ich keinen Zweifel. Aber wieso Quetzalcoatl?
Er kann sterben und wiederauferstehen.
Entschuldigen Sie. Stört Emanuel Sie?
Die Frau, vermutlich die Großmutter, ist eine vornehme, auf altmodisch elegante Art in zimtfarbenes Leinen gekleidete Dame mit einer schweren Halskette aus grünen Steinen, ihr Alter wird von ihren Händen, der Haut an ihren Armen und unter dem Kinn verraten und von ihren Augen und ihrer Stimme sogleich widerrufen.
Er bandelt gern mit fremden Leuten an, sagt sie mit einem liebevollen Blick auf ihren Enkel. Auch wenn er damit lästig wird.
Nein, sagt Andrea. Es ist meine Schuld, ich habe ihn mit meinen Fragen aufgehalten. Ganz im Gegenteil. Er erzählte mir gerade von Ihrer Reise nach Mexiko, von Quetzalcoatl.
Ja, die Geschichte dieser Gottheit hat ihn tief beein-

druckt. Und die Darstellungen von ihr noch mehr. Nicht wahr, Emanuel?
Eine gefiederte Schlange, sagt er. Oma …
Ja?
Darf ich mir jetzt ein Eis holen?
Die Großmutter blickt auf die Uhr. Ich würde sagen, ja, Emanuel. Das Restgeld von heute hast du noch, oder? Das von der Zeitung.
Strahlend flitzt der Kleine davon. Andrea sieht ihn im Zickzack zwischen den Menschen hindurchwuseln: Er bewegt sich tapsig und weich zugleich, als würde er den Boden nicht berühren.
Schön, dass Sie zusammen reisen, sagt Andrea. Ich meine, nur Sie und er. Das ist selten. Da kann man viel voneinander lernen.
Da haben Sie recht. Ich wünschte nur, wir täten es aus freien Stücken und nicht gezwungenermaßen. Doch seit meine Tochter und ihr Mann tot sind, seufzt sie, hat er nur noch mich.
Andrea setzt sich auf. Emanuels Eltern?
Ein Autounfall vor drei Jahren. Ich hoffe, ich lebe noch lang genug. Wenigstens so lang, bis er sich an der Universität einschreibt. Ab da kommt er allein zurecht. Doch jetzt gehe ich besser nach ihm sehen, sagt sie sacht. Man weiß nie, wo Emanuel landet, wenn ich die Zügel locker lasse. Und sie fängt an zu lachen, ein kristallhelles Lachen, das sich an den grünen Steinen um ihren Hals bricht und ihre kindlichen Augen erstrahlen lässt.

Sie verabschieden sich und wünschen einander eine gute Reise. Erst rund zehn Minuten später, als er aufstehen will, um zum Gate zu gehen, bemerkt Andrea, dass er Emanuel den Feuerwehrwagen nicht zurückgegeben hat. Während der Unterhaltung hat er ihn auf dem Rollkoffer abgestellt, und dort ist er geblieben. Bis zum Boarding ist es noch eine halbe Stunde, also beschließt er, die beiden zu suchen. Beim Gehen lässt er den Wagen über seine Brust rollen, hält ihn hoch, und die Räder drehen frei. Er überlegt, wo er so einen Feuerwehrwagen schon einmal gesehen hat, und ihm kommt Aun-Liang in den Sinn. Er geht den Gang hinunter an den Gates vorbei, kann sie aber nirgends entdecken; er wirft einen Blick in die Geschäfte, an die Tischchen der Cafeterien, doch umsonst. Dann fällt ihm ein, dass Emanuel von Brüssel gesprochen hat. Auf einer Anzeigetafel geht er die Abflüge durch, doch Brüssel ist nicht darunter. Vielleicht steigen sie in Frankfurt um, denkt er. Oder in Paris. In den nächsten Stunden gibt es drei Flüge mit diesen Zielen: Bei einem ist das Gate noch nicht angezeigt, bei den anderen beiden schon. Er merkt sie sich und geht hin. Vergeblich. Sie können unmöglich schon abgeflogen sein, denkt er. Und ich kann das Feuerwehrauto unmöglich mitnehmen. Er überlegt, dass sie vielleicht auf dem Klo waren, während er am richtigen Gate nachgesehen hat, und womöglich kurz nach ihm dort aufgetaucht sind und sie sich um ein Haar verpasst haben – so läuft es manchmal. Das Auto halb in der Luft, als würde es fliegen, lässt Andrea es über Wände und Ladenfenster rollen und macht sich abermals verbissen daran, den Flughafen zu durchkämmen, denn wir alle, denkt er, wir alle brauchen jemanden, der uns wiedergibt, was wir verloren haben, und während er an diesem von Transitverkehr durchwirkten Ort über die Endlichkeit des Lebens, über den Verfall der Materie und die Vergänglichkeit nachsinnt, eingenommen von der Suche nach einem Kind, das wieder aufleben möchte, bekommt er den Namen nicht mit, der aus dem Lautsprecher tönt und den eine elegante Frauenstimme mehrere Male wiederholt: Mister Andrea L*iu*na, Mister Andrea L*iu*na, Mister Andrea L*iu*na.

4

Und so kehrt er am Ende wieder vom Flughafen zurück, läuft, bis er Füße und Beine nicht mehr spürt, zieht das Handy aus der Tasche, das die dösige Luft des Central Park mit *Summertime* erfüllt – auf dem Display ein Foto von Agnese, die über den Rand ihrer Sonnenbrille lugt –, und wirft es mit einem von Billie Holidays rauer Stimme beschriebenen Bogen in einen der Teiche – zwischen den Bäumen hindurch, unter dem Blick eines Falken.

Nachdem er das Telefon in den Teich geworfen hat, streift er durch den Park. Ehe die Sonne untergeht, macht er auf einer Bank halt und schaut Eltern und kleinen Kindern beim Fernsteuern winziger Segelboote zu. Er sieht nach, wie viel Geld er hat – kaum mehr als dreißig Dollar –, und versucht sich die Informationen in Erinnerung zu rufen, die Unique ihm beim Abschied gegeben hat. An der Ecke Fünfte und Neunundfünfzigste verlässt er den Park. Er erreicht den Union Square, geht die Bowery hinunter, biegt in die Houston, erreicht die Pitt Street und sucht die Nummer 133 – aber er ist sich nicht sicher, dass es die 133 ist, vielleicht ist es die 113 – und den Nachnamen Lowe – aber viel-

leicht bringt er ihn mit *Lower* von Lower East Side durcheinander –, jedenfalls findet er die Klingel nicht, und nachdem er die Straße mehrmals auf und ab gewandert ist, setzt er sich auf eine Bank im Hamilton Fish Park und verbringt dort die Nacht. Im Morgengrauen spannt ein Junge ein Seil zwischen einem Baum und einem Laternenpfahl und fängt an, darauf zu balancieren. Andrea wacht auf und sieht ihm beim Training zu, während die Sonne die Dächer der Häuser zählt.
Zwei Tage bleibt Andrea dort – oder vielleicht drei, jedenfalls nicht mehr als drei –, liest die Gratiszeitungen, die am U-Bahn-Eingang verteilt werden, spielt gedankenverloren mit Emanuels Feuerwehrauto und wartet darauf, dass eine der beiden – Unique oder Rita – vorbeikommt. Doch er sieht sie nie. Und nachdem er drei Tage lang jeden Tag zehn Dollar für Essen ausgegeben hat und restlos abgebrannt ist, geht er sich in einer Starbucks-Toilette die Hände waschen, nimmt denselben Weg zurück, den er vor drei Tagen gekommen ist, und erreicht das Metropolitan.

Weil er nicht einmal mehr Kleingeld für eine Eintrittskarte hat, setzt er sich auf die Stufen. Ein Polizist kommt auf ihn zu und sagt, man dürfe auf den Stufen nicht sitzen, er müsse gehen. Er steht auf und lehnt sich an ein Mäuerchen. Nachdem die Chance, bei Unique und Rita unterzukommen, geplatzt ist, bleibt nur noch

Walter. Da ist noch Vincenzo, aber ihn hat er ausgeschlossen. Er wüsste nicht, was er ihm sagen, wie er sich rechtfertigen sollte.
Er verbringt den Tag dort, harrt darauf, Walter kommen oder gehen zu sehen, doch es muss sein freier Tag sein, denn Walter kommt und geht nicht. Sicher, es könnte noch andere Eingänge geben: Prüfend umrundet er das Museum, findet aber nichts. Nein, bestimmt ist es sein freier Tag. Er schläft im Central Park, und zwei Eichhörnchen beißen ihm in die Finger. Gegen vier Uhr morgens hört er Schreie: Die Polizei verhaftet zwei Jungen und ein Mädchen – das Mädchen ist jung, blutjung. Er fragt sich, ob er sich besser verdrücken sollte, und entscheidet sich dagegen. Er späht hinter einem Baumstamm hervor, bis die Blinklichter verschwinden und die Nacht zurückkehren lassen.

Walter hat einen Artikel im *New Yorker* gelesen, verfasst von einem Soziologen, oder vielleicht war es ein Psychotherapeut, ganz egal, jedenfalls hat er diesen Artikel gelesen, der anschaulich darlegt, mit Beispielen und allem, dass Glück nicht außerhalb von uns entsteht, sondern in uns. Dass wir es sind, die es synthetisieren. Dass wir es sind, die lernen müssen, mit dem Holz, das wir haben, Feuer zu machen; dass es Menschen gibt, die irrtümlich eingesperrt wurden, jahrelang unschuldig im Gefängnis saßen, und die, als ihre Unschuld bewiesen war, ihre Knasterfahrung als unvergleichlich und

glorious beschrieben; dass der Glückskoeffizient bei Menschen, die nach einem Unfall nicht mehr laufen konnten, zwei Jahre später der gleiche ist wie bei Lottogewinnern zwei Jahre nach einem Geldsegen von zwei Millionen Dollar.
Und mit diesem Exemplar des *New Yorker* mit einer Zeichnung von Chris Ware auf dem Titel, das er einem Kollegen leihen will, steigt Walter aus dem Bus.
Andrea sieht ihn. Er hockt auf dem Rollkoffer, gleich neben einem Straßenhändler. Er weiß nichts von dem Artikel, den Walter wenige Tage zuvor gelesen hat, doch als ihm an diesem Morgen bei Tagesanbruch ein Ahornblatt aufs Gesicht segelte und ihn die Augen aufschlagen ließ, musste er wieder an Walters Worte über das denken, was man seinen Kindern sagt, darüber, dass man jeden Tag aufsteht und tut, was man tun muss, und wenn ich meinen Job verliere, gehe ich los und suche mir einen, und als er ihn nun sieht, wie er aus dem Bus steigt, sich mit leicht gequälter Miene reckt, schulterklopfend einen Teamkollegen begrüßt, etwas zu ihm sagt und in schallendes Gelächter ausbricht, wagt er es nicht, zu ihm hinzugehen.

Eines Tages findet er einen Flyer von einem Verein, der bei der Saint Mark's Church Essen an Obdachlose verteilt, und gewöhnt sich an, gegen sechs Uhr dort in der Gegend zu sein. Nicht später, denn einmal ist er als Letzter gekommen und es gab nichts Festes mehr – we-

der Brot noch Frikadellen, nur Brühe. Nach dem Abendessen geht er manchmal zu einem Vortrag oder einem Konzert in die Kirche. Eines Abends ist ein Streichquartett angekündigt, ein Konzert zu Ehren eines Vereinsmitglieds, eines kürzlich aus Afghanistan zurückgekehrten Soldaten: Sie würden Schubert spielen, *Der Tod und das Mädchen*, und die Sechs Divertimenti op. 17 von Haydn. An der Viola Elisabeth Serrano. Er ist sich nicht sicher, dass sie es ist, er kennt ihren Nachnamen nicht. Doch wie viele Elisabeths spielen Viola in einem Streichquartett in New York? Das Konzert ist an diesem Abend. Die Aufregung, sie wiederzusehen, verschlägt ihm den Atem.
Er bleibt nicht zum Abendessen. Läuft auf die öffentlichen Toiletten im Columbus Park, wäscht sich, so gut es ohne Seife geht, kramt ein nicht allzu schmutziges T-Shirt aus den Tiefen seines Rollkoffers und ist vorzeitig dort, um sich einen der vorderen Plätze zu sichern, möglichst nah am Streichquartett.
Die Kirche füllt sich rasch.
Um Punkt acht Uhr kommen die vier mit ihren Instrumenten durch die Tür zur Sakristei herein, empfangen von gemessenem Applaus. Elisabeth – Andrea stampft vor Freude mit den Füßen, bravo, sagt er leise zu sich selbst, bravo, du hast es gewusst – nimmt direkt vor ihm Platz. Neben Andrea sitzt eine vielleicht fünfzigjährige Frau, feuerrotes Haar und Regenbogen-Strumpfhosen. Hinter ihnen ein alter asiatischer Mann, der kurz zu-

vor, auf einen Stock gestützt, durch das Kirchenschiff spazierte.
Mitten im Konzert seufzt die Frau auf, wie zutiefst gerührt von der einstimmenden Viola, legt ihren Kopf auf Andreas Schulter und drückt ihm die Hand. Er rührt sich nicht. Der Alte greift seinen Stock, schiebt ihn zwischen ihren Hälsen hindurch, schüttelt ihn und zwingt die Frau, sich wieder zu fassen. Setz dich ordentlich hin, blöde Kuh, zischt er. Die Frau dreht sich um, drückt die Lippen in ihre Handfläche und wirft ihm eine Kusshand zu.
Als das Konzert zu Ende ist, wartet Andrea vor der Kirche auf die Musiker. Es regnet. Elisabeth kommt Arm in Arm mit einem Mann heraus, der einen grauen Blazer trägt; sie holt einen Klappschirm aus der Handtasche, und zu Fuß gehen sie die Dritte bis zum Gamercy Park hinauf, wo sie, nachdem sie lange nach den Schlüsseln gekramt haben, in einem Gebäude verschwinden, in einem der eleganten Wohnhäuser, die den Park säumen. Kurz darauf geht im vierten Stock rechts ein Licht an. Andrea wartet mit gebanntem Blick und halb geöffneten Lippen, als harrte er auf ein Wunder. Schließlich erscheint der Mann am Fenster, und kurz darauf taucht Elisabeth mit zwei Gläsern auf; sie umarmt ihn von hinten. Andrea postiert sich am Zaun, verschmilzt mit dem Regen und der Nacht und schaut zu ihnen empor, bis das Licht in der Wohnung verlischt. Sein Haar und seine Sachen sind klatschnass. Doch ihm ist nicht kalt.

Ab da verliert er das Zeitgefühl; eine Leere, die das Gedächtnis in ihren Schlund hinabreißt, denn auch Worte und Bilder werden auf einmal stofflos und zerfasern, sobald er sie zu fassen versucht.
An dem Tag, als jemand eine Münze in den Plastikbecher am Boden wirft – er stellt fest, dass er auf diese Weise rund zehn Dollar pro Tag zusammenkratzen kann –, vergisst er die Telefonnummer von zu Hause. Eines sonnendürren Nachmittags wandert er die Amsterdam Avenue entlang und verliert die Schulen, in denen er unterrichtet hat, die Gesichter der Schüler, den Heimweg zu seinem Viertel und die Spiele, mit denen seine Eltern ihm als Kind auf Autoreisen die Zeit vertrieben; die Gesichtszüge der Schwiegereltern und der Nachbarn, die Bilder an den Schlafzimmerwänden und die Farbe des Kühlschrankes. Eines wolkenfetten Morgens verliert er die Maler der Renaissance, seine Lieblingsgerichte und die Titel einiger Bücher, die er gern noch einmal gelesen hätte. Von Agnese verliert er hin und wieder den Geruch und das Gefühl ihrer Haut unter den Fingern, doch am Ende findet er sie immer wieder. Gewaltsam überfällt sie ihn im Schlaf, die Erinnerung an ihre Hände, an den Haaransatz über ihrer Stirn, an das winzige tätowierte Dampfschiff auf ihrem Handgelenk; an die Linie ihrer Hüften, an die unendlichen Grüntöne ihrer Iris. Er denkt an seine Eltern in den Sechziger- und Siebzigerjahren, an die Fotos, die er zu Hause hatte. Er denkt an ihre Generation, an die

Generationen, die gegen die Versprechen des Wirtschaftswunders protestierten, und läuft neben denen her, die jetzt fordern, dass diese Versprechen eingehalten werden, junge Menschen, die demonstrierend im Kreis laufen, menschliche Mantras, die Plakate recken und laserbedruckte T-Shirts tragen. Er vermeidet es, den Times Square zu überqueren. Lenkt seine Schritte Richtung Queens und die Bronx. Er bleibt stehen, um den Straßenkünstlern im Central Park zuzusehen: Einer hat sich in Alufolie gewickelt und tanzt, sobald ihm jemand einen Dollar hinwirft, einer spielt alte Songs von Neil Young oder Graham Nash oder Leadbelly, einer redet in kindlichem Singsang auf sein Publikum ein, einer rutscht auf unsichtbaren Bananenschalen aus, einer klaut Uhren, einer sagt die Zukunft voraus, einer geht auf den Händen, einer behauptet, jede Frage beantworten zu können, die man ihm stellt, *jede*.

Er sieht zu, wie der Sommer die Stadt erstickt. Er sieht dem fließenden Wechsel der Mondphasen zu, dem veränderlichen Wehen des Windes, dem Wandel der Wolken. Er sieht dem Regen zu, den unerhört heftigen Schauern, die die Menschen auseinanderstieben lassen, den sich bildenden Pfützen. Er denkt über die Begriffe *Frustration* und *Ohnmacht* nach, und an den Wochenenden sitzt er an irgendeinem Spielfeldrand und feuert Softball-Mannschaften an, die aus Männern und Frauen jeden Alters bestehen – sportlich, dick, wendig, ungelenk –, und lacht und lacht und lacht. Die Spieler lachen über ihre Tollpatschigkeit und nehmen sich gegenseitig auf den Arm, und darüber muss er lachen, hingerissen von ihrer kindlichen Freude. Er hört auf, in den Spiegel zu sehen. Er wäscht sich das Gesicht und trocknet sich ab, ohne je einen prüfenden Blick auf sein Aussehen, die Haare, den wuchernden Bart zu werfen. Er meidet den Widerschein der Schaufenster und verbringt Stunden damit, die steinernen Wasserspeier zu betrachten, die sich in den höchsten Fenstern der Wolkenkratzer spiegeln.

Eines Tages fällt ihm ein, dass er seine Schüler einmal eine Camera obscura aus einem Schuhkarton bauen ließ, um ihnen zu zeigen, wie das vom Licht erzeugte, auf den Kopf gestellte Bild, das durch die Lochblende fällt, zweidimensional erscheint. An der Wall Street stolpert er über einen Straßenmaler, der Anamorphosen malt: Ein Loch im Asphalt, in das gerade ein Mann gefallen ist, eine Pfütze, in der menschliche Überbleibsel und ein paar Trümmerreste schwimmen – längliche Farbflecke, die, von einem bestimmten Punkt aus betrachtet, dreidimensional werden. Grund genug, um auch über das Wort *Perspektive* nachzudenken. Zusammen mit *Objektivität* und *Verlorengehen.*

An einem Septembersonntag wird er von einer Hand wach geschüttelt. Ach du heilige Scheiße, sagt eine Frauenstimme, du bist es wirklich.

Unique hat ihn in dem Mann wiedererkannt, der vor der Cafeteria hockte, aus der sie gerade herauskam – einen Plastikbecher zwischen den Knien, den Kopf gegen den Laternenpfahl gelehnt, die Augen geschlossen. Sie wollte gerade achtlos an ihm vorübergehen, wie sie es immer tut bei menschlichen Wracks, die sie, wenn es nach ihr ginge, zusammen mit dem Papiermüll und den Getränkedosen von der Straße fegen würde, als etwas ihre Aufmerksamkeit erweckte. Der kommt mir bekannt vor, dachte sie. Jedenfalls blieb sie stehen, um ihn aus sicherem Abstand über die Schulter hinweg zu mustern und an ihrem Frappé zu nuckeln, und als sie plötzlich wie durch eine Erleuchtung erkannte, dass dieser Mann Andrea war, entfuhr ihr ein Schrei.
Sie zerrt ihn mit sich nach Brooklyn und zahlt ihm das U-Bahn-Ticket. Sie kommen in eine Gegend voller Sozialbauten, unter Unkraut und Flaschen begrabener, mit Metallgittern abgesperrter Höfe, Lagerhallen aus dem Bürgerkrieg. In dem Mietshaus, das sie betreten, ist der Fahrstuhl kaputt, also muss er den Rollkoffer bis in den siebten Stock schleppen. Auf dem Treppenabsatz übt ein puerto-ricanischer Junge Kampfsportbewegungen. Unique klopft. Die Tür öffnet sich und Rita macht ein Gesicht, als hätte sie ihren Freund mit einer

anderen erwischt. Heilige Muttergottes, sagt sie. Das ist doch …

Ich habe ihn vor dem Starbucks auf der Siebten gefunden, sagt Unique und tritt ein.

Ich bin … Was ist denn mit dem passiert? Mein Gott. Wie hieß er noch mal?

Andrea.

Andrea, stimmt. Was ist denn mit dir passiert, Andrea?

Sehr gut, versuch du es, bei mir hat er den Mund nicht aufgemacht, sagt Unique und geht ins Bad. Er ist mir gefolgt wie ein Hündchen.

Andrea setzt sich in einen durchgehangenen Sessel. Die Wohnung ist mit Sperrmüll eingerichtet: Stühle, die nicht zusammenpassen, halb angestrichene Holzmöbel. Eine Schnur mit Lungta, tibetanischen Gebetsfahnen, die Buddhisten mit ihren Bittrufen beschreiben und dem Wind anvertrauen, spannt sich quer durchs Wohnzimmer und verteilt bei jeder Luftbewegung, die Ritas unruhiges Auf und Ab auslöst, ihren Segen.

Er wollte doch fahren … Wann wollte er fahren? Vor drei Monaten, oder? Vielleicht sollten wir ihn ins Krankenhaus bringen, Unique. Wasserrauschen im Waschbecken. Rita schreit, damit die Freundin sie hört. Was meinst du? Sollen wir ihn ins Krankenhaus bringen? Eigentlich sieht er ganz fit aus, was meinst du, Unique? Findest du nicht?

Plötzlich fliegt die Wohnungstür auf und ein Junge um die zwanzig in Jackett und Krawatte kommt keuchend

herein; ehe er die Tür wieder schließt, dreht er sich argwöhnisch um und späht auf den Treppenabsatz, dann fährt er zu ihnen herum.
Rita!, ruft er fröhlich und klatscht in die Hände. Rita, mein Schatz. Dann bemerkt er Andrea, und das Lächeln rinnt aus seinem Gesicht. Und wer zum Henker ist der?
Das ist Andrea, sagt Rita wie selbstverständlich.
Und wer zum Henker ist Andrea, Rita?
Unique kommt aus dem Bad.
Ein Freund von uns, Steve. Er sieht ein bisschen mitgenommen aus.
Raus mit ihm aus meiner Wohnung. Sofort.
Unique stemmt die Hände in die Hüften.
Technisch gesehen, ist es deine Wohnung, aber …
Sofort, wiederholt Steve und deutet auf den Fußboden, er bindet sich die Krawatte los und will noch etwas sagen, als die Wohnungstür hinter ihm aus den Angeln bricht und in einer Staubwolke zu Boden kracht.
Rita schreit – ein spitzer, gepresster Schrei, als hätte sie im letzten Moment versucht, ihn hinunterzuschlucken. Steve stürzt vor Unique zu Boden, die zurückweicht und sich an die Badezimmertür drückt. Andrea rührt sich nicht, den Blick in sich gekehrt. Vier Typen – kurze Hosen, Tattoos auf den Waden und Unterarmen; nur einer von ihnen trägt lange Jeans, ein weißes Hemd und eine blaue Matrosenmütze – betreten die Wohnung. Ohne zu fragen oder etwas zu sagen, beugt sich

der Kräftigste zu Steve hinunter, als wollte er ihm hochhelfen, und verpasst ihm zwei Faustschläge ins Gesicht, einen nach dem anderen, mit derselben Hand; dann richtet er sich auf und stellt ihm einen Fuß auf die Wange. Aus Steves Nase rinnt Blut auf den Boden.

Ich hatte dir gesagt, dieses Mal pünktlich zu sein, Steve, pünktlich, sagt der Junge mit der Matrosenmütze und spielt mit einem Stück Tür. Und pünktlich hat in meinem Wortschatz eine ganz klare Bedeutung, es heißt nicht später und auch nicht nachher. Sondern jetzt. Oder möglichst noch eher. Du hast die Chance des Eher verspielt und das Jetzt überschritten. Und wir sind auch nicht mehr im Bereich von Später oder Nachher. Inzwischen haben wir es mit Zu Spät zu tun.

Steve stößt einen gurgelnden Laut aus und wedelt mit der Hand.

Was willst du sagen? Ich verstehe dich nicht, sagt der Junge mit der Matrosenmütze.

Steve grunzt, reckt den Arm, deutet auf eine Kommode. Der Typ mit der Matrosenmütze macht dem Kleinsten und womöglich Jüngsten der Gruppe, einem bartlosen Bürschchen mit Glotzaugen, ein Zeichen, nachzusehen. Der reißt die Schubfächer auf, wühlt darin herum, findet im letzten einen Umschlag und wirft ihn dem Kerl mit Matrosenmütze zu, der ihn aufreißt und den Kopf schüttelt.

Und was soll das sein?, sagt er. Verarschst du mich?

Steve krächzt etwas, hebt die Handfläche und schlägt

damit auf den Boden, da löst sich Unique von der Badezimmertür und versetzt der Schulter des Typen, der seinen Fuß in Steves Gesicht hat, einen Fausthieb.
Wie wollt ihr diese Scheißangelegenheit lösen, wenn ihr ihn nicht reden lasst?, brüllt sie. Wieso nimmst du nicht deinen Scheißfuß runter und lässt ihn sagen, was er zu sagen hat, bist du blöd, oder was?
Mit ungerührter Miene mustert der Kerl seine Schulter, als wollte er nachsehen, ob da etwas ist, dann holt er zu einer Ohrfeige aus, die Unique mitten auf die Wange trifft und sie gegen die Wand krachen lässt. Sie schreit nicht einmal. Der Aufprall lässt sie nach vorn taumeln, und ohne den Fuß von Steves Gesicht zu nehmen, fängt der Typ sie mit einer Hand ab und schubst sie hinter den TV-Wagen, wo Unique zusammenbricht. Rita schluchzt. Andrea rührt sich nicht.
Ich warte, sagt der Typ mit Matrosenmütze.
Da zeigt Steve auf Andrea.
Das bartlose Bürschchen tritt an ihn heran und beugt sich über ihn, als wollte er ihn beschnuppern. Mit beiden Händen tastet er Jacke und Hosen ab und geht zum Möbelstoff über, als wären Andrea und der Sessel eins – Rückenlehne, Gestell, Beine –, dann bückt er sich, schiebt eine Hand zwischen Sitzfläche und Fußboden, man hört das Ratschen eines Klebebandes. Die Hand taucht wieder auf und hält einen zweiten Umschlag. Der Typ mit Matrosenmütze fängt ihn im Flug. Er öffnet ihn und grinst. Schön. Wirklich sehr schön, sagt er.

Es war mir eine Freude, Steve. Wenn du mich brauchst, weißt du, wo du mich findest.
Die vier stapfen über das Türblatt und verschwinden, wie sie hereingekommen sind. In der Stille, die ihre im Treppenschacht verklingenden Schritte in der Wohnung hinterlassen, bleiben Steves Husten, Ritas Schluchzen, Holzsplitter in allen Ecken und Staub in der Luft zurück. Unique ist noch immer ohnmächtig, zusammengekrümmt hinter dem TV-Wagen. Andrea steht auf, zieht den Handgriff des Rollkoffers aus und geht.

In der Leere der Straßen bildet der Wind ungestüme Wirbel aus Altpapier und Plastiktüten, und Andrea würde sich nicht wundern, wenn hinter einem Auto ein Schakal auftauchte, die Schnauze gesenkt, auf der Suche nach Nahrung. Er läuft, bis er ein ehemaliges Industriegebiet erreicht, das auf Governors Island und die Südspitze Manhattans hinausgeht. Die Lichter sprießen und welken in der Dämmerung: Es ist das flackernde Schicksal der Bewohner dieser Stadt, ein tägliches Untergehen und Wiederauferstehen. Er findet sich in einem Park mit einer Seebrücke wieder, die sich in die Bucht reckt. »Louis Valentino, Jr. Park«, steht auf einem Schild. Man kann die Häuser von Bayonne ausmachen, und auf die vom Wasser umspülten Zementblöcke hat jemand »Red Hook« geschrieben: ein Buchstabe, ein Block. Er bleibt wer weiß wie lange dort, ohne an etwas zu denken. Bis.

Hey.

Andrea, der auf der Brüstung der Seebrücke lehnt, schaut Richtung Straße.

Scheiße, er ist es wirklich. Löwenherz. Oder?

Als Erstes kommt der Typ mit Matrosenmütze auf ihn zu. Ganz knapp vor der Seebrücke bleibt er stehen und lässt die anderen aufschließen, dann rücken sie ihm gemeinsam auf den Leib.

Das ist ja unser Freund. Ist er doch, oder?

Der dösige Kleine schnappt den Rollkoffer vom Boden und sucht nach dem Reißverschluss.

Löwenherz hat weniger Mumm als das Mädel, das Cube ins Land der Träume geschickt hat, stimmt's, Cube? Scheiße, die hat ihm sogar gegen die Schulter geboxt. Jetzt hat Cube einen blauen Fleck. So fett. Einen blauen Fleck auf der Schulter.

Aber du, sagt der Typ mit Matrosenmütze und schlängelt ihm mit den Fingern vor den Augen herum, als wollte er ihn hypnotisieren, du hast einfach nur zugesehen, und es sah aus, aus würdest du gar nichts mitkriegen. Mach ein anderes Gesicht. Wer zum Henker bist du, hm? Wer bist du? Ein Weiser oder ein Feigling?

Zwischen Andreas Lippen regt sich ein Gedanke, ganz sacht, und gleitet sofort ins Wasser. Er richtet den Blick auf den Jungen mit den Glupschaugen, der, halb hingekniet, in seinen Sachen wühlt.

Hast du mich gehört, Löwenherz? Hast du gehört, was ich dich gefragt habe?

Der Junge mit den Glupschaugen schnaubt. Da ist nichts, was ihn interessiert: hauptsächlich dreckige Klamotten. In der Außentasche findet er Emanuels Feuerwehrwagen. Er stellt ihn auf die Seebrücke und versetzt ihm einen Stoß. Einen Moment lang sehen alle ihm nach, auch der Typ mit Matrosenmütze, bis die Räder an Fahrt verlieren. Der Kalbskopf stemmt sich mühsam hoch, umkreist Andrea und zieht ihm den Pass aus der hinteren Hosentasche. Er öffnet ihn.
Sprichst du meine Sprache, Löwenherz?
Der ist Italiener, sagt der Junge, schiebt den Pass zurück in Andreas Hosentasche und gesellt sich zu den anderen. Wie bei einer Choreografie kehrt der Kleine in die Reihen zurück und der Dicke, der Steve zusammengeschlagen hat, tritt vor, schnappt sich den noch offenen Rollkoffer, packt ihn beim Griff, schwingt ihn wie ein Hammerwerfer über dem Kopf und schleudert ihn mit gestrecktem Rücken in die Bucht. Die Kleidungsstücke segeln teils auf die Seebrücke, teils ins Wasser. Der Typ mit Matrosenmütze klatscht, lacht und stößt Kriegsschreie aus. Die anderen, vom Nichts entflammt, rühren keinen Muskel.

Andrea klaubt seine Sachen zusammen, zumindest die, die noch da sind. Er rettet den Feuerwehrwagen. Es fängt an zu regnen. Er steuert auf eines der alten Backsteinlagerhäuser zu, von denen in dieser Gegend unzählige stehen, und findet unterwegs einen Jutesack: Er hebt ihn auf und stopft sein Zeug hinein. Manche Eingänge sind mit dicken Schlössern verrammelt, andere zugemauert. Er findet einen offenen und schlüpft hinein. Es ist dunkel und es riecht nach Pisse und fauligem Holz. Er schläft zitternd. Als er am nächsten Tag ins Freie tritt, ist es Spätherbst geworden; unvermittelt ist die Kälte auf die Stadt herabgestürzt, und er hat nichts Warmes anzuziehen. Er zieht alle T-Shirts und Hemden übereinander und durchwühlt sämtliche Abfalleimer. Eines Nachmittags – das Fieber ist bereits hoch – entdeckt er auf dem Weg durch den Prospect Park auf einer Bank eine braune Jacke: Vielleicht von einem Vater, der gerade hinter seinem Kind herläuft, oder von einem Studenten, der kurz weggegangen ist. Er blickt sich um, rechts links, schleicht sich an und schnappt sie. Er möchte weglaufen, doch es geht ihm zu schlecht, deshalb rollt er sich hinter einen Steg, schlüpft unter Hustenanfällen hinein und stolpert reuig davon.

Als er an diesem Abend, von Schüttelfrost gepackt, in das Lagergebäude zurückkehrt, das ihm Zuhause und Zuflucht geworden ist, und sich seinen Weg durch den Müll bahnt, beginnen Wände und Decke zu zerfließen. Das bernsteinfarbene Licht, das durch die Dachluken sickert, zerbirst in Millionen schillernde Moleküle, und ehe er sich irgendwo festhalten kann, bricht er bewusstlos zusammen. Der Staub hebt sich von den Dielen und rieselt sacht und unaufhaltsam auf ihn nieder.

5

Und so ist die Konsistenz und der Geschmack des Staubs auf Lippen und Zunge das Erste, was er wahrnimmt, als er wieder zu sich kommt: Er hat wer weiß wie lange am Boden gelegen, das Gesicht gegen die Dielen gepresst. Er weiß nicht, wie viel Uhr es ist, er weiß nicht, welcher Tag ist. Das Licht, das durch die verdreckten Dachluken regnet, reicht gerade aus, um die Tiefe dieses Lagerhauses in Brooklyn zu erahnen, das ein halbes Jahrhundert zuvor Waren aus Europa und Afrika aufgenommen hat. Er blickt sich um – Holzbalken und rauchgeschwärzter Backstein, Glasscherben und Ratten, die einander zwischen alten Kisten nachjagen. Seine Augen sind krustig und schwer, er fährt sich mit einer Hand durchs Haar und wischt die Spinnweben fort; feiner Staub schwebt halb in der Luft, ehe er sich auf die Jacke legt, die er im Prospect Park gestohlen hat. Seine Hosen sind verdreckt, er ist verdreckt. Er stinkt nach Fäulnis, doch schon lange ist er nicht mehr in der Lage, den eigenen Geruch von dem der Orte zu unterscheiden, an denen er sich verkriecht. Ein Schauer durchfährt ihn. Ich habe Fieber, denkt er, Fieber, hohes Fieber. Er späht in die Dunkelheit, auf der Suche nach dem Rollkoffer, bis aus unbekannten

Tiefen die Erkenntnis aufsteigt, dass der Rollkoffer nicht mehr da ist. Nein, der Rollkoffer ist nicht mehr da. Doch der Jutesack mit dem, was von seinen Habseligkeiten noch übrig ist, ist dort, nur wenige Schritte entfernt. Er reckt sich danach, mit zerschlagenen Knochen, zieht ihn zu sich heran und sinkt, Kopf voran, darauf zusammen.

Er fällt in einen fiebrigen Schlaf, durchzuckt von Erinnerungen des vorigen Lebens – das er irgendwann angefangen hat, für sein voriges Leben zu halten –, und da ist Aun-Liang, der mit Buntstiften ein Fußballfeld auf ein Stück Packpapier malt, und da sind Kollegen, von denen er nicht mehr wüsste, wie sie heißen, die sich darüber unterhalten, was bei der Schulratssitzung beschlossen wurde, da ist Walter, der ihm sagt, er soll auf dem Hocker sitzenbleiben, sich nicht von dort fortbewegen, seine Eltern, die ihm sagen, er solle stets das tun, was er am besten kann, das Leben sei zu kurz, um die Zeit mit Dingen zu vergeuden, die man nicht kann, und irgendwann ist da die Gegenwart von jemandem, den er nicht wiedererkennt, und das ist ein seltsamer, dinglicher Traum, sodass es ihm tatsächlich scheint, als hebe jemand seinen Kopf, flöße ihm heißen Tee ein und wickele ihm einen Schal um den Hals. Diese Gegenwart hat eine frühlingshafte Stimme, die Dinge sagt wie »Morgen komme ich wieder« oder »Schluck«, und wenn sie Schluck sagt, schmeckt Andrea sprudelndes Aspirin. Die frühlingshafte Stimme kommt mehrmals wieder, macht mit einer Taschenlampe Licht, und es mag am Fieber liegen oder an den bewegten Schatten, doch Andrea kann ihr Gesicht nicht erkennen. In der Thermoskanne ist Misosuppe. Die hat meine Mutter gekocht, sagt sie. Sie macht sich um ihn zu schaffen, hängt die Taschenlampe an einen Nagel. Andrea stemmt sich mühsam auf die Ellenbogen: nur Schatten und grelle Lichtblitze. Die frühlingshafte Stimme schraubt die Thermoskanne auf, setzt sie an seine Lippen. Die Miso ist würzig und warm und ein wohliger Schauer durchfährt Andrea, er spürt, wie das Blut taut und die Glieder leicht werden.

Ich stelle sie hier neben dich. Sie ist offen. Pass auf, dass du sie nicht umstößt, in Ordnung? Haben wir uns verstanden? Ja, genau so. Sehr gut.

Danke, sagt Andrea.

Hey, du sprichst ja, sagt die Stimme. Jetzt muss ich gehen. Ich komme morgen wieder. Hoffe ich zumindest. Ich weiß noch nicht genau, ob ich von der Party meiner Schwester verschwinden kann. Jedenfalls versuche ich es, versprochen. Aber die Thermoskanne, die stelle ich hierhin, griffbereit, du musst nur die Hand danach ausstrecken. Die bleibt noch eine ganze Weile heiß. Das weiß ich, weil meine Großeltern sie benutzen, wenn sie mit uns zum Skifahren nach Colorado fahren. Also, bis morgen, okay?

Geht es dir heute besser?
Besser.
Wie fühlst du dich?
Besser.
Ich … ich wollte dir sagen, dass ich für eine Weile nicht wiederkommen kann.
Ja. Besser.
Die frühlingshafte Stimme lacht, und sie gleicht einem Möwenflug. Na ja, würde ich so nicht sagen. Aber ich kann es nicht ändern. Ich kann einfach nicht. Ich … ich lasse dir alles hier, okay? Zieh das hier an. Es ist ein Anorak. Der hält dich warm. Damit und mit dem Essen und dem Aspirin wirst du bald wieder gesund, wirst schon sehen.

Und da ist er, ein fernes Selbst, das sich hin und wieder das Wort *Vertrauen* im Mund herumgehen lässt und, trotz des Lachens seines Schwiegervaters in den Ohren, dessen Süße schmeckt und feststellt, dass tatsächlich das der Webfaden ihrer Ehe ist; und da sind sie, er und Agnese, in der Zeit, als der Wunsch nach einem Kind aufkam, der weniger von der Vorstellung seiner Gegenwart als von der Wahrnehmung seiner Abwesenheit genährt wurde: es *nicht* abzuholen, nachts *nicht* aufstehen zu müssen, seine Bedürfnisse beim Einkaufen oder bei der Wochenendplanung *nicht* berücksichtigen zu müssen fühlte sich inzwischen für beide an, als besäßen sie eine herrliche Terrasse ohne Geländer, nicht nutzbar, aus Angst, ins Leere zu stürzen. Und beide stimmten darin überein, dass es Brachen in ihrem Leben gab und dass nur die von der Gegenwart eines Kindes gezogenen Grenzen es ihnen erlauben würden, von ihnen zu ernten; und da ist die Schwangerschaft, die sich nicht einstellen will, obwohl sie laut Untersuchung beide fruchtbar sind, und die Freude der beginnenden Schwangerschaft, und die Erinnerung, als Agnese das Kind, dieses Kind, in der achten Schwangerschaftswoche verlor – ein verhaltener Abort, hatten die Ärzte gesagt.

Dann.

Dann schlägt er eines Tages die Augen auf, und das schmutzige Licht, das die Lagerhalle erhellt, fällt auf eine Banane und eine Keksschachtel, auf eine Wasserflasche und eine Packung Aspirin. Er lässt einen Seufzer entweichen und denkt, dass er sich besser fühlt. Setzt sich auf, reckt sich, isst die Banane und vier Kekse, trinkt einen Schluck Wasser. Er mummelt sich in den Anorak und stellt fest, dass er ihn zum ersten Mal anhat, diese Jacke hat er noch nie gesehen – eine dicke, schwarzrot karierte Winterjacke. Um den Hals hat er einen selbst gestrickten Wollschal. Er riecht daran: Frauenparfum. Das Parfum lässt in seinem Hirn etwas aufploppen, und er muss lächeln.
Er tritt aus dem Lagerhaus und die Welt applaudiert:

Ein bezaubernder Herbst empfängt ihn, der Himmel ist blank, die Luft prickelt. Er atmet durch die Nase ein, und jedes Molekül schwillt wie durch Zauberhand, der Kopf füllt sich mit positiven Gedanken und ein tiefes Reinheitsgefühl erfüllt ihn.

Er ist gesund.

Die folgenden Tage sind sorglose Tage. Mit dem Kleingeld, das er bei Passanten erschnorrt hat, besucht er einen Waschsalon, und bis die Maschine fertig ist, geht er in einen Starbucks auf der Atlantic Avenue und wäscht sich selbst. Er kehrt zur Saint Mark's Church zurück, um sich etwas zu essen zu besorgen, und hört sich eine Podiumsdiskussion über das Aussterben der Bienen an; an einem Abend, an dem New York noch heller zu strahlen scheint als sonst, steht er wieder im Gramercy Park und späht zu Elisabeths Fenstern hinauf – er sieht sie mit Einkaufstüten bepackt heimkehren, das Licht anschalten, zwischen den Zimmern hin und her gehen. Der Mann, der das letzte Mal bei ihr war, ist nicht da. Er nähert sich der Klingel, will sie schon drücken und überlegt es sich anders.

Er hat herausgefunden, dass eine Dame, die Witwe eines Richters, die ganz in der Nähe der öffentlichen Bibliothek von Brooklyn wohnt, jeden Nachmittag um vier heißen Tee und Kekse verteilt. Eines Nachmittags ist Andrea, die Hände in den Taschen der neuen Winterjacke vergraben, gerade auf dem Weg zu Susie – so heißt die Witwe –, als er kurz nach dem Läuten zum Unterrichtsschluss an einer Schule vorbeikommt und von Hunderten Teenagern überrannt wird. Er bleibt stehen, wartet, bis der Strom verebbt, und während er dasteht, erklingt aus dem Gewimmel eine Stimme, die ihm bekannt vorkommt – eine frühlingshafte Stimme. Er reckt den Hals, erahnt die Richtung, starrt die ihn umdrängenden Schüler an, dreht sich nach rechts und nach links, doch vergeblich, es sind zu viele Stimmen, er kann sie nicht orten. Dann, ganz plötzlich, ist sie wieder da – das ist sie. Er folgt ihr, erhascht sie und verliert sie, erhascht sie und verliert sie, bis die Gruppe sich lichtet und nur noch zwei dreizehn- oder vierzehnjährige Jungen übrig bleiben. Der eine schwatzt mit ungehemmter Fröhlichkeit vor sich hin, und als er sich an seinen Freund wendet, sieht Andrea, dass er leicht asiatische Züge hat und hohe Wangenknochen: Die frühlingshafte Stimme ist seine.

Patterson!

Aus einem Lebensmittelladen kommen drei Jungen heraus, sie sehen ein paar Jahre älter aus und schlendern auf die beiden zu. Der Freund der Stimme verabschiedet sich, sagt etwas von Büchern, die er zurückgeben muss, und macht sich hastig davon, und die Stimme, die eine tibetanische Wollmütze mit Ohrenschützern trägt, hebt die offene Hand, wie um zu sagen, Okay, zuckt die Achseln und vergräbt die Hände in den Taschen.

Kocinsky, sagt die Stimme. Mao, Randy. Wie geht's?
Derselbe Junge, der seinen Namen gerufen hat, tritt auf ihn zu und spuckt auf den Boden. Das warst du, stimmt's, Patterson?
Patterson blickt auf die Spucke, die die Farbe von Tabak hat. Ich war was ...?
Du warst was?
Ja. Ich war was?
Derjenige, der es dem Direx gesteckt hat. Die Geschichte mit der Turnhalle und den Duschen. Das warst du.
Turnhalle? Patterson kratzt sich die Wange und lächelt. Ich weiß nicht, wovon ihr redet.
Ich erzähl dir jetzt was, Patterson. Schon mal was von der Kobra gehört? Die Schlange mit dem breiten, flachen Kopf? Tja, die Kobra tötet ihre Beute, indem sie sie beißt, ihr Gift einspritzt und sie in einem Stück verschlingt. Kocinsky zündet sich eine Zigarette an. Die Verdauung, sagt er, hängt von der Größe der Beute ab, aber normalerweise ist sie extrem langsam. Er zieht an der Zigarette und bläst den Rauch durch die Nase. Verstehst du, was ich sagen will, Patterson?
Dass du Ophiologie studiert hast?
Kocinskys Augen werden eng wie Fangeisen.
Ophiologie, wiederholt Patterson. Das ist doch Schlangenkunde, oder nicht? Er sieht die anderen beiden an, als säßen sie im Klassenzimmer. Das müsstet ihr besser wissen als ich, ihr seid doch in der Elften.

Koci, sagt einer der beiden, ich habe Hunger. Sollen wir ihm sofort die Fresse polieren oder gehen wir was essen?
Kocinsky klatscht in die Hände, er trägt Lederhandschuhe. Mao hat andauernd Hunger, sagt er.
Wir wissen, dass du es warst, sagt Mao zu Patterson. Das hat uns die Sekretärin gesteckt. Wusstest du, dass die Sekretärin auf Koci steht? Koci würde sie sogar poppen.
Stimmt. Wenn sie nicht mit seiner Mutter befreundet wäre, stimmt's, Koci?
Was meinst du, Patterson?
Ich? Ehrlich gesagt, habe ich noch immer nicht kapiert, was die Turnhalle mit Ophiologie zu tun hat. War da eine Schlange in der Umkleide?
Kocinsky ist schnell. Er wirft die Zigarette weg, reißt den Arm zurück und schmettert Patterson die Faust in den Magen; als der zu Boden sackt, fängt er ihn ab, packt ihn bei den Schultern und rammt ihm das Knie ins Gesicht. Die anderen beiden wollen sich auf ihn stürzen und gerade zu einem Tritt ausholen, da hält etwas sie an den Jacken zurück, bringt sie aus dem Gleichgewicht und wirft sie rücklings zu Boden. Kocinsky kann gerade noch zwei missglückte Hiebe austeilen, als die Welt plötzlich wie bei einer Achterbahnfahrt auf ihn zurast und er ebenfalls auf dem Pflaster landet, über den Gehsteig rollt und mit dem Kopf gegen den Reifen eines parkenden Autos knallt.

Als die drei sich wieder halbwegs gefangen haben und verdattert aufblicken, sehen sie neben dem knienden Patterson, dem das Blut aus der Nase läuft, einen Unbekannten stehen. Seine Augen sind gerötet, sein Bart lang und filzig. Er sagt nichts. Keucht nur und starrt sie wutentbrannt an. Unterdessen hat sich eine Menschentraube angesammelt, Frauen, alte Leute, Angestellte, alle schnattern durcheinander oder fragen, was passiert ist. Da ertönt von der anderen Straßenseite ein Schrei. Benjamin!
Alle wenden die Köpfe.
Es ist eine sportlich gekleidete Asiatin, das Gesicht wutverzerrt, die Wangen straff wie das Schlagfell einer Trommel. Achtlos stürmt sie auf die Straße und wird fast von einem Radfahrer umgerissen, der ins Schlingern gerät, einen einparkenden Laster streift, mühsam das Gleichgewicht wiederfindet und sie anbrüllt. Sie entschuldigt sich, kommt herüber und kniet sich neben Patterson. Gütiger Gott, was ist denn …?
Kocinsky und die anderen nutzen den Moment und machen sich, geduckt wie im Schützengraben, Richtung Atlantic Avenue davon. Andrea rennt ihnen ein paar Schritte hinterher, dann bleibt er stehen.
Was. Zum Teufel. Ist passiert? Ich will es wissen. Was wollten die?, fragt die Frau.
Nichts, sagt Benjamin und drückt sich mit Daumen und Zeigefinger die Nase zu.
Nichts?

Sie blickt sich um: Die Menschen zerstreuen sich.
Was soll das?, sagt sie. Kannst du mir das mal erklären? Lass dich anschauen.
Benjamin wendet ihr das Gesicht zu, sie wischt mit den Fingern über seine Haut.
Aua, du tust mir weh.
Eine durchscheinende Qualle schwillt auf seinem rechten Auge und wabert Richtung Wange, während das Nasenbluten keine Anstalten macht, zu versiegen.
Wieso musst du dich ständig verprügeln lassen?
Ich lasse mich verprügeln? Glaubst du etwa, ich fordere die Leute dazu auf?
Tust du das nicht?
Nee, verdammt! Tue ich nicht.
Moment, ich kapier's nicht ganz … Es gibt also Leute, die dich sehen und denken: Schau mal an, ich habe schon lange keinen mehr verprügelt, wie wär's also, wenn ich dem da heute mal eine aufs Maul haue. Ja, so muss es wohl sein. Ich werde dem *Atlantic* eine Recherche vorschlagen, warum die Leute, denen du begegnest, das dringende Bedürfnis verspüren, dir eine Abreibung zu verpassen, obwohl du sie kein bisschen provoziert hast. Was meinst du?
Nicht übel, grinst Benjamin, und sein Grinsen verwandelt sich in eine schmerzvolle Grimasse.
Die Mutter schüttelt den Kopf.
Hey, sagt Benjamin und dreht sich zu Andrea um. Und übrigens, danke. Dann hält er inne, mustert ihn, und

seine Miene verfinstert sich, als hätte sein Tag kaum schlimmer werden können.

Sie sind dazwischengegangen, um ihm zu helfen?

Andrea nickt.

Ich weiß nicht, wie ich Ihnen danken soll. Die Frau tritt auf ihn zu, um ihm die Hand zu drücken. Kann ich …, sagt sie und zieht das Portemonnaie aus der Handtasche. Ich würde mich gern erkenntlich zeigen. Sie kramt zwischen dem Papiergeld und zieht zwei Zehn-Dollar-Scheine heraus. Hier. Das ist für Sie. Ihre lächelnden Augen schlagen mit den Flügeln, bleiben an dem karierten Anorak und dem grünen Schal hängen, und während sie ihn mustern, verwandeln sie sich in zwei Pflaumen, und ihr Haar fängt Feuer; sie dreht sich zu ihrem Sohn um. Benjamin!, brüllt sie.

…

Noch einmal: Benjamin!

Ja?

Benjamin. *Der da*, sagt sie und deutet auf den Schal, ist meiner.

Den hast du seit einer Ewigkeit nicht mehr getragen.

Und die da, sagt sie und dreht sich um, ist die Winterjacke deines Vaters. Die Winterjacke deines Vaters, Ben.

Glaubst du, er will sie wiederhaben?

Ich kann nicht fassen, dass du es schon wieder getan hast!

Er brauchte sie.

Dafür gibt es die Heilsarmee.
Er war krank.
Dafür gibt es Krankenhäuser.
Und wenn sie ihn schlecht behandelt hätten wie Josés Vater?
Josés Vater war …
Josés Vater *ist* Josés Vater.
Ich glaube, es ist meine Schuld, sagt Andrea.
Mutter und Sohn verstummen. Ein Bus fährt heran, öffnet die Türen, Gesprächsfetzen dringen heraus, eine Gruppe Behinderter singt *Don't Think Twice, It's All Right.* Selig lallend schunkeln sie vorbei. Ja, denkt Andrea und sieht ihnen nach. Ich glaube, im Grunde ist alles meine Schuld.

Das Haus der Pattersons ist zweistöckig, im Erdgeschoss befinden sich die Küche, ein Bad und ein Raum, der als Wohnzimmer und als Arys Werkstatt dient. Ary ist Künstlerin, sie baut Dioramen und fotografiert sie ab. Miniaturnachbildungen von Alltagsszenen: Ein Zeitungsjunge auf dem Fahrrad, Frauen in Businesskleidung während der Kaffeepause, Gärtner beim Pflanzenstutzen, Gasklempner, die an einer Straße arbeiten, Fans im Stadion. Ihre Fotos verkauft sie an Zeitschriften. Häufig macht sie Auftragsarbeiten für *The Atlantic, Wired, Woman's Day,* und nicht selten wird sie von *Sports Illustrated* oder *Better Homes and Gardens* angefragt – sie beauftragen sie mit den seltsamsten Themen, denn sie kann alles nachbauen, von einer stillen Angelszene bis zu einer Gartenparty. Auch in ein paar Galerien in Chelsea hat sie schon ausgestellt, aber diese Welt ist ihr zuwider.

Im oberen Stockwerk befinden sich ein weiteres Bad und die Schlafzimmer von Ary, Benjamin und Benjamins Zwillingsschwester Allison. Seitlich neben dem Küchenfenster liegt ein kleiner, schmuckloser Hof mit einem bei Home Depot gekauften Geräteschuppen, den Allison und Benjamin zu ihrem Versteck gemacht haben, das sie bis ein Jahr zuvor geheim nannten und es, mit Erreichen einer gewissen Altersgrenze, seit Kurzem nicht mehr so nennen. Jetzt nennen sie ihn den Bau. Im Bau gibt es eine Liege und ein Tischchen, Poster und Fotos an den Wänden und einen batteriebetriebenen Kassettenrekorder, der mit »No Nuke«- und »Do drugs control your life?«-Aufklebern zugepflastert ist. Es riecht nach Süßigkeiten und Schweiß.

Du willst bestimmt duschen, sagt Ary.

Andrea blickt sich um. Überall Bindfadenspulen, Farben, trockenes Gras, Stroh, Körbchen voller Steine und Kiesel, Klebstofftuben, Pinsel, Pinzetten, Bürsten, Styropor und Packungen DAS-Modelliermasse.

Andrea …?

Ja?

Du willst bestimmt duschen.

Wie lange hat er nicht mehr geduscht? Er steigt die Treppe hinauf, geht ins Bad, schließt die Tür ab, schält sich aus den Kleidern, als würde er ein Schwein häuten. Die Dusche befindet sich in der Badewanne, einer alten Wanne mit Löwenfüßen, er zieht den Vorhang zu, um den Fußboden nicht nass zu machen, und dreht das Wasser auf. Da ist es. Es ist warm; er seufzt. Es ist warm wie nie zuvor, warm wie Sand. Seine Beine geben nach, er setzt sich. Pokémon-Aufkleber auf den Fliesen. Ein Rettungsring aus gelbem Plastik. Ein Lavendel-Potpourri. Er spürt sich zu neuem Leben erwachen, wie Quetzalcoatl. Er trommelt seine Kräfte zusammen, die sich zwischen den Muskeln verkrochen haben, steht auf, schrubbt sich mit Seife und Fingernägeln, dreht das Wasser zu und trocknet sich ab.

Es klopft an der Tür, und jenseits des Riffelglases kann er Benjamins Schemen erkennen. Ich lege dir hier was zum Anziehen hin, sagt er und verschwindet, ohne eine Antwort abzuwarten.

Mark Patterson hatte das Haus vor sechs Jahren verlassen, nach einem wüsten Streit mit Ary – Teller flogen, und Stühle zur Verteidigung. Ein Streit von vielen. Er war Alkoholiker, sie hatte versucht, ihm auf alle möglichen, alle *erdenklichen* Arten zu helfen, doch sie war nicht bereit, sich schlagen zu lassen, erst recht nicht vor den Kindern. Nach seinem Auszug hatte Mark sich noch rund ein Jahr lang blicken lassen – während der Pausen kam er am Schulhof vorbei, um Benjamin und Allison Hallo zu sagen, und manchmal gingen sie sonntags alle vier zu *Ben & Jerry's* und aßen Eis –, dann war

er von einem Tag auf den anderen verschwunden und hatte sich nie mehr gemeldet.
Sie sind dir ein bisschen groß, sagt Ary, als Andrea in Marks Sachen in die Küche kommt – beigefarbene Jeans, Army-T-Shirt, Flanellhemd. Wenn du dich rasieren willst, irgendwo müsste ich noch Klingen und Rasierschaum haben.
Hallo. Allison taucht im Türspiegel auf.
Hallo.
Sie hat ein Handy in der Hand, sagt: Hast du was dagegen, wenn ich ein Foto von dir mache? Für mein Instagram-Tagebuch.
Nur zu.
Du heißt Andrea?
Ja.
Ich bin Allison.
Ich weiß. Also … ich hab's mir gedacht.
Hast du meinen Bruder gerettet?
Na ja, es ist nicht so …
Warum haben sie ihn verprügelt?
Meinungsverschiedenheiten, sagt Benjamin, der gerade hereinkommt. Wir haben über Schlangen geredet. Die Qualle auf der Wange ist zu einem riesigen blauen Fleck geworden. Da ging's um … ich glaube, um eine Kobra. Er greift sich eine Faustvoll Cashewnüsse aus einer Schüssel auf dem Tisch und steckt sie in den Mund.
Ary dreht die Herdflamme aus und rührt ungehalten in einem Topf herum.

An Scheißdreck haben wir heute wahrlich genug gehört, Ben, vielen Dank!
Mama!, ruft Allison.
Solltest du die Lust verspüren, die Wahrheit mit uns zu teilen, sofern es dir in den Kram passt und dir danach ist, sind wir gern für dich da. Aber bis dahin …
Arschlecken?
Arschlecken, ganz genau.
Mama!, sagt Allison noch einmal.
Zwiebelsuppe, sagt Ary und lächelt Andrea an. Ich hoffe, du magst Zwiebelsuppe.
Und wie.
Dann setz dich. Du kannst dir einen Platz aussuchen. Jetzt deckt Allison den Tisch, nicht war, Allison? Und du, Benjamin, hör auf mit den Cashews.
Er lässt sich verprügeln und ich muss decken.
Nächstes Mal tauschen wir, sagt Ben.
Ingwersauce, Andrea, sagt Ary. Was meinst du? Schmeckt dir Ingwersauce?

Es gibt solche Dinge. Sie geschehen aus heiterem Himmel und nehmen ihren unvermeidlichen Lauf, auch wenn wir kein bisschen darauf vorbereitet sind. Das Abendessen wird von Gefrotzel, Seitenhieben und Widerworten begleitet, von all den Sticheleien, an denen die Innigkeit einer Familie wächst; keine kristalline und zerbrechliche Liebe, wie man ihr in der Kunst begegnet, sondern eine raue, kamerad-

schaftliche, die sich unzerstörbare Fundamente erschafft.
Benjamin und Allison stellen Andrea unverblümte Fragen. Woher kommst du? Wieso fährst du nicht nach Hause? Vermisst du nicht deine Freunde, deine Stadt? Und Andrea antwortet, er antwortet, so gut er kann, ohne sich wegzuducken. Zum ersten Mal nach langer Zeit sind die Gedanken keine Knäuel aus Stacheldraht mehr. Er erzählt von sich und von der Reise, sagt Dinge, von denen er nicht ahnte, sie zu wissen, oder nicht glaubte, sie so ausdrücken zu können: Er redet von seinen Eltern, von seiner Ehe, von seiner Arbeit; von Rembrandts Gemälde, vom Flughafen. Er redet lange, über alles, außer über die Zukunft – dafür fehlt noch die Syntax. Ary stellt keine Fragen, keine einzige. Sie hört zu.
Plötzlich sagt Benjamin: Hast du nicht einen Assistenten gesucht?
Ary spült gerade das Geschirr. Das Geräusch des Wassers übertönt die Stimme. Was?
Ich habe gesagt: Hast du nicht einen Assistenten gesucht?
Einen Assistenten?
Du musst doch was Großes bauen, oder? Das hast du gestern am Telefon zu jemandem gesagt.
Ary dreht das Wasser ab, hält die tropfenden Hände über das Spülbecken, sagt: Na ja, tatsächlich muss ich für den *Atlantic* drei Dioramen vom Erdbeben in San

Francisco bauen. Ein bisschen Hilfe könnte ich schon gebrauchen, jemanden, der mir zur Hand geht. Ich habe nicht viel Zeit, wenn die anrufen, muss immer alles bis gestern erledigt sein.
Willst du der Assistent von meiner Mama werden, Andrea?
Andrea macht große Augen, zeigt auf sich. Ich?
Du kannst im Schuppen schlafen, sagt Benjamin. Da gibt's eine Liege.
Ich … ich weiß nicht.
Mama, was meinst du?
Für mich geht das in Ordnung. Du kannst ein paar Wochen im Schuppen wohnen, Benjamin hat recht. Ich würde dir auch zehn Dollar pro Tag zahlen. Und essen, essen kannst du mit uns.
…
Andrea?
Ich weiß nicht, was ich sagen soll.
Ary lächelt. Du kannst Ja oder Nein sagen, sagt sie und macht sich wieder an den Abwasch.

Sie sitzen auf den Eingangsstufen, die untergehende Sonne umreißt die Wolkenbäuche. Ary zündet sich eine Zigarette an, öffnet zwei Bierflaschen und hält Andrea eine hin. Es war der 17. Oktober 1989, kurz nach fünf Uhr nachmittags, und im Candlestick Park von San Francisco ging gerade das dritte Spiel der World Series zwischen den Giants und den Oakland Athletics zu Ende. Dieses Spiel wird die Schlacht um die Bucht genannt. Das Stadion war voll, die Spieler auf dem Feld, und plötzlich beginnt die Erde zu beben, sie bebt und bebt, fünfzehn endlose Sekunden lang. Die Kinder schauen eine Sitcom im Fernsehen, man kann die falschen Lacher hören, und dann, mit einer kurzen Verzögerung, das von Allison. Eine Katze schläft auf der Motorhaube eines Autos, das vor dem Haus der Pattersons parkt. Viele Spieler der Giants, fährt Ary fort, wohnten im Marina District. Warst du mal in San Francisco?

Nein.

Tja, der Marina District ist – Ary breitet die Arme aus und wedelt mit den Händen, als wollte sie etwas Unbeschreibliches in die Luft malen –, glaub mir, er ist ein Traum. Und während des Bebens 89 hat dieses Viertel die schwersten Schäden erlitten. Du musst unbedingt mal nach San Francisco. Die Stadt ist unglaublich. Früher war dort eine Lagune. Anstelle des Marina District, meine ich. Dann hat man die Gegend trockengelegt und dazu unter anderem die Trümmer des Erdbebens von 1906 verwendet. Sie nimmt einen Schluck Bier. Jedenfalls war es, als hätte sich der Erdboden verflüssigt, weißt du? Zahlreiche Häuser stürzten zusammen. Die Gasleitungen explodierten und es brach Feuer aus. Das ist ungefähr die Szenerie, die ich im Kopf habe, sagt Ary und nimmt wieder die Hände zu Hilfe, um etwas in die Luft zu malen. Ich stelle mir den Palace of Fine Arts im Hintergrund vor, dann ein paar stehen gebliebene und einige eingestürzte Häuser, ungefähr hier so, die Feuerwehrleute, die sich an den Hydranten zu schaffen machen, um Löschwasser zu zapfen, und rechts im Vordergrund fünf oder sechs Spieler der Giants, noch in ihrer Spielerkluft, Schläger und Handschuhe und alles, die das Geschehen beobachten. Und es nicht fassen können.

Machst du alles selbst?

Was denn?

Ich meine … baust du alles selbst? Jedes Detail? Die Menschen, die Gebäude …

Nein, nicht alles. Manche Dinge gibt's schon fertig, die muss ich nur noch anpassen. Aber den Palace of Fine Arts zum Beispiel, den schon. Einen Teil der Golden Gate Bridge. Und dann muss ich die Feuerwehrleute Wasser verspritzen lassen, die Flammen …

Benutzt du *echtes* Feuer?

Vielleicht. Dann ist da noch die Bay Bridge. Das eingestürzte Teilstück der oberen Fahrbahn mit den eingequetschten Autos. Das dritte Motiv muss ich mir noch überlegen.

Allison ruft, ob sie sich Kekse nehmen darf. Ary sagt Ja.

Danke, sagt Andrea.

Wofür?

Für alles. Für diesen Abend. Für den Job.

Job … ein paar Wochen.

Du kennst mich nicht. Du hast zwei Kinder. Das tun nur wenige.

Meinst du?

Ja.
Keine Ahnung. Ich finde das nicht so außergewöhnlich. Zumindest sollte es das nicht sein. Glaubst du nicht daran, dass man Menschen auf den ersten Blick erkennen kann? Also, was sie für Menschen sind, meine ich. Nicht, dass man ihnen ihre Vergangenheit ansieht oder so was. Sondern nur, auf welcher Seite sie stehen.
Und du hast erkannt, auf welcher Seite ich stehe?
Das hat nichts mit Zauberei zu tun, versteh mich nicht falsch. Nur mit Aura, mit Karma.
Und wie ist mein Karma?
Positiv.
Positiv?
Ich glaube, du bist ein guter Mensch. Bist du's?
Wie ist denn ein guter Mensch?
Ary lächelt. Ich bringe jetzt besser die Kinder ins Bett, sonst brauche ich morgen eimerweise kaltes Wasser, um sie wach zu kriegen.

Die Pritsche im Schuppen ist durchgelegen, aber bequemer als die meisten Orte, an denen Andrea in den letzten Monaten geschlafen hat. Es gibt eine Lampe in Fischform; um sie anzuschalten, zieht man an der Schwanzflosse. Wenn er etwas trinken oder aufs Klo gehen will, muss er ins Haus, deshalb bekommt er einen Schlüssel. Im Liegen kann Andrea das Küchenfenster sehen; das Kühlschranklicht beleuchtet Ary, die den Frühstückstisch für den nächsten Tag deckt.

Als Andrea aufwacht, braucht er lange, um zu begreifen, wo er ist, und die Geschehnisse des vorigen Abends zu rekonstruieren. Alles – die Sonne, die die Schuppenwände zerfasert, die aufgehängten Poster, der Kaffeegeruch, als er das Haus betritt – ist neu. Er duscht; zwei Duschen in zwei Tagen, denkt er. Er rasiert sich. Geht mit Ary los, um Styropor und Sperrholz zu kaufen. Sie fangen an zu schneiden, zu kleben, zu malen; und sie reden, reden viel, über alles Mögliche. Ary hat die Begabung, nahtlos von einem Thema zum anderen zu wechseln, als würden ihrem Hirn ständig neue entsprießen.
Weißt du, was mein Problem ist, wenn ich mit solchen Dioramen beauftragt werde, Erdbeben, Überschwemmungen und so weiter?, fragt sie, setzt die Schutzbrille auf und schraubt einen Bohrer ins Bohrfutter.
Nein.
Das Problem ist, dass trotz allem, trotz der Toten, der Schäden, dass ich mich trotz allem schwertue, eine Naturkatastrophe als … Sie lässt die Bohrmaschine ins Leere laufen.
Als?
Als Katastrophe zu sehen. Als *das Böse*, ich weiß nicht, wie ich es sagen soll. Sie dreht sich um und sieht Andrea unverwandt an. Das ist die Natur, okay? Das ist die Welt. Das ist der Planet. Die Menschen wollen immer alles unter Kontrolle haben, aber das ist unmöglich. Pustekuchen. Nicht, wenn die Natur im Spiel ist. So-

bald ich darüber nachdenke ... Egal, jedenfalls sind nicht wir diejenigen, die das Sagen haben, richtig? Ich meine, kennst du diesen Monolog von George Carlin über den Zustand des Planeten? Die Umweltschützer sagen, die Welt sei geliefert, aber das stimmt nicht. Der Mensch ist geliefert. Und wenn es uns nicht mehr gibt, wenn wir ausgestorben sind, wird sich der Planet wieder erholen. Ary schlägt die Hände vor die Augen, lacht. Entschuldige, ich hasse mich, wenn ich solche Sachen sage. Ich bin zynisch, oder? Ich bin neununddreißig und eine alte Zynikerin. Ihr Lachen erfüllt den Hof. Gefällt dir Kandinsky? Glaubst du an Gott?
Wie bitte?
Ich habe dich gefragt, glaubst du an Gott.
Habe ich mal.
Und jetzt?
Andrea streift sich die Hände an den Hosen ab, die einem Mann gehörten, der diese Frau einmal liebte – genau das denkt er.
Ich glaube an die Forschung, sagt er.
Was heißt das?
Das heißt, ich glaube, es ist unwichtig zu wissen, ob Gott existiert oder nicht, weil ich glaube, dass es nicht auf die Antwort, sondern allein auf die Frage ankommt. Das, was wir uns fragen müssen, ist, ob es sich lohnt, ein auf Gott ausgerichtetes Leben zu leben, und sei es, dass wir davon ausgehen, dass es ihn nicht gibt, dass er nur die Projektion eines Bedürfnisses ist. Glaube ich an

Gott? Nein. Halte ich es für nötig, nach ihm zu suchen? Ja. So sehe ich das.

Verdammt.

Was ist?

Ganz schön kniffelige Antwort.

Habe ich dich überrascht?

Du hast mir zu denken gegeben.

Jepp.

Eine Zeit lang war ich Animistin, sagt Ary.

Der Gott der Pflanzen, der Gott der Dinge …

Der Gott des Meeres, der Wolken, der Sesamkörner. Was immer du willst.

Bist du das nicht mehr?

Manchmal. Bist du religiös erzogen worden?

Ja.

Streng?

Nein, nicht streng. Ehrlich. Häufig habe ich die Wochenenden mit meinen Eltern in einem Kloster verbracht, in den Bergen.

Na, ich würde sagen, das ist mehr als ehrlich.

Nein, glaub das nicht. Ich weiß zum Beispiel noch, dass im Gästehaus neben dem Bett geschrieben stand, wir sollten uns nach unserer Ankunft im Kloster erst einmal ausruhen. Uns nicht um die Stundengebete kümmern, nicht Hals über Kopf zum Morgengebet rennen. Sondern dem Körper Ruhe gönnen. Mir gefällt die Vorstellung des Gebetes als eine Form, sich seines Körpers anzunehmen. Immanenz ist mir lieber als Trans-

zendenz. Wenn es Gott gibt, dann ist er in mir, glaubst du nicht? In mir und in dir.
Hier um die Ecke gibt es eine presbyterianische Kirche. Wenn ich die Leute dort hineingehen sehe, bin ich manchmal – nur manchmal – neidisch auf sie. Ich habe mit Benjamin und Allison nie einen Gottesdienst besucht. Ganz gleich welchen. Aber wir reden oft von Dingen, die in meinen Augen einem Reden über Gott gleichkommen.
Du musst stolz auf sie sein.
Benjamin ist leichtsinnig.
Und erstaunlich.
Er ist zu emotional.
Er ist dein Sohn.
Vielleicht bin ich eine schlechte Mutter.
Ja, vielleicht, sagt Andrea. Vielleicht auch nicht. Jedenfalls wirst du es nie erfahren. Orpheus wurde aufgetragen, einen Schritt vor Eurydike herzugehen und sich nicht umzudrehen, weißt du? Es geht um Vertrauen. Du musst Vertrauen in sie haben, in die Tatsache, dass sie dir folgen.
Aber wenn es der falsche Weg ist?
Falsch für wen?
Einfach falsch.
Liebe sie, *liebe sie.* Wenn es der falsche Weg ist, finden sie den richtigen von allein.

Zwischen Hobelspänen, Kleber und Pinseln, mit denen sie die Farben der Trümmer und der von Staub und Ruß geschwärzten Feuerwehruniformen nachempfinden, fliegen die Tage im Hause Patterson dahin. Während der Arbeit hören sie alte Lieder aus Kambodscha, dem Heimatland von Arys Eltern. Es stellt sich eine Vertrautheit ein, die dieser Musik oder einer ähnlichen Art zu denken oder dem gemeinsamen Drang entspringt, zu begreifen und nichts für selbstverständlich zu nehmen. Und während sie durch flüchtige Diskussionen und persönliche Geschichten streifen und Ary von Mark und ihrer Ehe erzählt, driftet Andrea auf Agnese zu – auf das, was zwischen ihnen passiert oder nicht passiert ist.

Willst du wissen, was ich denke?

Ja, sagt Andrea.

Willst du es wirklich wissen?

Er nickt.

Ich finde, du tust etwas Entsetzliches, sagt Ary.

Andrea hat eine Ahle in der Hand, mit der er hauchdünne Styroporplatten durchlöchert, die grau angemalt und für die Bay Bridge verwendet werden sollen.

Findest du?

Bestimmt hat sie dich als vermisst gemeldet. Vielleicht glaubt sie, du bist tot. Und deine Freunde glauben das auch.

Ich hatte nie viele Freunde.

Ich begreife nicht, wie du es erträgst, dass Menschen

leiden, weil sie nicht wissen, was aus dir geworden ist. Das ist grauenvoll.
Andrea sucht nach einer Stelle, auf der sein Blick sich ausruhen kann. Ich glaube nicht, dass sie so sehr gelitten haben, wie du meinst.
Nicht einmal Agnese?
Nicht einmal sie.
Wie kommst du darauf?
Wie ich darauf komme? Na ja, keine Ahnung. Sie war meine Frau und …
Technisch gesehen ist sie das immer noch.
Meine Frau, ja. Genau deshalb sollte ich sie kennen, nicht wahr?
Ary schnaubt, zieht die Brille herunter und fährt fort, die Verbindungsstellen der Brücke mit Farbe zu besprühen, dann hält sie inne. Und außerdem, entschuldige mal, was soll das denn bitte heißen, sie hat nicht so sehr gelitten? Gibt es etwa eine Leidensmenge, die du zu verabreichen befugt bist? Im Grunde habe ich sie nicht besonders leiden lassen, äfft sie. Weißt du, was ich denke, Andrea? Ich denke – sie richtet die Airbrushpistole auf ihn –, ich denke, du solltest kehrtmachen, du solltest heute noch ins Flugzeug steigen und zu ihr zurückfliegen. Du solltest vor ihr auf die Knie fallen und sie um Verzeihung bitten.
Ich hätte gar kein Geld für das Ticket, sagt Andrea.
Das leihe ich dir, sagt Ary. Ich weiß, dass du es mir wiedergibst.

Miss Patterson!
Die Stimme kommt aus dem Hof, unerwartet und atemlos.
Miss Patterson!
Ary und Andrea laufen hinaus.
Eine kleine Frau mit Schürze, einer Schöpfkelle in der Hand und einer Spur Mehl auf der Wange, blickt ihnen mit dankbar aufgerissenen Augen entgegen. Gott sei Dank, Miss Patterson. Sie sind zu Hause.
Mrs Munro, was ist los?
Der Klempner, sagt sie. Der Klempner. Sie deutet zu ihrem Haus. Ich glaube, er ist tot.
Welcher Klempner?
Der für den Boiler. Ich war in der Küche. Da habe ich ein Rumsen gehört. Ich bin in den Keller runter, und er war … ist … Mrs Munro schließt die Augen und fällt fast in Ohnmacht; Andrea stützt sie, doch schon hat sie sich wieder gefangen und fuchtelt mit der gelblich verkrusteten Schöpfkelle herum. Kommt schnell, sagt sie.
Mrs Munros Keller ist weiß gefliest und in taghelles Neonlicht getaucht. Einer nach dem anderen steigen sie hinunter, Ary voraus. Der Klempner, eleganter grauer Bart, schwarzes Brillenband und Overall mit Firmenlogo – ein Kind im Wasserstrahl eines Hydranten –, liegt auf dem Fußboden, ein Arm unter dem Bauch, der andere seitlich am Körper, die Beine in einer Laufbewegung angewinkelt. Andrea und Ary beugen sich über ihn. Sie sagen seinen Namen, doch er ant-

wortet nicht; schütteln ihn, doch er reagiert nicht; versuchen, seinen Puls zu fühlen, doch sie finden ihn nicht. Ary bemerkt den Ehering am Finger. Andrea ein Gummifigürchen mit tentakelartigen Gliedmaßen, das an der Werkzeugtasche baumelt.

Wir sollten besser die Polizei rufen, sagt Ary.

Mrs Munro bricht schluchzend in Tränen aus.

Und du solltest besser wieder nach Hause gehen, sagt sie zu Andrea.

Andrea nickt und steht auf. Es tut mir leid, sagt er zu Mrs Munro. Dann hastet er die Stufen hinauf.

Der Krankenwagen bringt den Leichnam fort. Andrea späht durch die Schlafzimmergardinen. Es fängt an zu regnen: ein nadelspitzer Regen. Mrs Munro ist untröstlich, und während eine vollllippige Polizistin mit der Tochter in Atlanta telefoniert und sie zu überreden versucht, für ein paar Tage zu ihrer Mutter zu kommen, findet ihr lautstarkes Klagen kein Ende. Auch Benjamin und Allison, die aus der Schule zurück sind, beobachten die Szene durch das Fenster. Allison knipst Handyfotos.

Wem gehört der?

Andrea sitzt auf der Liege im Schuppen und bindet sich die Schuhe zu. Wer?

Benjamin nimmt Emanuels Feuerwehrwagen, der auf dem Tischchen neben der Fischlampe steht, und setzt sich neben ihn. Der hier, sagt er.

Einem Jungen, der Emanuel heißt. Ich habe ihn am Flughafen getroffen.
Wieso hast du ihn?
Er hat ihn vergessen. Ich habe versucht, ihn ihm wiederzugeben, habe es aber nicht geschafft.
Benjamin! Arys Stimme, der Motor des Wagens. Wir müssen los!
Komme, ruft Benjamin. Wie weit seid ihr?
Womit?
Mit Mamas Arbeit, die Dioramen vom Erdbeben. Sind sie fertig?
Fast.
Benjamin, ruft Allison.
Du solltest besser gehen, sagt Andrea. Er streicht ihm über die Wange, der blaue Fleck ist verschwunden.
Ary ruft, wenn er nicht sofort ins Auto steige, lasse sie ihn da und er müsse zu Fuß gehen. Zur Schule ist es nicht weit, aber Kocinsky macht ihm immer noch das Leben schwer, und obwohl es ihm ziemlich egal ist, ob er Prügel bezieht oder nicht, kriegt er sie lieber auf dem Rückweg als auf dem Hinweg – den Vormittag blutend auf dem Flur zu verbringen, sagt er, sei ziemlich ätzend.

Mit Tüten bepackt kehrt Ary zurück, Andrea klebt künstliche Bäume auf; als er sie aus dem Auto steigen hört, wischt er sich die Hände an einem Lappen ab und geht hinaus, um ihr zu helfen. Mrs Munro fegt gerade

den Gehsteig. Sie erkundigen sich nach ihrer Tochter. Vielleicht kommt sie heute, sagt sie.
Als sie ins Haus tritt, sagt Ary: Ich hoffe wirklich, dass sie kommt und ihr Gesellschaft leistet. Ich glaube nicht, dass es ihr guttut, allein in diesem Haus zu sein, nach dem, was passiert ist.
Stimmt, sagt Andrea und räumt Milch, Kekse, Erdnussbutter in den Küchenschrank; das Waschmittel in das schmale Fach unter dem Spülbecken, den Ingwer in die zitronenförmige Dose, das Obst in den Keramikteller auf dem Kühlschrank; er wirft die Packungen in die getrennten Mülleimer, Rot für Papier, Blau für Plastik und Grün für Glas – jedes Ding an seinen Platz, ohne nachzudenken; im Haus bewegt er sich inzwischen mit gewohnheitsmäßiger Sicherheit und Selbstverständlichkeit.
Heute sollen die Dioramen fotografiert werden. Andrea setzt sich in eine Ecke. Ary präpariert den Raum, montiert die Kamera auf das Stativ. Sie hat beschlossen, das Feuer wegzulassen und sich auf die Zerstörung zu konzentrieren, auf die Bewegung – den Tanz, wie sie sagt – der Menschen rings um die Trümmer, Babypuder als Rauch. Andrea sieht Ary zu – die ein Auge zukneift, eine Figur versetzt, das Objektiv wechselt, die Lichter an- und ausknipst – und denkt, dass der Tanz der Baseballspieler und Feuerwehrleute um die Trümmer ihr Bewusstsein ebenso in Beschlag nimmt wie ihr Tanz um die apokalyptische Szenerie das seine. Er ist

hingerissen von ihren blumigen Gesten. So oszillierend sie im Denken ist, so besonnen ist sie bei der Arbeit: Sie berührt nichts, was sie nicht berühren will, und es sieht aus, als setzte sie Samen – als müsste entlang der von ihren Bewegungen gezogenen Spur im nächsten Augenblick ein Wald aus Farben und unzähligen Vogelstimmen erwachsen.
Was meinst du?
Wozu?
Ary zeigt auf den Computerbildschirm. Ich glaube, die Richtung stimmt.
Andrea stellt sich neben sie. Er beugt sich vor, um die Bilder in Augenschein zu nehmen, und da er nicht weiß, wohin mit der linken Hand – mit der rechten bedient er die Maus, um die Fotos durchzugehen –, lässt er sie einen Moment lang über ihrem Körper schweben, leicht wie ein Schmetterling. Dann entscheidet er sich für den Rücken. Ary ist verschwitzt, die Leinenbluse klebt an ihrer Haut. Das hier gefällt mir richtig gut, sagt er, deutet auf ein hauchzartes Bild und zupft den Stoff von ihrer Haut; dann gleitet seine Hand zu den Hüften und er spürt, wie sich ihre Muskeln anspannen. Und das hier auch, sagt er. Er nähert sich ihrem Haar, vergräbt die Nase darin; der Geruch nach Babypuder vermischt sich mit dem nach Rosen und Zimt. Und das zweite, das hier, was hältst du von dem? Das finde ich besser, sagt er und küsst ihren Hals, und während er sie küsst, erhascht er ihr Gesicht, das sich im Bildschirm

spiegelt. Arys Augen sind geschlossen, ihre Miene abwesend, die Lippen schmal. Er umarmt sie von hinten, eine Hand auf dem Bauch, die andere am Busen, bis sie sich in der Umarmung umdreht, ihn zwingt, sich aufzurichten, und wie sie dort im Zimmer steht, die Wärme und Beschaffenheit von Andreas Körper spürt, küsst sie ihn.
Küssend steigen sie die Treppe hinauf.
Küssend öffnen sie die Schlafzimmertür.
Küssend schließen sie sie, obwohl niemand zu Hause ist.
Die Hupe von Mrs Munros Tochter hallt durch die Straße, und der Wind, der durch die Ritzen der Fensterrahmen weht, bringt Versprechen und Stimmen und Essensgerüche und Dankbarkeit.

Die Dioramen für den *Atlantic* werden abfotografiert, in ein nahe gelegenes Lager gebracht, in dem Ary ihre Arbeiten aufbewahrt, die Fotos an die Redaktion geschickt – und Andrea verlässt dennoch nicht das Haus. Ary erklärt den Kindern, sie brauche ihn noch, sie erwarte neue Aufträge und so weiter, und da der Einbruch einer Kältewelle mit Eis und Schnee bevorstehe, könne er natürlich nicht mehr im Hof schlafen, also zieht er auf das Sofa im Wohnzimmer um und siedelt nach einer Woche ins Schlafzimmer über.
Die Neuigkeit wird von den Pattersons aufgenommen wie sonstige Ereignisse auch: mit Begeisterung und ei-

nem Schuss Fatalismus. Allison dokumentiert die Veränderungen der Familiendynamiken auf Instagram, und Benjamin, der hofft, endlich jemanden gefunden zu haben, der ihn zu den Mets ins Citi Field begleitet, beschließt, Andrea Baseball zu erklären und ihn zu mehreren nachmittäglichen Trainingseinheiten zu verdonnern, nach denen er sich abends das Handgelenk mit entzündungshemmender Salbe einreiben muss.

Andrea versucht zu begreifen, was vor sich geht, doch da er die vielen Zwischentöne dieser Veränderung nicht zu benennen vermag, beschließt er, sie nicht zu hinterfragen und einfach hinzunehmen: Sacht schaukelnd lässt er sich von der fröhlichen Strömung der Familie Patterson forttragen. Allerdings beschließt er, sich einen Job zu suchen. Ary sagt, das habe Zeit, er solle sich keinen Kopf machen. Nicht das Geld bereitet mir Sorgen, sagt sie eines Morgens Ende Oktober und schmiegt sich unter der Decke an ihn. Sondern, dass du illegal hier bist. Wie gedenkst du deine Papiere in Ordnung zu bringen, vorausgesetzt, du willst bleiben?

Glaubst du, ich sollte bleiben?

Willst du denn bleiben?

Hast du nicht gesagt, was ich getan habe, sei grausam gewesen?

Na und? Hier geht es nicht darum, was ich denke, sondern was du für richtig hältst.

Und wenn ich es nicht weiß?

Dann kannst du immer noch beschließen, nichts zu tun.

Die Dinge geschehen, auch wenn wir nichts tun, so viel ist sicher. Allerdings ist nicht gesagt, dass es die sind, die wir uns wünschen.

Ich glaube, ich will hier bei euch bleiben.

Dann entscheide dich dafür.

…

Darf ich dich was fragen?

Ja.

Seit wann hast du deine Mails nicht mehr gecheckt?

Meine Mails?

Ja. Deine Mails. Hast du in all diesen Monaten deine Mails gecheckt?

…

Glaubst du, niemand hat dir geschrieben? Du bist dein Handy losgeworden, aber deinen Mail-Account hast du nicht gelöscht, habe ich recht?

…

Habe ich recht?

Ja.

Öffne ihn. Lies die Mails, die du bekommen hast. Bestimmt ist ein Brief von Agnese dabei.

Sag nicht ihren Namen.

Warum nicht?

Darum nicht. Und außerdem bin ich sicher, dass sie mir nicht geschrieben hat.

Das kannst du nicht wissen. Sieh nach. Oder hast du Angst, es zu wissen, zu wissen, dass sie dich liebt und dass du ihr wehgetan hast? Du sagst, du weißt dies und

du weißt jenes, aber du weißt einen Scheiß. Du rennst nur weg.
Ary steht auf, geht zum Schreibtisch und holt den Laptop, sie schaltet ihn an und stellt ihn vor Andrea aufs Bett. Ich muss in die Redaktion, sagt sie. Sie geht duschen, zieht sich an, hüllt sich in die Filzjacke, die elfenbeinfarbene Mütze, die Handschuhe und den Schal, nimmt die Umhängetasche und verlässt das Haus; Andrea hört das Klappen der Autotür, den Motor, die Reifen auf dem Asphalt und dann die Stille des Morgens. Er bleibt sitzen, wartend auf etwas, von dem er nicht weiß, was es ist, die Finger in den Stoff der Bettdecke gekrallt; dann beugt er sich langsam vor, zieht den Computer heran und stellt ihn auf die Knie. Er ruft die Homepage seines Mailaccounts auf und starrt für lange Zeit darauf. Dann öffnet er Google und tippt »Leogrande Janitorial Services«. Sucht die Telefonnummer des Sekretariats heraus. Prägt sie sich ein, geht in die Küche und wählt sie auf dem schnurlosen Telefon. Eine Frauenstimme mit starkem spanischem Akzent antwortet.
Ich heiße Andrea Luna. Ich bin ein Freund von Vincenzo Leogrande. Mariachi-Musik mit Trompeten und Geigen hält ihn in der Leitung, während er darüber nachdenkt, dass Vincenzo wegen seines Verschwindens womöglich kontaktiert wurde. Agnese hat ihn nie kennengelernt, doch sie weiß von ihm, von ihrer gemeinsamen Zeit in New York, sie könnte der Polizei gesagt ha-

ben, sich mit ihm in Verbindung zu setzen. Bis Vincenzos Stimme erklingt. Habe ich richtig gehört, dass Andrea Luna mich sprechen will?
Na und?, sagt Andrea. Überrascht dich das?
Ob mich das überrascht? Das klingt wie ein Wunder, verdammt. Wo bist du?
Nein, er weiß nichts, denkt Andrea, sonst klänge er anders. In der Stadt, Vincenzo. In New York. Können wir uns sehen?
Ob wir uns sehen können? Willst du mich verarschen? Heute. Zum Mittagessen. Ecke Fünfte und Wythe Avenue, in Williamsburg. *Miss Favela. Feijoada* oder *moqueca* nach Wahl. Und selbstverständlich lade ich dich ein. Um eins?
Um eins.
Mein Freund, mit deiner Stimme hast du diesen beschissenen Tag erhellt, glaub mir. Er lacht auf, und es klingt wie ein Gewehrschuss.

Du hast was gemacht?
Das Lokal ist aus Holz und sieht aus, als stünde es am Strand. Zwei brasilianische Mädchen mit üppigem Busen, schwarzem Haar und kaffeeduftender Haut servieren Fisch auf muschelförmigen Tellern. Andrea und Vincenzo trinken Bier. Die Eiseskälte ist vor der Tür geblieben. Im Lokal herrscht brüllende Hitze. Vincenzo wischt sich mit der Serviette den Schweiß von der Stirn. Ich bin doch bestimmt nicht der Erste, dem du begeg-

nest, sagt Andrea ruhig. In New York gibt es schätzungsweise fünfhunderttausend Illegale. Sie stellen zehn Prozent der Arbeitskraft. Das hat sogar der Bürgermeister gesagt, oder? Er sagte, würde man die illegalen Einwanderer schnappen und abschieben, bräche die Stadt zusammen. Und was tun sie? Tja, ich habe mich schlaugemacht. Auf dem ersten Platz ist die Gastronomie, Köche Kellner Tellerwäscher, dicht gefolgt von Reinigungskräften: *janitors and building cleaners.*

Im Ernst?

Im Ernst.

Unterstellst du mir etwa, in meiner Firma Illegale zu beschäftigen?

Andrea gießt Bier ins Glas, dann überlegt er es sich anders; er leert das Glas in einem Zug und nimmt einen langen, tiefen Schluck aus der Flasche. Mit dem Handrücken wischt er sich über die Lippen. Illegale in der Reinigungsfirma deines mexikanischen Schwiegervaters? Nein, wieso sollte es in der Reinigungsfirma deines mexikanischen Schwiegervaters Illegale geben? Total absurd.

Vincenzo legt die Hände zusammen, als wollte er beten; ein gekränkter, wütender Ausdruck zerknautscht sein Gesicht. Fröhliche Musik erfüllt die Luft. Ein Mädchen kommt an ihren Tisch, fragt, ob alles in Ordnung ist, ob es noch etwas sein darf, und Andrea sagt lächelnd Ja, alles in Ordnung, und Nein, im Augenblick

darf es nichts mehr sein, danke. Sie schwebt davon und zwinkert ihm zu. Vincenzo vergräbt das Gesicht in der Serviette, als er aufblickt, liegt auf seinen Lippen ein höhnisches Grinsen. Du bist ein Mistkerl, sagt er.
Ich bin sicher, in irgendeinem deiner Teams könntest du jemand Verlässlichen gebrauchen, habe ich recht? Das würde dich sicher nicht in den Ruin treiben.
Aber man muss nachts arbeiten. Vincenzo löst die verschränkten Finger und richtet beide Zeigefinger auf Andrea. Putzen in Büros. Um neun geht es los und um drei ist man fertig, fünf Tage die Woche. Zehn Dollar pro Stunde, das ist die Bezahlung. Nachtschichten. Das ist alles, was ich dir anbieten kann. Wo wohnst du?
Red Hook.
Vincenzo trommelt sich gegen die Schläfen. Wir haben ein paar Anwälte in der Nähe vom Fulton Fish Market. Du musst nur die Brücke überqueren. Fünf Büroetagen, fegen, Papierkörbe leeren, Toiletten putzen. Normalerweise machen die keine allzu großen Sauereien. Keine vollgeschissenen Klos oder Hamburger unter den Sitzen, will ich damit sagen. Er lacht. Aber … Scheiße Scheiße Scheiße, Andrea.
Was?
Ich kann's nicht glauben. Er rollt die Augen. Seine Stimme bebt. Heiliger Strohsack. Und deine Frau?
Andrea spielt mit der Serviette, knickt die Ecken ein, als wollte er ein Origami falten. Seine Mutter war richtig gut darin, er erinnert sich, dass sie ihm beigebracht

hatte, eine Ente zu falten, die mit den Flügeln schlug, wenn man an ihrem Schwanz zog, und sie konnte Blumen falten, die dann den Weihnachtsbaum schmückten, große, rote Blumen. Wann fange ich an?
Vincenzo angelt sich ein Stück Fisch mit den Fingern, schiebt es sich laut zuzelnd in den Mund. Andrea hasst es, wenn jemand beim Essen Geräusche macht; angewidert blickt er ihn an. Ist Montag in Ordnung?
Perfekt. Wo muss ich hinkommen?
Zwischen Fulton und William. Um halb neun.
Fulton und William. Halb neun. Ich werde dort sein. Muss ich was mitbringen?
Was denn?
Keine Ahnung. Soll ich was Bestimmtes anziehen oder …
Nein, nichts. Den Overall kriegst du von uns. Das Material auch. Der Teamleiter ist ein Cousin meiner Frau, er heißt Rosario. Er neigt dazu, sich ein bisschen wichtig zu nehmen, aber im Grunde ist er ein feiner Kerl, echt. Die anderen lernst du vor Ort kennen. Die kenne ich selbst nicht alle. Hör mal, was ich dir hier anbiete, ist alles andere als golden, das sollst du wissen.
Ist schon in Ordnung, Vincenzo, wirklich. Er streckt den Arm über den Tisch und greift sein Handgelenk. In solchen Momenten zeigen sich die wahren Freunde, heißt es nicht so?
Vincenzo macht einem der Mädchen ein Zeichen, die Rechnung zu bringen, lässt sich gegen die Bambusrü-

ckenlehne sinken und verschränkt die Hände im Nacken.
Trotzdem, sagt er, was für eine Scheißsituation …

Vor dem Abendessen machen sich Andrea und Ary auf den Weg, um Allison bei einer Freundin und Benjamin im Schwimmbad abzuholen. Obwohl Ary nicht mehr auf die Mails zu sprechen kommt, nimmt sie die Neuigkeit von Andreas Job einigermaßen ungerührt zur Kenntnis, auch wenn er nicht müde wird zu betonen, dies sei der Beweis, dass er sich entschieden habe – und zwar fürs Bleiben. Über die Promenade kehren sie zum Auto zurück; die Lichter des Finanzdistrikts glimmen auf den Kräuseln des East River. Ein Flugzeug ist gerade von LaGuardia abgeflogen, ein anderes ist im Landeanflug. Zwei zankende Alte schreien sich flüsternd an.
Mama hat gesagt, ich soll dich das nicht fragen, sagt Allison. Sie und Andrea sind zurückgeblieben, während Ary und Benjamin sich einen Wettlauf liefern, wer als Erstes am Ende der Bankreihe ist.
Was denn?
Wenn ich es dir sage, ist es, als würde ich dich fragen.
Andrea sieht etwas auf dem Boden funkeln, bückt sich und hebt einen Ohrring auf: Er hat einen steinernen Anhänger in Elefantenform.
Was würdest du denn antworten?, fragt er und zeigt ihn Allison. Sie lässt ihn vor ihren Augen pendeln, dann

zieht sie das Handy aus der Tasche. Auf die Frage, die du mir nicht stellen kannst, meine ich.
Wenn ich du wäre, sagt sie und fotografiert den Ohrring, würde ich antworten: So lange es geht.

Unsere Aufgabe ist es, die Büros sauber zu halten und für gesunde Arbeitsstätten zu sorgen. Das ist *entscheidend* für die Produktivität des Unternehmens. Ganz egal, ob sich die Arbeitsstätte in einer Kleinstadt oder in einer großen Metropole befindet, es ist *entscheidend*, dass sie einer kompetenten, leistungsfähigen Reinigungsfirma anvertraut wird. Denken wir an die Bakterien, die sich in den Toiletten sammeln. Die Bakterien, die sich in den Toiletten sammeln, können die Angestellten krank machen, und wenn die Angestellten krank werden, verlieren sie Arbeitstage, und wenn die Angestellten Arbeitstage verlieren, verliert das Unternehmen Geld. Dafür werden wir bezahlt. Damit die Unternehmen kein Geld durch Bakterien verlieren. Habe ich mich klar ausgedrückt?
Rosario ist fast zwei Meter groß und dick. Als Andrea sich an der Ecke Fulton und William einfand, stellte Rosario keine Fragen. Er taxierte ihn von Kopf bis Fuß, als wollte er sichergehen, dass er echt ist, und machte ihn dann mit den anderen bekannt: Das ist Alejandro, sagte er mit einer deutenden Geste seiner dicken, behäbigen Hand. Das ist Carlos. Sein Bruder Fidel. Gustavo. Jorge. Cayetano. Santiago. Und der da, sagte er

und nickte mit seinem mehrfachen Doppelkinn zu einem gebückten jungen Kerl, der gerade sein Fahrrad an einen Laternenpfahl schloss, ist Victor. Jungs, das ist Andrea. Ein paar tippten sich grüßend an die Stirn. Andrea, du arbeitest mit Victor und Cayetano.
Andrea sah die beiden an. Victor, ein zwanzigjähriger Typ mit kantigem Kiefer, wischte sich die Rechte an der Hose ab und schüttelte ihm überschwänglich die Hand. Cayetano ist älter als Andrea und Victor. Ihm fehlt ein Ohr. Er grüßte ihn mit den Augen, trat befangen von einem Bein auf das andere, drehte sich um und folgte der Gruppe, die hinter Rosario durch die riesigen gläsernen Automatiktüren des Gebäudes trat.
Habe ich mich klar ausgedrückt?, wiederholt Rosario und schleppt seinen massigen Körper keuchend durch die Flure. Bei jedem Schritt steht zu befürchten, dass er eine Lampe hinunterfegt oder ein Bild von der Wand wischt.
Ja, sagt Andrea.
Es ist *entscheidend,* dass wir einen guten Job machen, denn von unserer Arbeit hängt die Wirtschaft der ganzen Stadt ab. Ohne uns würden die Bakterien die Wirtschaft der Stadt zerstören, sie vernichten. Es gibt Papierkörbe zu leeren, Auslegeware zu waschen, Möbel und Schreibtische abzustauben. Die Fenster und Rollläden. Jede Oberfläche und jedwedes Gerät, von den Kopierern bis zu den Kaffeemaschinen, muss desinfiziert werden. Und dann die Toiletten. Die Toiletten

sind der Schützengraben, die vorderste Front: Der Krieg gegen die Bakterien wird dort gewonnen, in den Toiletten, haben wir uns verstanden?
Ja.
Wiederhole es.
Die Toiletten sind entscheidend.
Wie der Teller, von dem du isst. Wie dein Schlafzimmer. Wie die Orte, die dir am heiligsten sind.
Victor und Cayetano folgen ihnen schweigend.
Rosario dreht sich um und zeigt auf die beiden. Guck zu, wie sie es machen, sagt er. Die arbeiten gut. Lern von ihnen, und du hast keine Probleme.
Er bekommt einen Overall ausgehändigt. Victor zeigt ihm die Kammer mit den Gerätschaften: Besen, Bürsten, literweise Desinfektionsmittel, Schachteln mit Müllsäcken, Schachteln mit Handschuhen und zwei Teppichreiniger.
Beim Teppichboden musst du aufpassen, sagt Victor. Wenn du den versaust, gibt's Ärger, dann kommt Rosario und beißt dir den Kopf ab. Zuerst musst du mit dem Staubsauger drüber, das ist der hier, siehst du? Hier ist ein flexibles Rohr mit flacher Düse und hier eines mit Saugpinsel, mit dem musst du den Staub aufsaugen. Bevor du den Teppich wäschst, musst du Fleckenentferner auf die Flecken sprühen. Das hier ist der Fleckenentferner. Er holt ein Spray vom Regal, vergewissert sich, dass es das richtige ist, und steckt es in den Korb, der am Teppichreiniger befestigt ist. Um den

Tank der Reinigungsmaschine aufzufüllen, machst du das hier – er zeigt es ihm – und nimmst dieses Reinigungsmittel hier – ein riesiger grüner Kanister –, aber du musst es verdünnen, und dazu nimmst du das hier. Victor gießt Wasser bis zu einer Markierung ein und fügt Reinigungsmittel hinzu. Siehst du, so.
Andrea merkt sich jeden Handgriff; die technischen Details haben etwas Befriedigendes und Beruhigendes. Es gibt eine korrekte Art, die Dinge auszuführen, und sie wurde kodifiziert. Victor zeigt ihm die Teeküche: Auf dem Tisch stehen Reste eines hastigen Abendessens aus Käse, Salat und chinesischem Reis. Auf dem Fußboden ist ein Ölfleck, und um Öl zu entfernen, gibt es eine präzise Vorgehensweise. Er zeigt sie ihm: Zuerst muss die Flüssigkeit mit Papier oder einem trockenen Lappen aufgenommen werden, dann verdünnt man eine bestimmte Menge Reinigungsmittel mit Wasser und reibt mit dem Schwamm; dann geht man noch einmal mit Wasser darüber und wischt alles mit einem Scheuertuch trocken, damit sich keine Ringe bilden. Es ist zwar nur ein Ölfleck, aber es braucht eine ganze Palette handwerkliches Know-how.
In dieser Nacht, der ersten, tut Andrea nichts weiter, als Victor und Cayetano zuzusehen. Er merkt sich, was zu tun und zu lassen ist; lernt Langsamkeit und Gewissenhaftigkeit. Um gründlich sauber zu machen, darf man es nicht eilig haben, sagt Victor – es redet nur er, Cayetanos Stimme hat Andrea noch nicht gehört. Nach zwei

Stunden machen sie fünf Minuten Pause – fünf Minuten Pause alle zwei Stunden. Sie hocken sich in den Gang, trinken Kaffee, den Cayetano schweigend aus einer Thermoskanne verteilt, und betrachten die Lichter der Stadt durch die Glasfronten, die nach Norden hinausgehen. Sie sind im siebenundzwanzigsten Stock, die Geräusche der Straße sind gedämpft und verschmelzen mit dem Surren der Generatoren zu einer Art Grundrauschen.

Wie bist du gekommen?, fragt Victor, als er nach der Schicht sein Fahrrad losbindet.

U-Bahn, sagt Andrea. Darf ich dich was fragen?

Schieß los.

Was ist Cayetano passiert? Am Ohr, meine ich.

Ein Pistolenschuss an der mexikanischen Grenze. Caye ist keine Plaudertasche. Stimmt's?

Eher nicht.

Wo musst du hin?

Brooklyn. Du?

Queens. Du solltest dir ein Fahrrad zulegen.

Keine schlechte Idee.

Wenn du um diese Uhrzeit mit der U-Bahn nach Hause willst, siehst du es womöglich Tag werden.

Könnte doch ganz schön sein … Es Tag werden zu sehen, meine ich.

Victor streift sich die Handschuhe über, zieht sich eine Skimütze übers Gesicht und bindet sich einen Schal um den Hals. Bis morgen! Und schon ist er verschwunden.

Unschlüssig bleibt Andrea an der Ecke stehen. Er wickelt sich fest in die Jacke, die Hände in den Taschen. Ein Taxi hält an und er schüttelt den Kopf. Er hat keine Lust, zur Haltestelle hinunterzugehen und auf einen Zug zu warten. Er macht sich auf den Weg Richtung Brücke und überquert sie, ohne es überhaupt zu merken, in Gedanken beim neuen Job. Er braucht anderthalb Stunden bis nach Hause. Im Bad zieht er sich aus, schlüpft unter die kochend heiße Dusche. Lautlos gleitet er unter die Decke, um Ary nicht zu wecken. Sie dreht sich um und legt ihm eine Hand auf den Rücken; und diese unendlich sachte Berührung auf seiner Haut ist das Letzte, was er spürt, ehe er einschläft.

Als er aufwacht, ist es elf, das Haus ist in laue Stille gehüllt. Er merkt, dass er Hunger hat, einen Hunger wie seit Langem nicht mehr. In der Küche ist Ary dabei, einen riesigen Kürbis auszuhöhlen, auf dem Tisch liegen grüne und lila Stoffreste, Kerzen, Kordelspulen.
Guten Morgen, sagt Andrea. Was ist los?
Halloween. Ich glaube, es ist noch heißer Kaffee da.
Halloween?
Hexen, Monster, Süßes oder Saures. Schon mal davon gehört?
Ich weiß, was Halloween ist, sagt er und schenkt sich Kaffee ein. Er greift sich die Keksschachtel, setzt sich, reckt die Arme, um den Schlaf abzuschütteln. Was müssen wir machen? Ich meine … sind wir diejenigen,

die durch die Straßen ziehen, oder die, die zu Hause bleiben?

Ich hatte gehofft, dieses Jahr käme ich drum herum kommen und könnte zu Hause bleiben. Aber die Kinder sagen, sie hätten sich Verkleidungen ausgedacht … warte, wie hat sich Benjamin ausgedrückt? Ich glaube, es war hardcore. Ja, hardcore. Und Allison meinte: retro. Sie wollen mir nichts verraten, ich werde es heute Abend sehen.

Eine Hardcore-Retro-Verkleidung?

So haben sie sich ausgedrückt.

Das heißt?

Das heißt, sobald ich mit dem Kürbis fertig bin, werde ich mein übliches Hexenkostüm auf Vordermann bringen.

Du verkleidest dich auch?

Jepp.

Können sie nicht allein losziehen? Wir könnten zu Hause bleiben und uns mit einer Dose Bonbons an der Tür postieren.

Zuerst einmal könnte *ich* mit einer Dose Bonbons zu Hause bleiben, weil du Fußböden schrubbst, mein lieber Putzmann …

Andrea schlägt sich gegen die Stirn. Na bitte, sagt er, ich wusste es. Ich habe erst eine Nacht hinter mir, und schon hätte ich es fast vergessen.

Und außerdem ist es Familientradition, zusammen loszugehen. Aber erzähl mir von dir.

Was denn?
Wie ist es gelaufen?
Andrea tunkt einen Keks in den Kaffee, zuckt die Achseln.
Es ist ein Job, und darauf kommt es an. Aber … in diesen Büros herrscht nachts eine Ruhe, die alles andere als unangenehm ist. Sie erinnert mich an das Kloster, von dem ich dir erzählt habe.
Welches Kloster?, fragt Allison, die gähnend hereinkommt.
Was machst du denn hier?, fragt Andrea. Dann, an Ary gewandt: Keine Schule heute?
Gestern Abend hatte sie ein bisschen Fieber und heute sind Leichtathletikprüfungen …
Es ist nicht wegen der Leichtathletikprüfungen, sagt Allison.
Das habe ich nicht gesagt.
Mama hat mir von euren Kostümen erzählt, sagt Andrea.
Mama weiß nicht, was es für Kostüme sind, sie kann dir gar nichts erzählt haben.
Aber sie hat mir gesagt, sie sind hardcore und retro.
Mit einer Geste versiegelt sich Allison die Lippen.
Jedenfalls habe ich noch nie in meinem Leben Halloween gefeiert. Er trinkt einen Schluck Kaffee. Nächstes Jahr sehe ich zu, dass ich freikriege. Als was könnte ich mich verkleiden?
Das überlegen wir uns nächstes Jahr, sagt Allison.

Ganz deiner Meinung, das überlegen wir uns nächstes Jahr. Ich muss lila Band besorgen gehen, sagt Ary und zieht sich den Pullover zurecht. Allison, du frühstückst und gehst wieder ins Bett. Verstanden?
Andrea tunkt den Keks in den Kaffee, doch als er ihn wieder herausziehen will, bricht er durch und zergeht auf dem Grund der Tasse.

Im Keller steht ein altes Fahrrad vom Vater der Kinder. Andrea bringt es mit Benjamin wieder auf Vordermann, und um es einzuweihen, beschließen sie, am folgenden Sonntagmorgen zusammen nach Rockaway zu fahren, und weil sich herausgestellt hat, dass die Hardcore-Retro-Verkleidungen für Halloween von Kiss inspiriert sind, grölen sie aus vollem Hals *Rock and Roll All Nite*, als sie den Ozean erreichen. Die Möwen kreischen, und Andrea und Benjamin schließen die Räder an einen Pfahl, spielen am Strand Fangen, laufen vor den Wellen davon und zeichnen Bilder in den Sand. Eine jähe sommerliche Böe hat den Winter fortgeblasen; sie wird nicht lange anhalten, doch sie ist besser als nichts und genau deshalb so kostbar.
Auf dem Rückweg über den Ocean Parkway – nachdem Benjamin ihn überredet hat, einem alten, polnischen Pärchen einen kochend heißen Kaffee zu spendieren – entdeckt Andrea ein Plakat, das für die Ausstellung *Dutch Golden Age* im Metropolitan wirbt. Es ist eine Fotomontage dreier Gemälde, und eines davon ist der

Verlorene Sohn. Schon seit einer Weile hat er nicht mehr an das Bild gedacht, und es plötzlich einfach so auf der Straße zu sehen, löst in ihm ein heftiges Gefühl aus. Sehnsucht zweifellos; vielleicht auch Reue. Er fragt sich, ob er nicht mutwillig etwas aus dem Blick verloren hat, das ihm anvertraut worden war, eine Art Wahrheit. Ein leuchtender, runder Aufkleber informiert, dass die Ausstellung, die im Oktober schließen sollte, bis Januar verlängert wurde. Und so steigt Andrea zwei Tage später, als Ary wegen eines Meetings in Boston ist und die Kinder in der Schule sind, in die U-Bahn und fährt voll tiefer, grundloser Panik ins Museum. Er hat zwanzig Dollar in der Tasche und denkt, dass er fünf davon für den Eintritt ausgeben wird, doch als er dort in der Halle steht, den Zwanziger in der Hand, ruft jemand nach ihm. Besser gesagt, jemand sagt: Hey!, und überzeugt, dass er gemeint ist, dreht er sich um. Tatsächlich. Mit einem Museumsplan in der Hand, hilft Walter einem Touristenpaar, sich zurechtzufinden. Andrea wartet, bis er fertig ist; als das Paar sich entfernt, geht er zu ihm hin, sie drücken einander die Hand.

Schön, Sie wiederzusehen, Sir.

Noch immer an vorderster Front, Walter?

Gewiss doch, Sir. Und auch Ihr Gemälde ist noch dort oben an seinem Platz.

Ich habe gelesen, dass das Ende der Ausstellung verschoben wurde, deshalb …

Sie sind doch wohl nicht extra aus Italien zurückgekommen, Sir.
Andrea überlegt, dass Walter etwas an sich hat, das ihn zwingt, stets nichts als die Wahrheit zu sagen, oder ihn zumindest daran hindert, zu lügen; vielleicht liegt es an den Augen, denkt er – ihre wässerige Lauterkeit; oder vielleicht an der Ahnung, dass Walter alles glauben würde, ganz gleich, was Andrea ihm sagte, was das schlechte Gewissen unerträglich machte; oder vielleicht ist es der Schalk, der hinter der Gutgläubigkeit hervorblitzt. Haben Sie Zeit für einen Kaffee, Walter?
Ich wollte gerade in die Pause gehen, Sir.
Walter sagt, in der Cafeteria finde ein Empfang statt, deshalb führt er Andrea durch eine Seitentür und einen Flur entlang, der an einem kleinen Raum für die Angestellten endet. Sie schenken sich Kaffee ein und setzen sich an eines der Aluminiumtischchen. Andrea hebt die Tasse, um etwas zu trinken, doch dann stellt er sie wieder hin. Kann ich Ihnen etwas erzählen, Walter?
Was immer Sie wollen, Sir.
Eine halbe Minute lang atmet Andrea durch die Nase ein und aus, als müsste er sich mit Sauerstoff versorgen, dann fängt er an zu erzählen; er erzählt von einem Mann, der es nicht schafft, nach Hause zurückzukehren, und bittet Walter, sich vorzustellen, wie unmöglich es diesem Mann ist, sein altes Leben wiederaufzunehmen, sich das Straßenleben vorzustellen, in das er abgleitet, die Begegnung mit einer Familie, die ihm zur

Hilfe kommt, und das Gefühl, diese Familie zu betrügen, das diesen Mann, obwohl er eine Arbeit gefunden hat, nun umtreibt, denn er ist illegal hier und kann unmöglich für immer bleiben.
Würde er das gern?, fragt Walter.
Was?
Würde er gern für immer bleiben?
Vielleicht.
Vielleicht?
Vielleicht will er bleiben, weil es ihm gut geht. Aber vielleicht will er bleiben, weil er nicht den Mut hat, zurückzukehren.
Und warum hat er nicht den Mut, zurückzukehren?
Weil er sich schämt.
Wofür?
Für das, was er getan hat. Er hat etwas Entsetzliches getan, einfach so zu verschwinden …
Eine Frau in der gleichen Uniform wie Walter kommt herein. Sie grüßt, mustert Andrea neugierig, füllt heißes Wasser in eine Tasse, sucht sich, nachdem sie über den Brillenrand hinweg verschiedene in Augenschein genommen hat, einen Teebeutel aus und geht hinaus.
Hat er ein schlechtes Gewissen?, fragt Walter.
Ich glaube schon.
Hat er ein schlechtes Gewissen oder schämt er sich?
Er hat ein … aber was macht das denn für einen Unterschied, Walter?
Walter kratzt sich die Wange. Meine Mutter war Leh-

rerin, wissen Sie? Bevor sie ertrunken ist. Habe ich Ihnen schon erzählt, dass meine Mutter ertrunken ist?
Ja.
Nun denn, meine Mutter hatte diesen Fundus an Weisheiten, Sinnsprüche, die sie bei ihren Schülern zum Einsatz brachte. Und bei mir. Darunter auch den über Vergebung. Walter bricht in Lachen aus, das in einem Hustenanfall endet, kramt ein Taschentuch hervor und hält es sich vor den Mund. Entschuldigen Sie, sagt er. Jedenfalls war ihr Vortrag über Vergebung mein liebster. Ich glaube, sie hielt ihn vor allem, weil sie Spaß daran hatte; ob wir verstanden, was sie sagte, war ihr nicht so wichtig. Aber sie drückte die Dinge so klar und anschaulich aus, dass es eigentlich unmöglich war, nicht zu begreifen, worauf sie hinauswollte, Sie wissen schon. Und ihr Vortrag über die Vergebung setzte bei dem Unterschied zwischen Scham und Schuldgefühl an, denn Scham, Sir, Scham bedeutet so viel wie »ich bin falsch«, während ein schlechtes Gewissen so viel bedeutet wie »ich habe etwas falsch gemacht«, darum ging es.
Andrea nickt.
Scham ist eine Treibsandgrube, man strampelt verzweifelt und versinkt immer tiefer. Ich kenne einen, der sich vor Scham umgebracht hat. Ich schwöre, Sir. Er hat sich vor seinen Kindern mit dem Gewehr erschossen, einfach unfassbar. Und wäre ihm nur in den Sinn gekommen, dass das, was er empfand, nicht Scham, son-

dern schlechtes Gewissen war, hätte es genügt zu sagen: Ich habe etwas falsch gemacht. Walter rückt sich auf seinem Stuhl zurecht und verzieht das Gesicht, als bereitete sein Bein ihm Schmerzen. Wir alle machen Fehler, sagt er. Aber wir *sind* nicht der Fehler. Das sagte meine Mutter, wissen Sie? Wir sind nicht der Fehler, wir sind lediglich diejenigen, die ihn begangen haben. Und um eine Schuld fortzuwaschen, muss man sich nur ehrlich zu ihr bekennen. Er schweigt, dann spricht er weiter. Das sollten Sie diesem Mann sagen, von dem wir reden. Das sollten Sie ihn wissen lassen, wenn er ein Freund von Ihnen ist.
Das werde ich.
Ich wollte mit meinem Gerede nicht rechthaberisch klingen, Sir. Wenn ich mich in etwas hineinsteigere, bin ich ein ziemlicher Klugschwätzer. Er lacht. Ich hoffe, Sie haben mich nicht so empfunden.
Kein bisschen, Walter. Kein bisschen. Das versichere ich Ihnen.
Man muss der Wirklichkeit ins Auge blicken. Das hat mich meine Mutter gelehrt, und das ist es, was ich meine Kinder zu lehren versuche.
Aber manchmal scheint es, als würde uns die Wirklichkeit den Rücken zukehren, finden Sie nicht?
Manchmal. Kann sein. Aber wenn wir von dem Mann reden, der nicht weiß, ob er bei der neuen Familie bleiben oder zu seiner Frau zurückkehren soll, tja, verzeihen Sie, wenn ich das sage, Sir, aber da dreht ihm keine

Wirklichkeit den Rücken zu. Manche Entscheidungen sind nun einmal schwer. Walter hustet wieder, hält sich das Taschentuch vor den Mund, und sein Blick fällt auf die Uhr. Ach du lieber Himmel. Jetzt muss ich zurück zur Arbeit, Sir. Tut mir leid.
Sie stehen auf und rücken die Stühle zurecht. Walter will die Tassen ins Spülbecken stellen, doch Andrea hält ihn zurück und nimmt sie ihm aus der Hand. Das mach ich, sagt er, gehen Sie ruhig. Ich finde allein hinaus. Sie haben mir sehr geholfen, Walter.
Kommen Sie rauf, um das Bild anzusehen, Sir?
Selbstverständlich, sagt Andrea. Doch noch während er es sagt, geht ihm auf, dass er es nicht tun wird.
Walter lächelt und hinkt davon. Er läuft einem Kollegen über den Weg, sie geben einander einen Klaps auf den Arm. Er hinterlässt eine Ahnung von Vollendung in der Luft, die Andrea mit dem Atem einfängt, dann presst er die Lippen aufeinander, um sie nicht entwischen zu lassen.

Die heißen Tage haben die Kälte verdrängt; jetzt erhellt ein grellbunter Herbst die Stadt. Als er eines Nachmittags mit Ary zwischen den gelb und rot flammenden Ahornbäumen im Prospect Park spazieren geht, denkt Andrea, dass das, was uns als Beweis für die Wunder der Natur erscheint, in Wirklichkeit ein Schmerzensschrei ist – die Blätter sterben, sagt er zu Ary.

Was für ein zynischer Gedanke.
Es ist die Wahrheit, sagt Andrea. Der Gedanke ist kein bisschen zynisch. Allenfalls realistisch.
Und wo bringt uns dein *Realismus* hin?
Wo er uns hinbringt?, wiederholt Andrea und blickt zum Himmel auf. Ary hat bemerkt, dass sich neben seinem Auge eine feine, halbmondförmige Falte zeigt, wenn er sich konzentriert, und dass seine Lippen blass werden. Er lässt uns die Dinge für das schätzen, was sie sind, ohne dass wir uns belügen müssen, um die Vergänglichkeit des Lebens zu ertragen, sagt er und drückt sie an sich. Oder auch nur seine Wandelbarkeit.
Meinst du?
Meine ich.
Weißt du, was ich mir jetzt wünschen würde?
Was?
Dass sich feste Schokolade in Kakao verwandelt. Und Milch in Sahne.
Wärst du in der Lage, die Vergänglichkeit dieses Ereignisses zu ertragen?
Ich glaube schon, sagt Ary.
Na, dann probieren wir's aus, sagt Andrea.

Um zur Kreuzung Fulton und William zu kommen, nimmt er das Fahrrad, das er mit Benjamin repariert hat; es sind fünfunddreißig Minuten, die er gern zurücklegt, sowohl auf dem Hinweg als auf dem Rückweg. Mit Victor und Cayetano versteht er sich gut. Er lernt, je nach Bedarf die richtigen Mittel zu verwenden, und all das nächtliche Putzen und Desinfizieren und Reinigen in diesen bis wenige Stunden zuvor belebten Räumen wirkt auf ihn wie eine Läuterung.

Eines Abends taucht Vincenzo in der Tür der Bürozelle auf, in der Andrea gerade Staub wischt. Hey, Alter!, sagt er und stürzt auf ihn zu. Victor und Cayetano recken die Köpfe, um zu sehen, wer da spricht. Und, wie läuft's?

Andrea ist überrascht. Seit dem Mittagessen im *Miss Favela* hat er nichts mehr von Vincenzo gehört und gesehen. Alles gut, sagt er, streift die Handschuhe ab und drückt seine Hand.

Scheiße, das ist vielleicht schräg, dich hier zu sehen, mit Overall und Staubwedel. Da schau sich einer unseren Jungen an.

Wenn du nichts zu tun hast und mir zur Hand gehen willst, sagt Andrea, kommst du vielleicht auch auf den Geschmack. Er sagt es im Scherz, doch sein Ton ist ernst. Vincenzo lacht und sagt, wieso eigentlich nicht, vielleicht sollte er das, keine schlechte Idee, ihm demnächst mal eine Nacht lang zur Hand zu gehen, um zu sehen, wie es läuft.

Früher habe ich das gemacht, sagt er. Jetzt verbringe ich meine Tage damit, mich zu streiten und Rechnungen zu schreiben. Aber man darf den Kontakt zur Basis nicht verlieren.

Andrea lässt sich den Satz im Kopf herumgehen, er

fragt sich, ob Vincenzo schon so war, als sie jung waren.
Und deine beiden *compañeros*? Wie kommst du mit denen klar? Er nickt zu der Bürozelle, in der Victor und Cayetano versuchen, einen klebrigen Fleck vom Schreibtisch zu schaben.
Gut. Sehr, sehr gut. Könnte nicht besser sein.
Sehen wir uns dieser Tage mal?
Warum nicht?
Ich würde dich gern meiner Frau Rosa vorstellen. Und den Mädchen.
Andrea lächelt, er denkt, dass er nicht die geringste Lust hat, zu Vincenzo nach Hause zu gehen. Er hat weder Lust, die Frau noch die Töchter kennenzulernen.
Wann du willst, sagt er.
Bring doch auch … Wie heißt sie gleich?
Ary?
Genau. Bring sie doch mit. Sie hat zwei Kinder, stimmt's?
Ja.
Ihr könntet alle kommen. Was meinst du?
Klar. Warum nicht? Ich bespreche das mit ihr.
Du hast kein Handy, oder?
Nein. Aber du kannst mich bei Ary zu Hause erreichen. Habe ich dir die Nummer gegeben?
Ich glaube nicht.
Andrea nimmt einen Notizblock von der frisch geputzten Tischplatte und schreibt die Telefonnummer der Pattersons auf. Hier.

Vincenzo faltet den Zettel zusammen und schiebt ihn in die Jackentasche. Dann rufe ich dich an. In Ordnung?
Gut.
Er verabschiedet sich auf Abstand, mit einer Art Lächeln. Während er auf den Fahrstuhl zugeht, rührt Andrea sich nicht, er rührt keinen Muskel, bis er hört, wie die Türen aufgleiten, Vincenzo einsteigt und die Türen sich wieder schließen. Dann lässt er sich aufatmend in einen Stuhl fallen. Er denkt, dass er wirklich ein Arschloch ist – und meint sich, nicht Vincenzo; ein undankbares Arschloch. Vincenzo gibt ihm einen Job, und kaum fängt er damit an, schlägt er sich auf die Seite derer, die ihren Chef für einen Scheißkerl halten. Nein, das allein kann es nicht sein, denkt er. Aber was dann? Was ist es, das ihm bei diesem Höflichkeitsbesuch dermaßen gegen den Strich ging – dem Besuch eines Freundes, eines seiner wenigen Freunde? Deshalb habe ich so wenige, denkt er.
Pause?, sagt Victor und steckt den Kopf zur Tür herein.
Pause, sagt Andrea und schlägt sich auf die Oberschenkel. Pause und nochmals Pause.
Sie setzten sich immer an denselben Platz, gegenüber den riesigen Glasfronten, die auf die Nacht und die Stadt hinausgehen. Schweigend teilt Cayetano Kaffee aus.
Kennst du ihn schon lang?, fragt Victor.
Andrea schlürft den Kaffee, er ist kochend heiß. Ja, sehr lang. Seit unserer Jugend. Als wir das erste Mal hier wa-

ren, sind wir zusammen gekommen und haben in einem Restaurant gearbeitet.
Er ist ein anständiger Kerl.
Andrea dreht den Kopf und sieht Victor in die Augen.
Warum sagst du das?
Halt so. Er lässt den Kaffee in der Tasse kreisen. Zu mir war er nett.
Kanntest du seine Frau oder die Familie seiner Frau?
Ein Freund von uns kannte sie. Einer, der mit mir und meinen Verwandten in Oklahoma zusammengewohnt hat, als ich klein war.
Du bist in Oklahoma geboren?
Nein, schön wär's. Als ich zwei war, wurde ich dorthin gebracht, von einem *pollero*, den meine Eltern bezahlt haben.
Ein *pollero*?
Ein Schleuser. Er sollte mich zu meinen Verwandten bringen, und das hat er gemacht. Deshalb bin ich zuerst in Oklahoma City aufgewachsen, dann sind wir nach Houston gezogen. Aber damit das klar ist, auch wenn ich nicht in diesem Land geboren bin, fühle ich mich als Amerikaner. Tatsächlich, sagt Victor, tatsächlich habe ich mich als Kind nie als Illegaler gefühlt. Aber das war ich, und wie. Nur, dass ich zu klein war, um es zu verstehen, um zu begreifen, was *illegal* sein bedeutet. Und soll ich dir noch was sagen? Nicht mal jetzt fühle ich mich illegal. Er klatscht in die Hände und schüttelt den Kopf. Ich fühle mich einfach nur als

Amerikaner. Wie sollte ich mich auch sonst fühlen, verdammt, schließlich bin ich hier aufgewachsen. Ich war mein ganzes Leben hier. Bis zu dem Tag, an dem ich betrunken am Steuer saß und in eine Polizeikontrolle geraten bin. Ja, so war's. Ich kam von einer Party und hatte leicht einen sitzen. Aber ich hatte nichts Schlimmes gemacht, ich habe mein ganzes Leben nichts Schlimmes gemacht. Ich war neunzehn und sie haben mich ins Heimatland abgeschoben. Ich wurde in einen Bus gesetzt und direkt hinter der Grenze ausgekippt. Das war kein Spaziergang, das kannst du mir glauben.

Und dann?

Und dann habe ich Geld zusammengekratzt und achtzehn Jahre nach dem ersten einen zweiten *pollero* bezahlt, und hier bin ich. Jetzt lasse ich mich bestimmt nicht mehr erwischen. Er schüttelt den Kopf, als wollte er die Traurigkeit und die schlechten Erinnerungen loswerden. Jetzt lasse ich mich nicht mehr erwischen.

Wie alt bist du, Victor?

Zweiundzwanzig.

Zweiundzwanzig, verdammt.

Jepp.

Und du, Cayetano?

Cayetano holt seinen gütigen Blick ins Bewusstsein zurück, denkt nach, als müsse er die Zahl ausrechnen, die Augen auf die Lichtspuren der Autos weit unten auf der Straße geheftet. Zweiundvierzig, sagt er.

Andrea denkt, dass er ihn rund zehn Jahre älter geschätzt hätte. Bist du Mexikaner?
Er schüttelt den Kopf. Honduraner, sagt er.
Sein linkes Ohr ist ein Klumpen narbiges Fleisch. Andrea zeigt darauf. Wie ist das passiert?
Pistolenschuss.
Wer hat geschossen?
Cayetano antwortet nicht, er zuckt ausweichend mit den Schultern, wie um zu sagen, dass es unwichtig ist.
Hat nicht viel gefehlt.
Ja, sagt er sanft. Ich hatte Glück.
Bist du schon lange hier?
Wieder Schweigen, wieder Berechnungen. Zwanzig Jahre, sagt er. Zwanzig Jahre und drei Monate. Jedes Wort klingt, als würde er um Verzeihung bitten, die Lippen zu einem schüchternen Lächeln verzogen. Er trägt durchgelaufene, farbbekleckste Schuhe; gut möglich, dass er tagsüber noch andere Jobs hat, um sich etwas dazuzuverdienen. Er wendet sich Andrea zu, ihre Blicke streifen sich kurz, dann lässt er seinen wie eine Murmel über den Boden kullern, und Andrea überkommt der jähe Wunsch, ihn zu umarmen.
Was macht ihr da, Scheiße noch mal? Rosario taucht am Ende des Flurs auf; sein Körper füllt den gesamten Türrahmen aus. Rechts von ihm sendet die Stadt leuchtende Morsezeichen durch das Dunkel der Nacht, die niemand auf der Welt je zu deuten wüsste, doch könnte man sie entschlüsseln, denkt Andrea, würden sie viel

über uns erzählen: wer wir sind und wer wir gern sein würden. Die Pause ist eine *Pause*, Scheiße noch mal, und keine Gelegenheit, sich gegenseitig einen zu blasen. Zurück an die Arbeit. Zackig. In den oberen Stock. Es gibt Bakterien zu vernichten, Scheiße noch mal.

November und Dezember sind Monate des Wandels: Tag für Tag verwandelt sich das, was jedes Familienmitglied anfangs als rar und überraschend empfand – Alltagssituationen, Nebensächlichkeiten, die Andreas ungewohnte Anwesenheit in ein neuartiges Licht zu tauchen schien –, mit unglaublicher Geschwindigkeit in Routine; tatsächlich gibt diese Geschwindigkeit Andrea zu denken, auch wenn er zu keinem anderen Schluss kommt, als dass sich das Raubtier Mensch nun einmal dort anpasst, wo es Nahrung findet, und zwar *Nahrung* in der vielschichtigsten Bedeutung des Wortes.

Ary arbeitet an einer Reihe von Dioramen über Energiequellen für *Scientific American*: Kohlebergwerke mit Gruben, Rampen, Silos und Förderbändern oder, wenn sie untertage sind, mit Fördertürmen, Schächten und Schaufelbaggern; Bohranlagen für Erdöl, also Bohrtürme, Tanks und Tankwagen; Wasser-, Kern- und Windkraftanlagen. Andrea hilft ihr bei der Recherche und wird häufig mit dem Rad zu einem Modellbau-Großhandel nach Bushwick geschickt, der für Ary eine Ausnahme macht und ihr auch kleine Mengen einer bestimmten Erde oder einer speziellen Schnur verkauft.

An manchen Tagen, wenn Andrea am späten Morgen aufwacht, unterbricht Ary ihre Arbeit, bringt ihm Kaffee ans Bett und schlüpft zu ihm unter die Decke. Mit Ary ist Andrea ein fantasievoller und geduldiger Partner, und auf körperlicher Ebene aufgeschlossen und einfühlsam; Ary weiß das zu schätzen. Sie hüllt den Sex in Plaudereien und Gelächter und scheint sich über sein dauerndes Bedürfnis, sie zu berühren und zu küssen, nicht zu wundern; sie kümmern sich umeinander, wie es keiner der beiden je zuvor erfahren hat.

Nicht, dass er mit besonderen – oder zahlreichen – Erfahrungen aufwarten könnte, doch bisher ist Andrea noch nie einem Menschen begegnet, der mit seinem Körper so sehr im Reinen ist und seine Nacktheit so gelassen darbringt wie Ary. Oft bleiben sie lange im Bett und halten sich in den Armen, während das Tageslicht durch die weißen Vorhänge auf die Fensterbank sickert, auf der sich die Sukkulenten reihen. Sie legt den Kopf an seine Schulter, und er spielt mit ihrem Haar, dreht es zu Locken, die sofort wieder zergehen.

Manchmal hat Ary kurze Wutanfälle wegen ihm, vor allem, wenn sie daran denkt, was er getan hat – Was sollte mich daran hindern, zu glauben, dass du eines Nachts, *zack*, von der Arbeit nicht nach Hause kommst und niemand von uns je wieder von dir hört! Sag es mir, was sollte mich daran hindern? –, doch das sind Sommergewitter, die spurlos vorübergehen. Tatsächlich hat Ary nie etwas von ihm verlangt: Sie hat ihm keine Versprechungen abverlangt, und sie reden nie über die Zukunft. Es scheint, als würde sie sich damit abfinden, sollte Andrea nach einer Schicht tatsächlich nicht mehr nach Hause kommen. Ihr Leben und das Leben ihrer Familie würden wieder zurück in ein altvertrautes Flussbett fließen; nur mit ein paar Erinnerungen und Gefühlen mehr im Gepäck.

Mitte November verteidigt Benjamin einen Schulkameraden mit Treacher-Collins-Syndrom vor Kocinsky, Mao und Randy, und Kocinsky, Mao und Randy brechen ihm zwei Finger der rechten Hand. Die Sache – so etwas ist bisher noch nie passiert, sagt Ary – scheint bei ihm etwas auszulösen. Seit er klein war – sehr klein –, besitzt Benjamin den natürlichen Hang, sich gegen Ungerechtigkeiten starkzumachen, und seit er klein war – sehr klein –, hat er sich daran gewöhnt, dafür zu leiden. Du willst gar nicht wissen, wie sehr er an seinem Vater hing, sagt Ary. Er konnte noch nicht laufen, da hat er schon die Flaschen vor ihm versteckt. Und schon immer hatte er diese erstaunliche, verblüffende Fähigkeit, sich von dem unausweichlichen Scheitern seiner Rettungsmissionen nicht entmutigen zu lassen. Nie. Als wäre ihm völlig klar, dass die Menschen, nun ja … dass die Menschen letztlich nur zu retten sind, wenn sie sich retten lassen wollen. Mehr nicht. Es ist gut, es zu versuchen, aber ohne sich darüber verrückt zu machen.

Doch dieses Mal ist es anders.
Allmählich bin ich es ein bisschen leid, sagt Benjamin nach dem Abendessen zu Andrea. Ary und Allison lernen in der Küche und sie beide haben sich *Der Mann, der Liberty Valance erschoss* ausgeliehen, laut Andrea einer der besten John-Wayne-Filme. Sie sitzen nebeneinander auf dem Sofa.
Was denn?
Benjamin kratzt sich mit den geschienten Fingern am Kopf. Verprügelt zu werden. Das ist ermüdend.
Das finde ich auch.
Nur, dass es schwierig ist, es zu vermeiden.
Na ja, kommt drauf an …
Auf was?
Darauf, wie du dich verhältst.
Du meinst, keine Sachen mehr machen, für die man Prügel kassiert?
Das könnte eine Lösung sein.
Auf der Mattscheibe bringt John Wayne James Stewart, dem zukünftigen Senator Ransom Stoddard, vor seinem Haus in der Wüste zwischen blühenden Kakteen das Schießen bei.
Ich glaube nicht, dass das die Lösung ist, sagt Benjamin.
Schießen kann ich dir nicht beibringen, tut mir leid, sagt Andrea. Und Prügeln auch nicht. Ich habe noch nie geschossen und mich noch nie im Leben geprügelt.
Daran hatte ich auch gar nicht gedacht.
An was dann?

Benjamin dreht sich zu Andrea um. Du hast mir mal gesagt, du läufst gern.
Das stimmt.
Daran habe ich gedacht.
Woran?
Ans Laufen.
Ans Laufen?
An die Flucht. Na ja, ich meine … heißt es nicht, Flucht ist die beste Verteidigung?
Es heißt, Angriff ist die beste Verteidigung.
Benjamin runzelt die Augenbrauen. Würde ich nicht sagen, die Flucht hat viel für sich.
Zum Beispiel?
Zum Beispiel … gibt es bei der Flucht keinen Körperkontakt. Also, wenn du es schaffst zu fliehen, meine ich. Aber genau dazu ist die Flucht ja da, um abzuhauen und Körperkontakt zu vermeiden. Habe ich recht? Und den würde ich gern vermeiden. In der Flucht liegt die die Zukunft. Wenn du in Gefahr bist, wenn du dich in Gefahr *fühlst*, erlaubt die Flucht es dir, eine Zukunft zu haben. Richtig? Und wir müssen an die Zukunft denken. Kann sein, dass wir uns schämen, weil wir uns wie Feiglinge vorkommen, schon möglich, aber es geht um die Zukunft, darauf kommt es an. Und ich … ich will eine Zukunft haben. Ich muss nur lernen …
Hey hey hey, stopp, in Ordnung. Morgen Nachmittag gehen wir laufen.
Wirklich?

Eine halbe Stunde Joggen, dreimal die Woche, und wehe, du kneifst.
In Benjamins Gesicht tritt ein molekulares Leuchten, es verstrahlt eine Wärme im Zimmer, die Andrea wie einen Staatsbürgerschaftsnachweis empfindet. Und das ihn dort verwurzelt, wo er gerade ist: auf diesem Sofa, in diesem Haus, in diesem Augenblick. Benjamin hält ihm die Faust hin und Andrea schlägt seine dagegen. Sie wechseln kein Wort; es gibt nichts weiter zu sagen. Unterdessen stellt Lee Marvin James Stewart ein Bein, das Tablett in seinen Händen fliegt zu Boden. Marvin lacht, seine Schergen mit ihm. Und dann: Das ist mein Steak, Vance – sagt Wayne und erhebt sich von seinem Tisch. Das Wirtshaus verfällt in Schweigen.

Allisons Zimmer – jedes Kind hat ein eigenes, und beide gehen nach hinten auf einen Parkplatz hinaus – ist mit Fotos tapeziert. Hauptsächlich Familienfotos oder Stadtansichten: Sie beide als Kinder mit einem Hund oder vor einem See oder auf dem Spielplatz; Ary mit ihren Eltern in einem Kaffee, Arys Profil am Steuer, Benjamin im Spiderman-Kostüm, und dann die Stromkabel-Spinnennetze der Straßenlaternen, die Außenmauer des Schwimmbads im Central Park, die Schaufenster koscherer Lebensmittelläden, eine Pfütze, in der sich das Leuchtschild eines Kinos spiegelt.
Hast du die alle gemacht?, fragt Andrea. Er denkt, dass Mädchen in Allisons Alter Filmposter an den Wänden

haben, Teenager in weißen T-Shirts, die Finger in die Gürtelschlaufen der Jeans gehakt, und Punkrock-Gruppen in rotzigen Posen. Was findet Allison an einem Metallgitter, das um einen Abfalleimer gewickelt ist, oder an einem Schlittschuh, der in einem Baum hängt?

Allison liegt bäuchlings auf dem Bett und liest. Ja, sagt sie. Außer die, auf denen Benjamin und ich klein sind, und die, auf denen ich drauf bin.

Nicht übel, sagt Andrea.

Gefallen sie dir wirklich?

Sehr.

Allison schlägt das Buch zu, steht auf, öffnet einen Schrank, zieht eine Schachtel hervor und nimmt eine alte Rollfilmkamera und eine zerkratzte, verbeulte Digitalkamera heraus.

Mit der hier habe ich angefangen, sagt sie und zeigt Andrea die alte Analogkamera. Und dann habe ich zu der hier gewechselt, sie wiegt die Digitalkamera in der Hand. Aber seit ich Instagram entdeckt habe, benutze ich die nicht mehr und fotografiere nur noch mit dem Handy. Ich habe fast zwanzigtausend Follower.

Zwanzigtausend?

Ja.

Zwanzigtausend sind eine Menge.

Ein Mädchen aus meiner Schule hat über vierzigtausend.

Was sind das für Leute?

Wer?
Deine Follower.
Keine Ahnung. Hauptsächlich Leute in meinem Alter. Auf der ganzen Welt.
Auf der *ganzen* Welt?
Auf der ganzen Welt. Fotos sind eine universale Sprache, sagt Allison. Dabei lächelt sie und nickt. So sieht's aus, fügt sie an, wie um sich selbst zu bestätigen.
So sieht's aus, wiederholt Andrea. Er lässt den Blick über die Konstellationen von Gesichtern und Orten, von Jahres-, Tages- und Nachtzeiten an der Wand gleiten. Darf ich dich was fragen?
Klar.
Aber du musst mir nicht antworten, wenn du nicht willst, ja?
Lass hören.
Es gibt keine Fotos von deinem Vater.
Nein, sagt Allison schnell – zu schnell, denkt Andrea. Die gibt es dann, wenn er zurückkommt.
Sie schließt die Augen und konzentriert sich, als wären die Worte in eine Felsspalte gestürzt und sie müsste sich zu ihnen abseilen, um sie zu bergen.
Wer sich so aus dem Staub macht, hat nicht einmal das Recht, erinnert zu werden, sagt sie.
Glaubst du das wirklich?
Das hat Mama gestern zu einer Freundin gesagt, am Telefon. Vor dem Fenster biegt der Wind die Äste eines stattlichen Baumes, der mitten auf dem Parkplatz ge-

wachsen ist; seine Wurzeln durchbrechen den Asphalt. Hat sie von ihm geredet?
Weiß nicht. Ich habe nur diesen Satz gehört, aber ihre Stimme klang traurig. Bestimmt hat sie von ihm gesprochen, meinst du nicht?

Eines Samstagmorgens – es sind noch zehn Tage bis Weihnachten und im Radio hieß es, am Nachmittag könnte es schneien – gehen Andrea und Benjamin laufen; seit einem Monat schlüpfen sie dreimal die Woche in den Trainingsanzug und spuren ein fast einstündiges Dreieck durch die heruntergekommenen Straßen von Red Hook; Benjamins Haltung und Ausdauer haben sich bereits merklich verändert. Sogar sein Rededrang hat sich gelegt. Die ersten Male fiel es ihm schwer, sich aufs Laufen zu konzentrieren, er verspürte das Bedürfnis, die Anstrengung mit Geplauder zu kompensieren, doch jetzt verlassen er und Andrea schweigend das Haus und suchen ohne ein Wort den richtigen Tagesrhythmus – jeder Tag hat seinen eigenen, hat Andrea gesagt. Sie lauschen ihrem Atem und kehren stumm nach Hause zurück, und während sie auf den Stufen hocken und sich die Schuhe aufbinden, wechseln sie dürre Sätze, um zu klären, wer zuerst duschen darf. Benjamin ist überzeugt, dass er bis zum Ende des Jahres allen davonläuft. In der Flucht liegt die Zukunft, wiederholt er und steigt die Treppe zum Bad hinauf. In der Flucht liegt die Zukunft.

Andrea betritt die Küche und umarmt Ary von hinten, die in den Dampf eines großen Kochtopfes gehüllt ist; es duftet nach Tomate und Curry.
Ary legt den Kopf zurück. Dann gehen wir morgen also zum Mittagessen zu Vincenzo.
Andrea lässt sie los und rückt neben sie. Wie bitte?
Verlegen dreht Ary die Flamme herunter. Andrea ist verdutzt und sie ist verdutzt, dass er verdutzt ist. Habe ich etwas getan, was ich nicht hätte tun sollen?
Ich weiß es nicht, sagt Andrea. Ich weiß nicht, was du getan hast. Was ist das für eine Geschichte mit Vincenzo?
Er hat heute Morgen angerufen. Er sagte, ihr hättet geredet, und entschuldigte sich sogar, dass er uns noch nicht eingeladen hat. Er fragte, ob wir morgen Zeit hätten, und weil wir nichts vorhaben, habe ich Ja gesagt. War das falsch?
Andrea verschränkt die Arme. Nein. Natürlich nicht.
Dein Gesicht sagt etwas anderes.
Nein. Ach was. Es ist … Die wohnen in Queens, oder?
Ja.
Stimmt.
Du kannst ja noch mal anrufen. Ihm sagen, dass ich einen Termin vergessen hatte.
Nein, Quatsch. Das wäre blöd. Wir sollten hingehen.
Tja, das finde ich auch. Er ist ein Freund von dir. Und der Mann, der dir einen Job gegeben hat. Ich verstehe nicht, was nicht in Ordnung ist.

Ich auch nicht, Ary, sagt Andrea. Vielleicht, weil es mich an was erinnert, das … Vielleicht, weil es mich zwingt, zu vergleichen. Ich weiß es nicht.

Zwischen wem?

Benjamin kräht von der Treppe herunter, die Dusche sei frei.

Wann gibt's Essen?, fragt Andrea. Gut möglich, dass dein Sohn einen Mordshunger hat. Und ich erst.

Zehn Minuten.

Ich wasche mich und komme runter.

Ich bin hier, sagt Ary. Ihr Gesicht ist feucht vom Dampf, forschend späht sie in den Topf, als könnte sie darin ferne Welten erahnen. In dem Moment beschließt Andrea, dass er, ehe die Ausstellung schließt, mit ihr ins Met gehen und ihr das Bild zeigen wird. Er möchte, dass sie es sieht – und wünscht sich, es mit ihr an seiner Seite zu sehen.

Vincenzo wohnt im fünften Stock eines Mietshauses mit Blick auf die Anzeigetafeln des Citi Field, dem Stadion der Mets. In der Nacht hat sich ein dünner Schneefilm auf die Straßen gelegt, und unter einem dunstigen Himmel verbreiten die Weihnachtsbeleuchtungen das penetrante Glitzern eines Festes, dem man in New York nicht entkommt. Andrea stößt sich an dieser aufgezwungenen Fröhlichkeit, Benjamin und Allison singen *Santa Claus Is Coming to Town*, während er den Wagen parkt, und auf dem Weg die Treppe hinauf

versucht er sich einzureden, dass er Weihnachten schon immer gehasst hat, obwohl das nicht stimmt.
Mit einem Glas Sekt in der Hand heißt Rosa sie willkommen. Die bunten Blinklichter des Weihnachtsbaumes tüpfeln ihren grauweißen Pullover. Die Wärme der Wohnung, der überall aufgehängte Weihnachtsschmuck und das Radio im Hintergrund schnüren Andrea ein wie ein Spinnennetz, er fühlt sich wie eine Fliege, die darauf wartet, verspeist zu werden.
Herzlich willkommen, kommt rein, sagt Vincenzo, der hinter seiner Frau auftaucht. Das ist Rosa. Und das sind Giulia und Dolores.
Ary, sagt Andrea. Dieses Mannsbild ist Benjamin und dieses Naturwunder ist Allison. Er bringt kein einziges Wort heraus, bei dem er sich nicht wie ein Idiot vorkommt.
Nehmt euch was zu trinken, gebt mir die Mäntel.
Wunderschön, wunderschöne Wohnung, sagt Andrea. Habt ihr auch einen Balkon?
Und ob! Komm mit. Vincenzo bietet Andrea ein Glas Prosecco an. Die Schiebetür gleitet auf, kaum dass er den Griff berührt. Draußen ist es weiß: weißer Himmel, weiße Straßen.
Das ist das Citi Field, sagt Andrea.
Vincenzo wirft einen Blick auf die Anzeigetafeln, auf denen »citi« in Kleinbuchstaben und »FIELD« in orangefarbenen Großbuchstaben steht. Dir entgeht auch nichts, sagt er.

Du glaubst, ich schmeiße mein Leben weg, stimmt's, Vincenzo? Andrea könnte beim besten Willen nicht sagen, aus welchem Winkel seiner Seele diese Frage hervorgebrochen ist. Fast will er weglaufen; er kann nicht fassen, dass er das gerade gesagt hat.

Vincenzo atmet tief ein; er scheint nicht überrascht zu sein. Er nippt am Wein, lässt die Zunge gegen den Gaumen schnalzen, wie ein Klicklaut der Khoisansprachen, und drückt die Hand in die dünne Schneeschicht, die sich zwischen ein paar erdgefüllten, unbepflanzten Blumentöpfen auf dem Mäuerchen gesammelt hat. Ist es das, was du von mir denkst?

Ich habe dich gefragt, ob du das von mir glaubst, sagt Andrea und unterstreicht das *du* und das *mir* mit einer raschen Handbewegung.

Was soll das heißen, ob es das ist, was ich von dir glaube? Ich kann mich noch haargenau an den Abend erinnern, als ich dich anrief, um dich zu fragen, ob du mit mir nach New York kommen willst. Da lag dieses Knistern in der Luft und die Lust, zu beweisen, dass wir es draufhatten, habe ich recht? Schon an dem Abend hatte ich das Gefühl, und sag mir, wenn ich falschliege, denn vielleicht liege ich falsch, ich hatte das Gefühl, dass du mich für einen kurzen, winzig kleinen Augenblick gehasst hast, weil ich angerufen hatte und nicht du. Ich hatte das Gefühl, und glaub mir, seit damals habe ich nie wieder daran gedacht, ich hatte das Gefühl, du würdest mir Nein sagen, weil der entscheidende Anstoß von je-

mand anderem kam, weil nicht du derjenige warst, der gesagt hatte: Der Moment ist gekommen, lass uns den Arsch hochkriegen und uns holen, was uns zusteht.
Vincenzo …
Lass mich ausreden, Herrgott. Er hebt die Hand mit dem Glas, streckt den Arm aus und reckt den Zeigefinger. Jetzt lässt du mich ausreden, einverstanden?
Während er das sagt, dreht er sich rasch zum Wohnzimmer um, aus dem Gelächter und Musik dringen.
Und den gleichen Eindruck, sagt er und senkt die Stimme, hatte ich, als du am Ende beschlossen hast, nach Italien zurückzukehren, und ich mich fürs Bleiben entschied. Du bist nicht fortgegangen: Du bist weggerannt. Und um dich zu rechtfertigen, hast du dieses irische Mädel vorgeschoben, in das du dich verliebt hattest. Dáire. Seit ich dich kenne, bist du so, Andrea. Oder rede ich Scheiße? Dann tauchst du hier auf, fragst mich nach einem Job, und das nicht, als würdest du mich um einen Gefallen bitten, sondern als hättest du mich bei krummen Geschäften ertappt und als könnte ich gar nicht anders, als dir Ja zu sagen, dabei sei klargestellt, dass du hier der Illegale bist, nicht ich. Dann verschwindest du, nicht ein Anruf, um mir zu sagen, wie es dir geht, ob alles in Ordnung ist, und als ich vorbeikomme, um dich bei der Arbeit zu besuchen, glotzt du mich an, als wäre ich ein Arschloch …
Es ist nicht …
Und ob es ist, Andrea. Es *ist.* Verkauf mich nicht für

blöd. Du bist alles und das Gegenteil davon. Und weißt du warum? Weil du nicht weißt, wer zum Henker du bist. Darum. Aber ich lasse nicht zu, dass du hierherkommst, um mir zu sagen, wer ich bin. Denn ich weiß, wer ich bin. Und genau deshalb habe ich dich heute eingeladen, obwohl ich wusste, dass du nicht würdest kommen wollen. Weil ich Vincenzo bin, derselbe, der dich vor über zehn Jahren angerufen hat, um dich zu fragen, ob du mit ihm nach New York gehst, und der sich jetzt gefreut hat, dich wiederzufinden und dir zu helfen. Und dieser Vincenzo, derselbe, der und so weiter und so fort, tja, weißt du was? Der hat Lust, dir frohe Weihnachten zu wünschen. Also, Andrea, ob du es annehmen kannst oder nicht … leck mich am Arsch und frohe Weihnachten.
Er hebt das Glas, als wollte er anstoßen, trinkt den Prosecco aus und wischt sich über die Lippen. Ein paar Kinder auf der Straße lassen Knallfrösche explodieren. Andrea ist wie betäubt; betäubt und neu belebt. Vincenzo hat recht, denkt er, und es ist das Einzige, was er denken kann. Dieses Eingeständnis ist schmerzhaft und heilsam zugleich. Vincenzo kehrt in die Wohnung zurück. Rosa und Ary unterhalten sich über eine Fernsehsendung über Schulen im District New York, während die Mädchen Allison helfen, zwischen Schlaf- und Wohnzimmer ein Fotosetting aufzubauen, und Benjamin sich eine alte Akustikgitarre geschnappt hat und versucht, ihr Töne zu entlocken, die nicht wie das Kreischen einer Todesfee klingen. Den Rest des Nachmit-

tags kommen Andrea und Vincenzo nicht mehr auf den Vorfall zurück. Es fängt wieder an zu schneien, und sie mummen sich in sinnloses, freundliches Geplauder und lächelnde Mienen, als wären die Worte draußen in der Kälte geblieben, als wäre es ihnen verwehrt, die Mauer aus Licht zu durchdringen, die dieses Fest von allem trennt, was im Gedächtnis der Menschen am dunkelsten und zerbrechlichsten ist.

Zwischen Silvester und dem Dreikönigsfest verlassen Ary und Andrea das Haus, um zum Metropolitan zu gehen – es sind die letzten Tage der Ausstellung. Keiner der beiden kann sich erinnern, es jemals so voller Touristen gesehen zu haben. Ary bemerkt, sie hätten nicht ausgerechnet in den Winterferien herkommen müssen, schließlich wohnten sie in New York, aber Andrea erwidert, wenn sie in diesen Tagen nicht hergekommen wären, hätten sie die Ausstellung am Ende verpasst, weil sie Mitte Januar schließt, und sie, Ary, am zehnten nach Miami muss, wegen irgendetwas, das er vergessen hat.
Statt sich direkt auf den Weg zur Tisch Gallery zu machen, schlendern sie gleichmütig durch die Säle des ersten und zweiten Stocks, als wollten sie den Rembrandt-Saal einkreisen, und als sie ihn endlich betreten, legt Andrea die Hände auf Arys Schultern und dreht sie andächtig, als stünde sie auf einem Sockel, zu dem Gemälde um.

Der verlorene Sohn ist noch dort.
Andrea ist überwältigt, als hätte er bis zuletzt befürchtet, es könnte fort sein. Doch da ist es, mit seinen Schatten und der unendlichen Zärtlichkeit dieser Umarmung, die die Geschichte einer Rückkehr und einer Vergebung erzählt. Es ist dort, umstrahlt vom eigenen Licht. Und mit ihm sind sie dort, sie und niemand sonst. Das Gedränge, das es bis eben kaum erlaubte stehen zu bleiben, ist verschwunden – das Museum versinkt in siderischer Stille.
Was sagst du?, fragt Andrea.
Ich bin sprachlos.
Genau.
Der andere ist der große Bruder, richtig?
Ja.
Und die Hände des Vaters. Schau dir die Hände des Vaters an. Die Augen. Er ist blind. Jetzt verstehe ich, was du meintest. Die Barmherzigkeit. Die vollkommene Tilgung der Sünden.
Würdest du nicht auch gern so aufgenommen werden? Ist dir das je passiert?
Nein, sagt Ary. Ich glaube nicht, dass ich je so aufgenommen wurde. Aber du hast mir immer von den Söhnen erzählt. Wie du dich zu ihnen hingezogen fühltest. Nein, nicht hingezogen. Wie du dich in ihnen erkannt hast. Erst in dem einen, dann in dem anderen.
Und du? Wer glaubst du zu sein?
Na ja … keine Ahnung, ich weiß es nicht; ich weiß

nicht, wer ich jetzt bin, und ehrlich gesagt, ist es mir gleich. Aber ich weiß, dass ich eines Tages, wenn ich es schaffe, falls ich es schaffe, ganz bestimmt er sein will, sagt sie und deutet auf den Vater. Ihr Satz detoniert an einem abgrundtiefen Punkt in Andreas Bewusstsein.
Denn wir fangen alle als Söhne an, fährt Ary fort. Aber am Ende sind wir alle, wir allesamt, aufgerufen, zum Vater zu werden.
Sie dreht sich um.
Habe ich recht?

Januar ist klirrende Kälte und Raureif, und die Antwort auf diese Frage – Habe ich recht? – bleibt zusammen mit Vincenzos Vorwürfen im Eis eingeschlossen. Februar ist Familie und Innigkeit; sie verlassen das Haus nur selten. Ary arbeitet an einem Diorama über den Kolonialismus: Savanne und Eisenbahn, Cricket und Warenexport. März ist Liebe und Sex, häufig bei Tag, wenn Benjamin und Allison in der Schule sind. Und März ist Leichtigkeit, Sanftheit und Zauber, als müsste man nur die Augen schließen, um die Welt verschwinden zu lassen: Wenn ich dich nicht sehe, bist du nicht da. April ist die Welt, die an die Tür klopft, und Rosario, der ihnen eines Abends, ehe er sie in die Büros hinaufschickt, verkündet: Ich muss euch etwas sagen. Etwas Unerfreuliches. Es geht um Cayetano, wir kannten ihn alle, aber Andrea und Victor waren mit ihm ein Team, also, Jungs, ich denke an euch beide, wenn ich sage, dass

es eine unschöne Sache ist, und glaubt mir, ich fühle mit euch. Cayetano ist tot. Er hat heute oben in Washington Hights einen Baum beschnitten und ein paar Stromkabel erwischt. Er war sofort tot. Er hat den Boden noch nicht berührt, da war er schon tot. Er hat nichts mitbekommen. Ich war nicht dabei, aber … nach dem, was man mir erzählt hat, bin ich sicher, dass er nichts mitgekriegt hat: ein helles Licht, und weg war er. In Honduras hatte er eine Frau und drei Kinder. Er hat sie seit zwanzig Jahren nicht gesehen, aber er war ihretwegen hier. Er hat für sie gearbeitet. Jeden Monat schickte er ihnen Geld und bekam dafür Briefe und Fotos, die ihm Kraft gaben, denn das, was er sah, war das, was ihn dazu getrieben hatte, fortzugehen: Er sah, wie seine Kinder groß wurden, zur Schule gingen und die Chance bekamen, die er nie gehabt hatte. Lasst uns für Cayetano beten, sagt Rosario mit geröteten Wangen.
Er kniet nieder, er und sein massiger Körper. Er kniet auf dem Gehsteig nieder, inmitten der Menschen, die in den Restaurants ein und aus gehen, inmitten der Männer mit Lederkoffern, der Damenparfums und der Leute, die nach einem Taxi winken oder einen Freund anrufen. Er kniet nieder, und sie alle, Alejandro und Gustavo, Jorge und Santiago, Carlos und Fidel, Andrea und Victor, tun es ihm gleich. Ohne die Passanten zu bemerken, die gezwungen sind, über sie hinwegzusteigen oder ihnen auszuweichen oder vom Gehsteig zu treten, auf dem man einem Mann die letzte Ehre erweist.

Lasst uns für Cayetano beten, sagt Rosario. Und für uns.

Ein Kind braucht rund neun Monate, um zur Welt zu kommen; Monate der Schwangerschaft, der Knochen- und Knorpelbildung – und dann, auf einmal, die Wehen und die Geburt. Das Erdbeben von San Francisco von 1989 hat sehr viel länger gebraucht, doch die Entwicklung war ähnlich: ein langsames Aufstauen von Energie, und eines schönen Tages, *zack*, der Schmerz der Erde.

Manche Entscheidungen entstehen genauso.

Es ist eine kühle Mainacht, und als seine Schicht zu Ende ist, stellt Andrea fest, dass er nicht müde ist; er schwingt sich aufs Rad und radelt durch stille Straßen nach Hause. Die Stadt ist ein schlafendes Kind, ihr Atem ist leicht und ein Lächeln liegt auf ihren Lippen. Als er ankommt, schiebt er das Rad in den Schuppen und geht in die Küche. Er lässt das Wasser laufen und streift den Strahl mit den Fingerspitzen, dann füllt er ein Glas und trinkt. Er steigt die Treppe hinauf, schaut bei Benjamin ins Zimmer, der auf der Bettdecke schläft, ein Fuß baumelt über den Matratzenrand, und schließt die Tür; dann bei Allison, von der man zwischen Laken und Decken nur den Kopf und die Haare erahnt. Die auf glänzendem Papier gedruckten Fotos an den Wänden tragen schimmernde Lichtreflexe; es riecht nach Erdbeershampoo. Er schließt auch ihre Tür. Auf Zehenspitzen nähert er sich dem Zimmer, das er mit Ary teilt, die Tür ist angelehnt, er öffnet sie und tritt ein. Sie schläft zum Fenster gedreht. Mitten im Zimmer bleibt er stehen und betrachtet sie lang. Er denkt, dass sie wunderschön ist – die Rundung der Schultern und des Rückens, voll natürlicher Anmut, wie die sinnlichen Formen mancher Pflanzen.

Ein jäher Lichtschein und das Motorengeräusch eines Autos lassen ihn die Treppe hinunter und ins Wohnzimmer gehen. Er klappt den Laptop auf und öffnet sein seit fast einem Jahr verwaistes Mailpostfach.

Tausendzweihundertvierundzwanzig ungelesene Mails, sagt der Zähler. Er scrollt sie durch. Informationen rund um die Schule, Mails von Kollegen, um das Abschiedsabendessen und eine kleine Feier für einen pensionierten Lehrer zu organisieren, lange Diskussionen über das passende Geschenk und wie viel jeder dazulegen müsste. Eine ist von einer Kommilitonin, die er seit fast zehn Jahren nicht gesehen hat, mit dem Betreff »Wo bist du?«, und eine von Agneses Mutter, »Brief an Andrea«. Von ihr, Agnese, gibt es zwei, beide von ihrem Praxisaccount versendet, nicht von ihrer privaten Adresse.

Die erste ist vom Juli und ohne Betreff. Es sind nur Beschimpfungen. Wegen der Scherereien, die sie wegen ihm hat, wegen seines kindischen Benehmens, sie verflucht den Tag, an dem sie ihn getroffen hat, an dem sie ihn geheiratet hat, sagt, er solle sich nie mehr blicken lassen, er solle verschwinden, in dem widerlichen Loch verrotten, in dem er sich verkrochen hat.

Die zweite ist vom fünfzehnten August, und im Betreff steht der Satz: »Ich würde auch ein Bier trinken, wenn ich es mir leisten könnte.« Es ist ein Ausspruch aus einem Buch von John Fante, das sie zusammen gelesen haben. Es geht dabei um einen Ort, an dem der Kaffee widerlich schmeckt, und um die Hauptfigur, die nicht genug Geld hat, um sich ein Bier zu leisten, und der Satz war für sie zu einem geflügelten Wort geworden, um zu sagen, dass der Kaffee, den sie irgendwo anders als zu Hause tranken, scheußlich war; dann sagte einer von ihnen: Ich würde auch ein Bier trinken, wenn ich es mir leisten könnte, und dann mussten sie lachen. Denn auch das war ihre Beziehung gewesen: über irgendwelchen Schwachsinn lachen, an der Bushaltestelle aufeinander warten, sich ein Buch vorlesen, liegend auf dem Bett, die Beine ineinander verschränkt. Das ist es, was Agnese ihm in dieser Mail sagt. Andrea braucht eine Weile, bis er sie öffnet, doch als er es tut, entrollen sich die Worte vor ihm in all ihrer entwaffnenden Schlichtheit, und ein heftiges, erdrückendes Schuldgefühl befällt ihn – nein, keine Scham: Schuld. Agnese sagt, sie hoffe, es gehe ihm gut, sie fleht ihn an, auf diese Mail zu antworten, sollte er sie lesen, und sei es nur, um ihr zu sagen, dass er gesund ist. Sie bittet ihn sogar um Entschuldigung; und das Wort *Verzeihung*, schwarz auf weiß, spitz und scharf, verletzt das Fleisch an verborgenen, empfindlichen Stellen. Agnese erwägt die Chance einer Aussöhnung. Eines Neuanfangs.

Er schaltet den Computer aus und geht auf die Straße. Er braucht Luft. Im Wohnzimmer riecht es nach Kleber und Harz und all den anderen Materialien, die Ary bei ihrer Arbeit verwendet. Der Himmel ist dunkel, doch in der leichten Brise, die vom Ozean herüberweht, verbirgt sich das Rascheln des Morgens. In Peking, Moskau, Athen, Paris, Rom, Madrid und auf manchen Inseln inmitten des Atlantischen Ozeans ist es bereits Tag, schon bald wird das Licht über Long Island, Howard Beach und Canarsie kriechen und, nachdem es Park Slope und Red Hook hinter sich gelassen hat, den East River überwinden, die nächtliche Benommenheit aus den Gassen von Chinatown kratzen und von den Wipfeln der Bäume im Central Park den neuen Tag Richtung Westen blasen.
Plötzlich dreht er sich um, steigt die Stufen hinauf und tritt ins Schlafzimmer. Er greift sich einen Rucksack, stopft ein sauberes T-Shirt, eine Jeans und Unterwäsche hinein. Aus der Schublade nimmt er seine Ersparnisse, knapp zweitausend Dollar, und den Pass. Er denkt, wenn er es tut, wenn er es wirklich tut, wenn er dieses Haus verlässt und zum Flughafen fährt, wird es für ihn kein Zurück mehr geben. Er weiß, sie werden feststellen, dass er sich etliche Monate illegal im Land aufhielt, und er weiß, sie werden in dem Moment nichts sagen – du kannst gehen, danke –, aber auch, dass er keine Erlaubnis zur Wiedereinreise mehr bekommen wird. Also dreht er sich nicht mehr um. Er steigt die

Stufen hinab, ohne auf irgendeinen von ihnen, auf Arys Rücken, auf Benjamins und Allisons geschlossene Kinderzimmertüren, noch einen Blick zu werfen. In der Küche versucht er, etwas Sinnvolles auf einen Zettel zu schreiben, ein paar Abschieds- und Entschuldigungssätze, er nimmt mehrere Anläufe, liest sie noch einmal und zerreißt sie. Er nimmt ein neues Blatt und schreibt mit zitternder Hand nur: »Benjamin hat recht, in der Flucht liegt die Zukunft.«

6

Ergriffen von einer düsteren Euphorie, folgt Andrea dem Weg, der ihn von der Bushaltestelle, an der das Flughafenshuttle ihn abgesetzt hat, nach Hause führt. Nervös blickt er sich um; taxiert das Stadtmobiliar, die Gebäude und die Gesichter der Menschen, als wollte er deren Richtigkeit überprüfen: Jedes Ding erscheint ihm neu, anders als in seiner Erinnerung. Es ist sechs Uhr abends, denkt er. Sie sollte schon zu Hause sein.

Während des Fluges hat er es tunlichst vermieden, an Ary und die Kinder zu denken; sie als *nützlich*, als seiner Wandlung dienlich ad acta zu legen, erzeugt das Geräusch eines Peitschenhiebs, doch ein zweites Schuldgefühl zu schultern ist unmöglich. Ich kann mich nicht schuldig fühlen, wenn die Tatsache, sie verlassen zu haben, dem schlechten Gewissen geschuldet ist, Agnese verlassen zu haben, sagt er sich immer wieder; zwei Schuldgefühle heben sich gegenseitig auf, ich stünde wieder am Anfang. Ich bin verloren gegangen, sagte er sich die ganze Reise über, ich bin verloren gegangen und habe den Weg wiedergefunden, doch während er sich das immer wieder sagte, spürte er, wie sich das Herz in seiner Brust öffnete und wieder schloss wie eine Kinderfaust.

Er biegt um die Ecke. Da ist es. Das Wohnhaus, der Balkon mit den Hortensien. Und jetzt, was mache ich jetzt? Soll ich klingeln? Nein, er will nicht klingeln. Was sollte er ihr an der Gegensprechanlage auch sagen? Hey, ciao, ich bin's … Undenkbar. Er fände die Worte nicht, er brächte es nicht einmal fertig, ihren Namen zu sagen. Er muss ihr in die Augen sehen, sich auf ihr Gesicht, auf ihre Hände konzentrieren können, während er ihr erklärt, was passiert ist und warum. Andrea hat keine Schlüssel, die Schlüssel liegen auf dem Grund des East River, zusammen mit dem Rollkoffer. Während er auf die Haustür zusteuert, stellt er fest, dass sie offen steht. Das ist ein Zeichen, denkt er, das ist ein Zeichen. Er tritt ein, geht die Treppen hinauf – zwei Stufen auf einmal. Er hat keine Geduld für den Fahrstuhl. Der Treppenabsatz – in der Ecke steht eine Pflanze, die vorher nicht da war. Doch der Fußabstreifer mit der Aufschrift *welcome* ist derselbe, und der Schatten des Efeus. Klingele oder klopfe ich? Er klingelt, zweimal, ein zweifaches, knappes Läuten. Er wartet. Niemand macht auf. Er klingelt noch einmal.

Sie ist nicht da.

Er erinnert sich, dass die Nachbarn einen Bund Ersatzschlüssel hatten, dreht auf dem Absatz um und drückt auf die Klingel. Die Großmutter der Kinder öffnet, als sie ihn erkennt, ruft sie etwas in Dialekt und schlägt die Hand vor den Mund; ihre Finger drücken das Blut aus den Wangen. Man sieht, dass sie dringend etwas sagen

will, doch sie haspelt Wortfetzen, die Andrea nicht versteht. Also lächelt er, um sie zu beruhigen. Nicht doch, nicht aufregen, sagt er, ich bin kein Geist … tja, also, ich bin nach Hause gekommen und muss in die Wohnung. Ich müsste in die Wohnung. Haben Sie die Schlüssel?
Wir haben alle geglaubt, du wärst tot, flüstert sie.
Alle wer?
Alle.
Sehe ich etwa tot aus?
Gott sei gepriesen, sagt sie und bekreuzigt sich.
Hören Sie, Sie könnten mir nicht vielleicht die Schlüssel geben, falls Sie sie haben? Es war eine lange Reise und ich würde gern duschen. Ich komme nachher rüber und erzähle Ihnen alles, in Ordnung?

Die Türen sind dieselben, auch die Klinken und die Borde. In der Küche hängt ein neuer Kalender, und auf dem Tisch steht ein Becher, den er noch nie gesehen hat; im Spülbecken eine Espressotasse. Die Korallenkette, die er ihr einmal zu Weihnachten schenkte, als Gutschein für eine Reise nach Tasmanien, die sie nie unternommen haben, liegt zusammengerollt in der Holzschale auf dem kleinen Dielentisch. Es riecht nach Räucherstäbchen. Auf dem Waschbecken im Bad eine einzige Zahnbürste; der Bademantel ist zum Trocknen aufgehängt, der Föhn am Aluminiumhaken lässt das verwickelte Kabel auf die Waage baumeln; eine Schachtel Aspirin und eine mit Nahrungsergänzungsmitteln mit

Grapefruitaroma, der Spiegel ist von Wasser- und Seifenspritzern gesprenkelt, eine eingetrocknete Zahnpastaspur.
Andrea ist hin- und hergerissen, ob er sich in dem, was er sieht, wiederfinden will oder nicht; die Angst, aus der Wohnung verbannt worden zu sein, und die, auf unbekanntes, verseuchtes Material zu stoßen, das ihn zurück ins Ausgangsstadium versetzt. Es ist nichts mehr zu sehen, das ihm gehört – im Sinne von *ausschließlich* ihm. Sie hatten nie viel für Erinnerungsfotos oder Selfies übrig, keiner der beiden hat einen Hang zur Selbstdarstellung, und das ist bedauerlich, denn hätte es Fotos gegeben, hätte er feststellen können, ob sie entfernt wurden.
Wie auf rohen Eiern betritt er das Schlafzimmer. Die Tagesdecke ist neu, er streicht mit den Fingerspitzen darüber. Öffnet seine Seite des Schranks, es sind nur Kleidungsstücke von Agnese darin. Hinter dem Vorhang verborgen steht ein Stapel Kartons, er macht einen auf: Da sind seine Sachen, Hemden, Hosen und hineingestopfte Pullover, es riecht nach Lavendel-Mottenpulver. Er zieht die Nachttischschublade auf, in der er seine Papiere, die Uhr des Großvaters und andere Familienerinnerungen aufbewahrte, und findet die Mappe eines Logopädisten-Kongresses, oben rechts Agneses Name in orangefarbenen Lettern.
Die Bücher im Wohnzimmer stehen, wo sie immer standen; ein paar davon kennt er nicht. Im Sofabezug ist

ein unbekannter Riss, ein langer Riss, der genäht wurde, durchs Draufsetzen aber wieder aufplatzt. Er fragt sich, wie er entstanden ist. Er streift die Schuhe ab, streckt sich aus – nimmt das Kissen quer, wie er es immer tat –, schließt die Augen und gleitet in den Schlaf.

Das Geräusch eines zerberstenden Gegenstandes weckt ihn. Er hört es, braucht jedoch einen Moment, ehe er es aus seinem Traum herauslösen kann. Er schlägt die Augen auf, stützt sich auf die Ellenbogen, blickt sich um: Die Scherben der Stehlampe liegen verstreut auf dem Parkett, winzige, rote Glassplitter. Er späht über die Rücklehne des Sessels. Agnese sitzt auf dem Fußboden, den Rücken an der Wand, den Mund zu einem stummen Schrei geöffnet.

Andrea lächelt. Er weiß nicht, ob das eine angemessene Reaktion ist, doch er lächelt. Er steht vom Sofa auf und hockt sich vor sie hin. Er würde sie gern berühren, doch er traut sich nicht. Sein Kopf wimmelt vor Worten, zwischen denen er sich nicht entscheiden kann: die der Schuld oder die der Zuneigung oder die der Erzählung; oder keine davon, die Syntax des Körpers, die Grammatik des Tastsinnes. Er will ihre Hand nehmen und ihr aufhelfen, doch sie streckt die Handflächen vor und wendet den Kopf, wie um zu sagen, nein, das ist unmöglich.

Ich weiß nicht, wo ich anfangen soll, sagt Andrea.

Nein, sagt sie zitternd.

Willst du …
Nein, wiederholt sie.
…
Das kannst du mir nicht antun, sagt sie schluchzend.
Und die Worte, die ihm in den Sinn kommen, lauten: Was denn? Als er seine Stimme sie aussprechen hört, kann er es kaum fassen. Er schluckt seinen Speichel hinunter. In seinem Kopf ist ein Scheinwerfer, der aufstrahlt und wieder verlischt – blinkende Gedanken und Bilder. Er lässt seinen Blick über sie wandern, als wollte er sie zudecken, bis er, als er bei Bauch und Busen verharrt, bemerkt, dass sich der Blusenstoff darüber spannt.
Du bist schwanger, sagt er.
Wieso bist du zurückgekommen?
Er kann die Augen nicht von ihrem prallen, runden Bauch losreißen.
In welchem Monat bist du?
Agnese holt zu einer Ohrfeige aus, die ihn auf die Wange trifft und aus dem Gleichgewicht bringt; ein Ring hinterlässt einen tiefen Kratzer, den Andrea reflexartig mit der Hand bedeckt; er nimmt sie fort, starrt auf die blutverschmierte Handfläche.
Ich habe dich als vermisst gemeldet. Es gab Ermittlungen. Mir wurde gesagt, dass du tot sein könntest, dass … dass jeden Tag Menschen verschwinden. Und ich wollte es nicht glauben. Ich wusste, dass du nicht tot bist. Doch dann habe ich gedacht, dass es wohl so sein muss. Trotzdem wollte ich nicht, ich wollte …

Von wem ist es?
Ich war mir sicher, dass ich dich niemals wiedersehen würde.
Von wem ist das Kind?
Agnese schließt die Augen. Sie muss sich beruhigen. Es tut ihr nicht gut, sich so aufzuregen, ihr nicht und dem Kind nicht. Sie muss sich hinlegen. Hilf mir, sagt sie.
Andrea nimmt ihren Arm, hilft ihr hoch, führt sie ins Schlafzimmer; er bemerkt, dass er ihren Ärmel mit Blut befleckt hat. Er geht ins Bad und besieht sich im Spiegel, wäscht sich die Wange, reißt ein Stück Klopapier ab und drückt es auf den Kratzer. In der Tür bleibt er stehen. In welchem Monat bist du?
Sechster.
Sechster, wiederholt er.
Ja.
Wer ist der Vater?
Jérôme.
Wer?
Moissan.
Professor Moissan? Der aus Lyon?
Ja.
Und du …
Ich wusste nicht, ob du tot bist oder was. Aber ich war mir sicher, dass ich dich nicht wiedersehen würde. Oder dass, wenn ich dich wiedergesehen hätte … Wie auch immer, niemand haut von zu Hause ab und glaubt, wenn er ein Jahr später wieder auftaucht, ist alles genau

wie zuvor, niemand. Und wenn ich dich wiedergesehen hätte, hätte sich alles …

Was?

Ich weiß es nicht, Andrea.

…

Im Moment weiß ich nur eines. Ich will, dass du gehst.

…

Jetzt. Auf der Stelle.

Willst du nicht …

Ich erwarte ein Kind, Andrea. Ich erwarte ein Kind von einem Mann, den ich liebe. Von einem Mann, der mir ein Kind schenkt. Was ich will, ist, dass du diese Wohnung verlässt. Sofort.

Das Knirschen, das Andrea am Tag seines Spurts ins Krankenhaus auf den zwei Kilometern bis zur gynäkologischen Abteilung hinter sich herzog, dasselbe, das er am Tag wahrgenommen hatte, als er vom Baum fiel und sich den Oberarm brach, begleitet ihn nun die Treppe hinunter. Er hat eine Tasche bei sich. Er hat ein paar Hosen, Pullover und Unterwäsche hineingepackt. Unter dem Briefbeschwerer im Eingang lag Geld. Er hat es zusammengefaltet und in die Tasche gesteckt. Von dem in New York verdienten Geld ist noch etwas übrig, aber nicht viel. Der Wind hat die Luft blank gefegt und einen mystischen Himmel gemalt. Es ist acht Uhr abends und die Stadt ist voller Menschen. Andrea geht durch Seitenstraßen in Richtung Fluss davon, lässt Kinder auf Fahrrädern, Männer, die ihre Autos waschen, und Bauarbeiter, die ein Gerüst abbauen, hinter sich; manche lächeln, manche bestellen einen Kaffee und manche holen ihre Kinder von der Lateinstunde ab und überlegen, zum Abendessen Pizza zu bestellen.

Er schläft im Park, in einer blauen Plastikröhre, durch die tagsüber Kinder auf allen vieren hindurchkrabbeln. Er hat das Gefühl, zu verlieren, jedoch nicht, als erlitte er eine Niederlage, sondern als wäre er leck – wie eine tropfende Leitung. Er verliert die Gegenwart und die Zukunft. Die Vergangenheit weniger. Bei der Vergangenheit verweilt er, auf einer Parkbank sitzend.
Da ist ein Wort, das ihn nicht loslässt: *irrational.* Irrational war die Weigerung, New York zu verlassen. Irrational der Entschluss, es zu verlassen. Er versucht, die Unrast in seinem Leben zu kartografieren, und stellt fest, wie sehr sie im Dunkel der Bühne die unsichtbaren Fäden zog und seine Entscheidungen lenkte. Was habe ich zu tun beschlossen, weil ich glaubte, es zu tun wäre besser als es nicht zu tun, und was habe ich zu tun beschlossen, weil ich nichts anderes hätte tun können, weil ich weder die Kraft noch den Mut gehabt hätte, es *nicht* zu tun?
Er lernt, sich in den Straßen seiner Stadt zu verlieren wie in denen New Yorks, tunlichst darauf bedacht, keinem Bekannten zu begegnen. Er entscheidet sich für

Vororte. Dann, an einem dicht bewölkten Tag, überquert er eine Kreuzung und erkennt eine Bar und stellt fest, dass er bei Aun-Liangs Haus gelandet ist. Ich muss weg, denkt er. Doch in dem Moment taucht Frau Zhao in der Tür auf, dasselbe Gesicht und dieselbe Schürze, sieht ihn und läuft ihm aufgeregt entgegen. Andrea Andrea, ruft sie. Andrea Andrea. Er ist unrasiert und sieht mitgenommen aus, doch das scheint ihr nicht aufzufallen, und ebenso scheint sie nichts von seinem Verschwinden zu wissen. Mit Sätzen, die ihr im Mund zerbröseln, erzählt sie von ihrem Sohn, sie sagt, einen Erzieher wie ihn habe sie nicht mehr gefunden, und er solle hinaufgehen, wenn er die Zeit habe, Aun-Liang würde ihm bestimmt gern Hallo sagen. Andrea Andrea, sagt sie und presst sich die Hände gegen die Wangen. Andrea Andrea. Nicht wärst du.

Aun-Liang sitzt am Küchentisch und malt, der Fernseher läuft ohne Ton. Das Cochlea-Implantat trägt er nicht. Die Mutter streichelt ihm über den Kopf und macht ihn mit Gesten auf Andrea aufmerksam. Der Junge bemerkt ihn, macht keinerlei Anzeichen, ihn wiederzuerkennen, doch auf seinem Gesicht scheint ein stilles Lächeln auf, und ohne es verlöschen zu lassen, malt er weiter. Er malt das Laubwerk eines Baumes rot, der Stamm ist schwarzblau. Plötzlich greift er sich einen grünen Filzmaler aus der Stiftschachtel und hält ihn Andrea hin. Er deutet auf den oberen Teil des Blat-

tes rings um den Baum. Rührt mit einem Finger in der Luft.
Willst du, dass ich den Himmel ausmale?, fragt Andrea. Willst du, dass ich den Himmel grün male?
Aun-Liang malt weiter, ohne zu antworten.
Setz dich ruhig, sagt Frau Zhao in gebrochenem Italienisch. Bitte, setz dich. Und male.
Andrea stellt die Tasche auf den Boden, setzt sich.
Ich bin unten, sagt sie, geht hinaus und lässt sie allein.
Andrea betrachtet den Stift, wie er seit Langem nichts mehr betrachtet hat; er zieht die Kappe ab und schnuppert dran, riecht den Alkohol. Ein sehr schönes Grün, findet er; es ist das leuchtende Grün der Wälder und Wiesen des Nordens, wo es viel Wasser gibt und das Gras und die Blätter saftig sind. Er probiert es auf dem Papier aus, mit sachtem Quietschen gleitet der Stift unbeschwert darüber hin, die Reibungslosigkeit erfüllt die ganze Küche mit tiefem Frieden. Andrea fängt an, die Mitte des Blattes auszumalen, rund um die Baumkrone, zwischen den Zweigen, und arbeitet sich mit gewissenhaften, horizontalen Bewegungen nach außen. Er hört erst auf, als der Himmel vollkommen grün ist. Er hilft Aun-Liang, den Boden rot zu malen. Sie nehmen sich neues Papier. Malen stürmische Meere und kollidierende Meteoriten und Autos und Schiffe und Wale und die höchsten Berge. Sie malen den ganzen Nachmittag und achten genau darauf, der Wirklichkeit neue Farben zu geben: ein gelber Ozean, orangefarbene

Frachter, lila Regen. Auf der Straße wird es Abend. Aun-Liangs Großmutter taucht in der Küche auf, begrüßt Andrea mit einem Pappmachélächeln, schaltet die Herdplatte an und setzt einen Topf mit Wasser auf; sie schält Kartoffeln und Möhren und eine Wurzel, die Andrea nicht kennt. Als Frau Zhao und ihr Mann am Ende des Tages die Wohnung betreten, zeigt Aun-Liang ihnen sogleich die mit durchsichtigem Klebestreifen aufgehängten Bilder.
Sehr schön, sagt die Mutter und nickt nachdrücklich mit dem Kopf.
Die Großmutter sagt etwas auf Chinesisch.
Abendessen, Andrea?
Ob ich zum Abendessen bleibe?
Ja. Isst du mit uns?
Nein, nein, danke. Ich muss gehen.
Bitte.
Ein anderes Mal.
Bitte, wiederholt Frau Zhao flehentlich. Bitte.
Ich möchte nicht stören.
Du störst nicht. Wirklich.
Andrea kratzt sich am Kopf und nimmt die Einladung an. Während er sich im Bad die Hände wäscht, kommen noch mehr Menschen, alte Leute, die er früher vielleicht schon einmal gesehen hat, doch sie sehen alle gleich aus, und am Ende sitzen sie zu zwölft um den Tisch: Die Gemüsesuppe hat einen kräftigen, erfrischend säuerlichen Geschmack, es gibt Schmorfleisch,

und zum Abschluss zieht die Großmutter ein Blech mit Sesamplätzchen aus dem Ofen, gefüllt mit Rote-Bohnen-Marmelade. Andrea schmecken sie köstlich, und als man ihn auffordert, nach Herzenslust zuzugreifen, isst er sie unter den zufriedenen Blicken der Frauen auf. Aus einem Schrank holt der Vater eine Flasche chinesischen Schnaps, an dem sich alle reichlich bedienen; besonders ein Alter trinkt Glas um Glas und schläft schließlich ein, den Kopf gegen die Wand gekippt, mit aufgeklapptem Mund, aus dem ein feiner Spuckefaden rinnt. Auch Andrea befällt eine leise Mattigkeit: eine betäubende Schläfrigkeit. Und er weiß selbst nicht, warum, doch als es Zeit ist zu gehen, die Tasche zu nehmen und diese Wohnung zu verlassen, da tut er es nicht. Über Gerätschaften stolpernd, die man zum Schneidern braucht – Nähmaschinen, Bügeleisen –, folgt er Frau Zhao eine Hintertreppe hinunter in den Hof und von dort in eine Garage, wo sie auf ein Strohlager deutet, eine dünne Decke aus einem Schrank zieht und einladende, dürre Worte sagt, die bedeuten, dass er dort schlafen kann, er soll sich keine Gedanken machen. Andrea bedankt sich, und sie berührt seine Stirn mit den Fingerspitzen und lächelt. Dann ist da nur noch ein seidiges Licht und das Brummen eines Kühlschrankes.

Am nächsten Morgen sind es tonale Stimmen, elektrisches Rattern und Lösungsmittelgeruch, die ihn wecken. Nur eine Rigipswand, tapeziert mit aus Magazinen und Zeitungen herausgerissenen Bildern von Peking, die er am Abend zuvor nicht wahrgenommen hat, trennt ihn von diesem Geruchs- und Klanguniversum. Er streift sich Strümpfe und Schuhe über, und während er sie zubindet, sieht er eine Kakerlake unter dem Strohlager hervortrudeln und in einem Loch am Fuß der Wand verschwinden. Mit den Fingerknöcheln reibt er sich die Augen und späht hinter der Wand hervor. Rund zehn Frauen sitzen schwatzend beieinander und stricken, nähen Etiketten, bügeln Hosen. Eine von ihnen blickt auf, sieht ihn und tut so, als hätte sie ihn nicht bemerkt; als Andrea die Werkstatt in Richtung Ausgang durchquert, richtet niemand ein Wort an ihn.

Er geht auf die Straße hinaus und betritt die Bar der Zhaos.

Andrea Andrea, sagt die Frau. Andrea Andrea, wiederholt sie.

Guten Morgen, Signora Zhao.

Kaffee?

Gern, Signora Zhao. Danke.

Die Frau bereitet ihn zu. Milch?

Nein, danke. Er vergräbt die Hand in der Tasche, holt eine Münze hervor und schiebt sie neben das Tässchen.

Nein nein nein, sagt sie.

Ich bitte Sie.

Nein. Gast.
Signora Zhao …
Nein, sagt sie kopfschüttelnd. Gast.
Tja, ich weiß wirklich nicht, was ich sagen soll.
Andrea nimmt den Kaffee, nippt daran, und es ist vielleicht der schlechteste Kaffee, den er je getrunken hat; er beißt die Zähne zusammen, um kein angewidertes Gesicht zu ziehen. Signora Zhao nickt; er lächelt zurück.
Ich möchte Sie gern um einen Gefallen bitten, sagt er.
Frau Zhao nickt wieder.
Kann ich … Ob ich eine Weile in Ihrem Lager unterkommen kann.
Du bist willkommen, antwortet sie.
Ich würde Ihnen für die Unannehmlichkeit gern etwas zahlen, aber …
Du bist willkommen, wiederholt Frau Zhao und hebt die Hände, wie um das Thema zu beenden. Du machst Aun-Liang froh.
Ich weiß wirklich nicht, wie ich Ihnen danken soll.
Andrea Andrea, sagt sie und nimmt seine Hand. Andrea Andrea.

Und dann ist da diese Sache, dass, wenn man einen quälenden Gedanken hat, alles ihn verstärkt und die Besessenheit zur Folter werden lässt. Während jener ziellosen Tage bewohnt Andrea eine trächtige Welt; auf der Straße Millionen von Neugeborenen in Kin-

derwagen und schwangere Frauen und Werbeplakate für Umstandsmode, und wohin er auch blickt, sind Kindergärten und Vorschulen. Also lag es an mir, denkt er, ich war nicht in der Lage, Agnese zu einer erfolgreichen Schwangerschaft zu verhelfen: Es lag an mir es lag an mir es lag an mir.
Tagsüber wandert er umher. Abends isst er mit Familie Zhao und anderen Leuten, die jedes Mal dazukommen. Er spielt mit Aun-Liang, sie malen, schauen zusammen fern, bis der Junge einschläft. Dann sagt er Gute Nacht und geht in die Werkstatt im Hof hinunter. Am Morgen wecken ihn die Frauen. Er sagt Guten Tag und erntet Laute, die wohl als Gruß gemeint sind, geht einen Kaffee trinken und wandert los. So über Wochen. Der Gedanke an Agnese ist ein ungeheurer Schatten. Die Wochen werden zu Monaten, und allmählich zergeht der Schatten zu einem ranzigen Geruch, der auf der Haut kleben bleibt und Katzen anlockt. Andrea verbringt den Sommer in Gesellschaft von Menschen, die er immer noch kaum kennt und versteht, die ihm jedoch eine stumme, selbstlose Freundlichkeit entgegenbringen. Im September wird er krank, und Frau Zhao pflegt ihn fürsorglich und mit der heiteren Langmut, mit der sie sich sonst um ihren Sohn kümmert.

Bis.

Bis an einem Oktoberabend der Geburtstag von Aun-Liangs Großmutter gefeiert wird und einer der Gäste, ein Mann mit wichtigem Auftreten, nach dem Abendessen sein Handy hervorholt und alle bittet, zusammenzurücken, damit er ein Foto machen kann, und aus einsilbigen, auf- und absteigenden Lauten hört Andrea das Wort Instagram heraus. Aun-Liang klettert auf seine Schultern. Das Foto wird geknipst – noch eines und noch eines. Hinterher geht Andrea zu dem Mann, der einen starken Geruch nach Eau de Cologne verströmt, und fragt, ob er recht verstanden habe, dass er das Foto auf Instagram posten werde, und als der Mann die Frage bejaht, ob er bitte den Account einer Person sehen dürfe und ob er so freundlich wäre, ihm dabei zu helfen, da er nicht weiß, wie das geht. Sie heißt Allison Patterson, sagt er.

Der Mann tippt auf dem Handy herum und hält es ihm hin.

Da sind sie, Allisons Fotos. Und da sind sie. Sie alle zusammen. Er scrollt die Bilder durch. Findet das erste, auf dem er drauf ist: Das vom ersten Tag nach der Dusche, in Mark Pattersons Sachen, Jeans und Military-T-Shirt, Flanellhemd. Da ist er, wie er mit Benjamin Baseball spielt. Benjamin mit den geschienten Fingern nach der Prügelei. Der Ohrring in Elefantenform, gefunden während eines Spaziergangs auf der Promenade. Die Polizei, die Mrs Munro befragt, am Tag, als der Klempner starb. Benjamin und Allison in Kiss-Kostümen am Halloweenabend. Und da ist Ary. Ary, die schläft, Ary, die den Vorhang repariert, Ary im Bademantel, die eine Hand ausstreckt, um Allison am Knipsen zu hindern. Und da ist er zusammen mit ihr. Sie kochen, hocken plaudernd auf den Stufen, arbeiten am Diorama des Erdbebens von San Francisco, trocknen Geschirr ab, machen eine Schneeballschlacht, sitzen auf dem Sofa, ohne einander zu beachten, jeder in ein Buch vertieft. Und jedes Foto ist ein Stein, der auf einen anderen trifft – sie stürzen zusammen; er wird darunter begraben.

Signora Zhao, sagt er, wie von Fieber gepackt. Darf ich mal telefonieren?

Klar.

Also, na ja … ich muss nach Amerika telefonieren.

Kein Problem, sagt Frau Zhao lächelnd. Wir telefonieren immer nach China.

Ja, hallo. Ich muss bitte mit Vincenzo Leogrande sprechen.

Mr Leogrande ist in einem Meeting. Kann ich ihm etwas ausrichten? Ich lasse Sie zurückrufen.

Ich muss sofort mit ihm sprechen.

Ich sagte Ihnen doch, dass …

Und ich sagte Ihnen, dass ich mit ihm sprechen muss. Jetzt. Sofort. Auf der Stelle. Haben Sie mich gehört?

…

Hallo, Miss?

Wen darf ich melden?, sagt die Sekretärin.
Andrea Luna. Oder auch nur Andrea. Sagen Sie ihm, es ist dringend.
Bleiben Sie bitte in der Leitung.
…
…
…
…
…
Wo zum Henker bist du abgeblieben?
Ciao, Vincenzo.
Also?
Ich bin in Italien.
Na, toll. Und was zum Henker willst du? Rufst du mich wegen der Abfindung an?
Ich brauche Victors Nummer.
Wer?
Victor Villaurrutia. Er ist bei dir angestellt. Er hat mit mir gearbeitet.
Und wozu brauchst du die?
Nur so. Weil … Ich will ihm Hallo sagen. Ich bin so plötzlich weg.
Und du rufst *mich* an, um die Nummer von diesem Mexikaner zu kriegen, um ihm Hallo zu sagen, weil du so plötzlich weg bist? Habe ich da irgendwas nicht mitgeschnitten? Hast du mir vielleicht einen Brief geschickt, den ich nie bekommen habe, oder eine Nachricht auf dem Anrufbeantworter hinterlassen, die ich versehent-

lich gelöscht habe? Denn du hast mich nicht angerufen, um mir zu sagen, dass du gehst, und du rufst mich nicht an, um mir zu sagen, dass es dir leidtut: Habe ich recht? Dass es dir leidtut, einfach so verschwunden zu sein, von einem Tag auf den anderen.

Ich bitte dich um Entschuldigung.

Stattdessen sagst du der Sekretärin, scheiß auf mein Meeting, du musst mit mir sprechen, und der Grund ist, dass du die Nummer von deinem kleinen Schrubberkumpel willst, weil du gegangen bist, ohne ihm Tschüss zu sagen?

Ich bitte dich um Entschuldigung.

Du bittest mich um Entschuldigung?

Ja.

Wofür, Andrea? Lass hören. Wofür bittest du mich um Entschuldigung?

Hast du mit Ary gesprochen?

…

Hallo, Vincenzo?

Ja.

Wirklich?

Sicher, Herrgott. Klar habe ich mit ihr gesprochen. Ich habe natürlich bei ihr angerufen! Als ich gehört habe, dass du zwei Tage nicht zur Arbeit gekommen bist, ohne dich abzumelden, habe ich Arschloch mir, stell dir vor, Sorgen gemacht und bei dir zu Hause angerufen.

Was hat sie gesagt?

Sie hat gesagt, dass du weggegangen bist. Und jetzt frag mich bloß nicht, wie sie geklungen hat oder so einen Scheiß, verstanden? Wag es ja nicht, verdammt.
Tut mir leid.
Ich bitte dich um Entschuldigung. Tut mir leid. Das ist zu einfach. Das ist zu einfach. So funktioniert das nicht. Kannst du mir die Nummer geben?
…
Vincenzo?
…
Vincenzo. Hallo?
…
…
Hallo?, sagt eine Frauenstimme.
Wo ist er hin?
Mr Luna?
Ich habe gerade mit Vincenzo geredet.
Mr Leogrande sagte, Sie brauchen die Telefonnummer eines unserer Mitarbeiter.
Aber ich war noch nicht fertig.
Wenn Sie mir den Namen nennen, suche ich sie Ihnen heraus.
Hören Sie, geben Sie mir noch einmal Vincenzo, bitte.
Mr Leogrande sagte, ihm keine Anrufe mehr durchzustellen.
Ich bitte Sie, Miss … wie heißen Sie?
Grace.
Grace, bitte. Lassen Sie mich mit Vincenzo reden.

Ich brauche den Namen des Mitarbeiters.
Grace, bitte.
Der Name des Mitarbeiters.
…
Ohne den Namen des Mitarbeiters weiß ich wirklich nicht, wie ich Ihnen weiterhelfen kann, Mr Luna. Tut mir leid.
Villaurrutia. Victor Villaurrutia.
Bleiben Sie in der Leitung.
Scheiße, schnaubt Andrea.
Wie bitte?
Das ging nicht an Sie. Verzeihung … Grace. Es ist nur … Ich würde gern noch einmal mit Vincenzo sprechen.
Bleiben Sie in der Leitung.
Andrea schlägt sich das Handgelenk gegen die Schläfe.
Mr Luna?
Ja.
Mr Villaurrutias Telefonnummer lautet 555 …
Warten Sie. Entschuldigung. Andrea blickt sich um. Er ist in der Bar der Zhaos, nur ein Lichtrechteck auf dem Fußboden und der schimmernde Stahl der Stühle erhellen den Raum. Er sucht einen Stift: findet ihn unter dem Tresen, neben der Kasse. Er schnappt sich eine Papierserviette. Also, hier bin ich. 555 … Die Sekretärin leiert die Nummer herunter, er wiederholt sie, um sicherzugehen, dass er sie richtig notiert hat. Dann beharrt er noch einmal darauf, mit Vincenzo zu sprechen,

doch die Sekretärin wünscht ihm einen schönen Tag und legt auf.

Entschuldigung, die Verbindung ist schlecht. Wer sind Sie?
Andrea, sagt er und betont jede Silbe. Ich habe mit Victor gearbeitet. Ich muss mit ihm sprechen.
Er schläft.
Könnten Sie ihn wecken? Es ist wichtig.
Die Frauenstimme wird wattig, als hätte sie die Hand über den Hörer gelegt, sie sagt: Keine Ahnung, habe ich nicht verstanden.
Hallo? Wer ist da?
Victor. Hier ist Andrea.
Andrea, *amigo*. Wo bist du denn abgeblieben? Geht's dir gut?
Ich muss dich um einen Gefallen bitten, Victor.
Schieß los. Wenn ich kann, Andrea, wenn ich kann, tue ich alles, was du willst.
Gut. Es ist so, ich bin gerade in Italien …
In Italien? Hast du kehrtgemacht?
Aber ich will wieder zurück.
Und wie willst du das anstellen? Du kennst den Spruch, oder? Verlass nie das Land. Niemals.
Ich will über die Grenze.
Welche Grenze?
Die mexikanische.
…

Victor?
Meinst du das ernst?
Habe ich eine andere Möglichkeit?
Aber wieso bist du raus, wenn du jetzt wieder rein willst?
Irgendwann erkläre ich es dir, Victor. Versprochen.
Und du willst die Grenze überqueren?
Du hast es getan, oder nicht?
Ja. Deshalb will ich nicht, dass du es tust.
Ich muss wissen, wie das funktioniert, Victor. Ich brauche einen von diesen … wie nennt ihr die?
Einen *pollero.*
Einen *pollero.* Der muss mich nur auf die andere Seite bringen. Wen kann ich anrufen, Victor? Du hast doch bestimmt Kontakte, einen Freund, irgendjemanden.
Andrea, ich glaube nicht, dass das …
Vertrau mir.
Ich vertraue dir, Andrea. Du bist nicht derjenige, dem ich nicht traue, da kannst du sicher sein.
Also?
Na ja, da gäbe es meinen Cousin.
Ist der ein *pollero?*
Mein Cousin? Um Himmels willen, nein. Aber er kennt die Szene. Er weiß, wen er fragen muss.
Wie kann ich mich mit deinem Cousin in Verbindung setzen?
Überlass das mir.
Rufst du ihn an?

Ich rufe ihn an.
Sofort?
Sofort?
Ja, ich meine … Kannst du ihn jetzt gleich anrufen? Ich rufe dich in einer halben Stunde wieder an.
Na ja, also, ich weiß nicht …
In einer halben Stunde rufe ich dich wieder an. In Ordnung? Victor? In einer halben Stunde.

Hallo?
Hier ist Andrea. Also?
Ich habe mit meinem Cousin gesprochen.
Und …?
Und er sagt, du sollst ihn anrufen. Ich meinte, du bist ein Freund, und, na ja, dass ich deshalb will, dass alles gut geht.
Es wird gut gehen.
Ja.
Das war … das war wahnsinnig nett von dir, Victor. Du bist ein echter Freund. Ich weiß nicht, was ich sagen soll.
Sag nichts. Das machst du, wenn wir uns sehen.
In Ordnung.
Mein Cousin hat mich gefragt, wie es bei dir mit Geld aussieht. Ich wusste nicht, was ich antworten sollte. Du hast doch Geld, oder?
Wie viel?
Ich würde sagen … so um die zweitausend Dollar. Genau kann ich es dir nicht sagen. Kommt drauf an.

Auf was?
Auf die Route, die sie nehmen. Die ihr nehmen müsst. Wer die Sache organisiert.
Zweitausend Dollar?
Es könnte auch ein bisschen weniger sein. Oder ein bisschen mehr.
Und dann kommt noch die Reise dazu, sagt Andrea wie zu sich selbst.
Das *sind* die Reisekosten. Alles inklusive.
Nein, ich meine die Reise von Italien. Muss ich nach Mexiko-Stadt fliegen?
Du kannst fliegen, wohin du willst. Hauptsache, du kommst nach Hermosillo.
Hermosillo?
Mein Cousin wohnt in Hermosillo. Er bringt dich dann nach Altar und von dort an die Grenze. Also, hast du das Geld?
Das Geld?
Das Geld, ganz genau. Hast du es?
Klar. Klar habe ich das Geld.
Gut. Es wird alles gut gehen. Meine Frau und ich werden für dich beten, und danach feiern wir zusammen deine Rückkehr. Ich habe da einen Bacanora, den trinke ich nicht ohne dich.
Tja, dann hoffen wir mal, dass du ihn trinkst.
Wenn du kommst, macht meine Frau Guacamole. Ihr Bruder verkauft Avocados. Er hat die besten Avocados von ganz New York.

Dann trinken wir Bacanora und essen Guacamole.
Auf jeden Fall.
Gibst du mir die Nummer, Victor?
Hast du was zu schreiben?
Ich habe den Stift in der Hand.
Mein Cousin heißt Antonio.

Hallo? Antonio? Spreche ich mit Antonio?
Ja. Hier ist Antonio. Wer bist du?
Antonio, guten Tag. Ich heiße Andrea. Ich bin ein Freund von Victor. Ich glaube, er hat vorhin mit dir gesprochen, richtig?
Ja.
Gut. Dann weißt du, weshalb ich dich anrufe.
Ja.
Kannst du mir helfen?
Ja.
Schön. Da gibt es allerdings noch etwas, das ich dir sagen muss, Antonio, eine Sache, bei der ich mich bei Victor nicht klar ausgedrückt habe. Es ist so, also, es kann sein, dass ich nicht genug Geld habe, um die Reise zu bezahlen.
Wie viel?
Wie viel Geld ich zusammenkriegen könnte?
Ja.
Im Dunkel der Bar wickelt Andrea sich das Telefonkabel ums Handgelenk. Hör zu, Antonio, ich sag's jetzt mal ganz knallhart … Wenn ich gar kein Geld hätte …

Nun ja. Gäbe es nicht eine Möglichkeit …
Du hast kein Geld?
Nein.
…
Gibt es eine Möglichkeit, vor Ort was zu verdienen?
Ja.
Echt?
In Mexiko gibt es immer eine Möglichkeit, was zu verdienen.
Kein Witz?
Willst du *cruzar*?
Wie meinst du das? Ob ich nach Amerika will? Klar will ich das.
Wir finden eine Möglichkeit.
Das heißt? Was muss ich tun?
Kommen.
Wohin?
Ich hole dich am Flughafen von Hermosillo ab. Lass mich wissen, wann du ankommst.
Hermosillo, verstanden.
Lass mich wissen, wann du ankommst.
Sobald ich das Ticket habe.
Sobald du das Datum weißt, rufst du mich an.
Ja, mache ich. Es wird alles glattgehen, oder?
…
Habe ich recht, Antonio?
…
Antonio? Hallo?

Es gibt Entscheidungen, bei denen hat man das Gefühl, das Leben würde sich wahrhaftig ändern. Man hätte es, nachdem man unzählige Male gestürzt und wieder aufgestanden ist, endlich im Griff und bei den Zügeln gepackt; und hat man sie erst getroffen, wird die Tatsache, dass der Rest dieses Lebens nicht sofort beginnt, dass man auch nur eine Minute warten muss, bis man es genießen kann, schier unerträglich.
Andrea informiert sich, wie viel ein Flugticket nach Hermosillo kostet, und erfährt, dass es rund tausend Euro sind, mit Zwischenlandung in Madrid und Mexiko-Stadt. Er muss jemanden finden, der ihm Geld leiht, und der einzige Mensch, der ihm einfällt, ist Agnese. Er überlegt, dass er vielleicht zur Bank gehen und es abheben könnte; dass Agnese im Jahr zuvor zwar die Kreditkarten gesperrt, ihm aber nicht die Vollmacht entzogen hat. Oder vielleicht doch? Andrea fragt sich, ob es sein kann, dass sie im Laufe des Jahres das Konto gekündigt hat. Er sagt sich Nein, dazu müsste man einen Totenschein vorlegen. Oder reicht eine Vermisstenanzeige? Andrea weiß es nicht. Er muss sich erkundigen. Er überlegt, dass ein Teil des Geldes auf dem Konto schließlich ihm gehört, es sind seine Ersparnisse. Ich muss nur zu Agnese gehen und ihr sagen, sie soll es mir wiedergeben. Zwar habe ich nicht durchgehend gearbeitet und bestimmt nicht viel verdient, aber wenn wir Kassensturz machen, tja, Mannomann …

Er durchquert die Stadt und kommt in sein altes Viertel. An der Ecke bemerkt er ein Bekleidungsgeschäft, das er noch nie gesehen hat, im Schaufenster ein englischer Anzug, die Kleiderpuppe trägt Melone. Er klingelt – es ist elf Uhr morgens – und niemand macht auf. Natürlich: Sie wird in der Praxis sein. Ich warte hier auf sie. Er setzt sich auf die Eingangsstufe. Doch dann fürchtet er, jemand könnte auftauchen und ihn wiedererkennen, einer der Hausbewohner, und er ist ganz bestimmt nicht in Plauderlaune; er steht auf und setzt sich hinter eine Grünfläche auf der anderen Straßenseite. Zwischen Laub und Ästen hindurch kann er die Bewegungen vor seinem Haus im Auge behalten: Er muss nur warten.

Als wäre er nach einer stürmischen Fahrt übers Meer gerade an Land gegangen, fällt es ihm schwer, die Konsequenzen seines Handelns zu erfassen. Er hat beschlossen, nach New York zurückzukehren. Sein Vater hatte ihm einmal beigebracht, eine Pflanze auf eine andere aufzupfropfen, indem man ein Stück Zweig oder eine Knospe mit einer Unterlage verbindet; er hatte ihm erklärt, dieses Verfahren verwende man eher bei holzigen als bei krautigen Pflanzen. Ary und ich sind holzig genug, denkt er.

Das Weinen eines Kindes lässt ihn aufblicken.

Es ist ein nachdrückliches Weinen, das sich zu kieksenden Tönen aufschwingt und schließlich in einem stockenden Sauggeräusch gipfelt – es erinnert an den Ruf der Möwen. Die Frau, die es im Arm hält, stupst ihm mit dem Finger auf die Nase und spinnt Kinderreime, um es zu beruhigen. Diese Frau ist Agnese, und sie ist, umrauscht von diesem Vogelflug, überwältigend schön. Andrea versucht kurz, sich zu erinnern, wann er sie schon einmal so gesehen hat. Nie, antwortet er sich. Und obwohl etwas in ihm protestiert, das könne nicht sein, ganz bestimmt habe es schon solche Augenblicke gegeben, versteckt sich die Wahrheit, die ihn mit ihrer gnadenlosen Strömung mit sich reißt, in diesem Wort: nie. Er hat sie *nie* so gesehen.

An der Haustür hantiert Agnese mit der Handtasche, um die Schlüssel zu finden, schließt auf und tritt ein. Die Schreie des Kindes flattern über den Gehsteig, bis der Wind sie zerstreut.

Von einer sonntäglichen Stille umfangen, bleibt Andrea noch ein paar Minuten hinter der Grünfläche sitzen. Dann steht er auf und geht.

Eine Woche lang hat er Mühe, von seinem Strohlager aufzustehen; den ganzen Tag liegt er einfach nur da, eingelullt in die Geräusche der Nähmaschinen, den Dampf der Bügeleisen und die musikalische Syntax der chinesischen Frauen. Er geht nicht mehr zum Abendessen zu Aun-Liang hinauf, und Frau Zhao kommt abends mit einem Teller Reis und Artischocken oder einer Tasse Suppe und einem Stück Pizza herunter. Andrea lehnt ab, sagt, das sei nicht nötig, er habe keinen großen Hunger, doch sie lässt nicht locker und

hört nicht auf, in ihrem holperigen Italienisch Fragen zu stellen, um dahinterzukommen, was mit ihm los ist. Problem hat Lösung, sagt sie immer wieder.
Das stimmt nicht, sagt Andrea. Manche nicht, manche haben keine. Aber sie bohrt weiter, und schließlich erzählt er ihr alles und redet wie in einem Beichtstuhl: mehr mit sich selbst als mit dem Menschen auf der anderen Seite, der sowieso nichts tun kann, aber den eigenen Gedanken eine Stimme und eine Form zu geben, sie in Worte zu fassen, hilft, sie zu akzeptieren und besser zu verstehen. Bis Frau Zhao eines Abends mit einem Teller Linsen und einem Umschlag auftaucht. Für dich, sagt sie.
Was ist das?
Sie nickt.
Andrea lehnt sich gegen die Wand, und sein Kopf, der ruckartig nach hinten schlägt, als aus dem Umschlag ein Bündel Fünfzig-Euro-Scheine zum Vorschein kommt, knallt ebenfalls dagegen. Was ist das denn?, sagt er. Signora Zhao …
Tausend, sagt sie. So viel wie nötig.
Aber das kann ich nicht annehmen, Signora Zhao. Kommt gar nicht infrage. Er will ihr den Umschlag zurückgeben, doch sie schiebt ihn mit der Hand sanft von sich und stellt den Teller Linsen auf das Tischchen. Signora Zhao, bitte …
Gut sein, sagt sie. Was so viel heißen könnte wie: Zier dich nicht, lass gut sein; oder dass sie damit etwas Gutes

tut – oder beides. Nimm, fügt sie hinzu. Glücklich. Was heißen könnte, dass diese Geste sie glücklich macht, oder dass er, Andrea, es verdient, glücklich zu sein – oder beides. Glücklich, wiederholt sie, glücklich.

7

Die Hände des Alten mit dem weißen Hut bewegen sich flink und gekonnt, als er in der Arena die Grenzen zieht – sie hinterlassen Spuren aus Kreidestaub. Die Hähne werden in die Mitte gebracht und zu einer kurzen, heftigen Balgerei aufeinander losgelassen, damit die Wettenden ihren Champion ermitteln können. Bevor sich die Vögel verletzen, fangen die Züchter sie wieder ein, drücken sie an ihre Brust, streicheln sie wie Neugeborene und küssen sie auf den Kopf. Die Richter vermessen die *navajas*.

Die Luft ist gesättigt von derbem Gebrüll, Grillfleischgeruch und Narcorridos-Musik; sie wringt die Körper und lädt das *palenque* mit einer erotischen Spannung auf, obwohl kaum eine Frau zu sehen ist.

Antonio spuckt auf den Boden.

Ein kleiner Junge zählt die Tropfen, die er aus einer Pipette in den Schnabel seines Hahns fallen lässt. Andrea hebt den Kopf, wischt sich den Schweiß von der Stirn. Was gibt er ihm da?

Amphetamin und Strychnin.

Ist das erlaubt?

Antonio zuckt die Achseln. Es ist nicht verboten, sagt er.

Das Messen der *navajas* ist beendet, sie werden an den Füßen der Hähne befestigt und mit einem ledernen Futteral überzogen; die Hähne den *soltadores* übergeben, die sie fest gepackt halten: Sie spüren ihr Zittern, die Kampflust, die Wut. Die Musik verebbt, das Gegröle hat es nie gegeben – Stille. Alle Blicke sind auf die Mitte der Arena gerichtet. Die *soltadores* stehen einander gegenüber, lehnen sich weit nach vorn, bis ein Knie fast die Erde berührt; sie halten ihren Hahn fest und zeigen ihn ihrem Gegner. Dicht über dem Boden recken die Tiere die Hälse, mit Blicken, die ebenso messerscharf sind wie die vom Futteral befreiten *navajas*. Eine Ewigkeit lang hebt der in einen Lichtkegel getauchte Richter eine Hand gen Decke. Dann. Lässt er sie herabsausen. Schreit. Die *soltadores* lockern den Griff. Die Hähne, man bekommt gar nicht mit, dass die Hähne bis eine Sekunde zuvor noch kein Inferno aus Federn und Staub waren, man begreift gar nicht, wie sie sich so schnell aufeinanderstürzen konnten. Doch jetzt sind sie dort – wo dort? Am Boden. Sie sind am Boden, und einen Wimpernschlag später in der Luft. Flatternd und hüpfend bringen sie sich in Rage und fallen in einem Gestöber aus Blut und Flaum übereinander her. Gebrüll und Musik explodieren. Trifft das *navaja* die Kehle oder die Oberschenkelarterie des Gegners, bedeutet das dessen Tod. Das weiß das Publikum und das wissen die Hähne, die sich verknäueln, einander mit den Schnäbeln niederhalten, sich übereinanderwälzen

und versuchen, den Gegner an einem Treffer zu hindern.
Antonio zieht Tabak aus der Tasche und dreht sich eine Zigarette.
Das ist grauenvoll, sagt Andrea.
Wieso?
Zwischen den Füßen der Menschen sucht er nach einer Antwort, bei der er sich nicht dumm vorkommt. Wieso?, wiederholt er leise. Mit den Fingern reibt er sich die Augen: Er ist erst vor wenigen Stunden gelandet und der Rauch ist ihm unangenehm, es ist drei Uhr morgens, nicht neun Uhr abends.
Glaubst du, sie werden zu etwas gezwungen, das sie in der Natur nicht tun würden?
Meinst du, sie würden sich freiwillig eine Sichel an die Kralle binden, um sich gegenseitig die Kehle durchzuschneiden?
Die *navajas* sind dazu da, sie weniger leiden zu lassen, sagt Antonio und zündet sich die Zigarette an. Sonst würden sie sich die Augen herauspicken, bis sie verbluten, und das würde Stunden dauern.
Ihr tut es also für sie. Es ist ein Akt der Barmherzigkeit.
Du kannst das nicht verstehen. Antonio bläst den Rauch aus der Nase. Wenn es die Züchter nicht gäbe, wären die *gallos de pelea* schon ausgestorben. In Freiheit versuchen sie sofort, sich gegenseitig abzumurksen: Das ist ihr Instinkt.
Also schützt ihr eine gefährdete Spezies. Ihr seid eine

Abteilung des WWF. Und das sind eure Mitglieder, sagt Andrea und breitet die Arme aus. Er ist müde. Ich muss mal raus, sagt er. Wo geht es raus? Er blickt sich um, späht über die Köpfe, die Hüte, den Qualm; drängelt sich zwischen den Menschen hindurch zur Tür. Es ist der Geruch, der ihn benebelt: Schweiß, Fleisch, Tabak. Eine Männergruppe sitzt beieinander und schlägt die Schnapsgläser gleichzeitig auf den Tisch, die sich sofort mit Schaum füllen; sie trinken, zwei von ihnen tun so, als würden sie sich auf den Mund küssen, dann schubsen sie einander mit angeekelten Gesichtern weg. Die Schnapsgläser werden erneut gefüllt: wieder Schaum, abermals zurückgelegte Köpfe, um den Alkohol aufzunehmen. Abgelenkt von diesem Ritual, rempelt Andrea gegen den Rücken eines Typen, der sich zuerst lächelnd umdreht, dann genauer hinsieht und ein verkniffenes Gesicht zieht. Er sagt etwas auf Spanisch. Andrea versteht nichts. Der Typ packt ihn beim T-Shirt und brüllt Worte, die Andrea noch immer nicht versteht, er brüllt sie ihm ins Gesicht, ihre Nasen berühren sich; er stößt ihn fort, Andrea taumelt zu Boden. Rappelt sich hoch. Ganz sicher will der Mexikaner ihm die Kehle durchschneiden, an seinem Arm hängt ein *navaja*: Aber nein, er redet weiter mit seinen Freunden, klatscht in die hoch erhobenen Hände.

Da ist die Tür – die Straße, der Sauerstoff. Andrea schließt die Augen, atmet tief durch und öffnet sie wieder: Der Himmel ist tiefblau, voller Sterne.

Vor der Landung in Hermosillo hat Andrea sich gefragt, wie er Antonio erkennen soll. Dann, vor dem Flughafen, entdeckte er einen Typen mit einem lila Blatt Papier in der Hand, auf dem sein Name stand. Er trug grüne Jeans und ein Pearl-Jam-T-Shirt; er war ungefähr in Victors Alter und sah ihm sogar ähnlich.
Bist du Antonio?, hatte er auf Englisch gefragt.
Der Mann hatte den Zettel zerknüllt und ihm die Hand hingehalten. Willkommen in Mexiko, hatte er erwidert: *welcome* auf Englisch, *México* mit spanischer Aussprache.
Es war sieben Uhr abends, die Sonne stand tief im Westen. Der Asphalt des Parkplatzes strahlte die aufgestaute Hitze des Tages ab. Sie stiegen in den weißen Lieferwagen eines Reiseveranstalters aus Punta Chueca, »Isla Tiburón«, stand auf den Seiten.
Was heißt das?
Ich kutschiere für meinen Onkel Touristen herum, antwortete Antonio und ließ den Motor an. Aber nur in meiner Freizeit, weil es Spaß macht. Sie fuhren los, das Radio auf einen Indie-Rock-Sender eingestellt; wegen der absurden Lautstärke, der heruntergekurbelten Fenster, weil Antonio den Fahrtwind auf seinem Gesicht spüren wollte, und des dröhnenden Lieferwagens mussten sie sich brüllend unterhalten.
Was für Musik hörst du?, schrie Antonio.
Was?
Ich sagte: Was für Musik hörst du?

Irgendwie alles.

Irgendwie alles was? Hörst du Rock?

Ja.

Was?

Ich sagte, ja, tue ich.

Nein. Ich meinte, was für Rock, welche Bands.

Andrea blies die Wangen auf.

Was mir so unterkommt, sagte er.

Antonio sah ihn misstrauisch an, enge Augen, versiegelte Lippen.

Was ist?

Ich mag keine Relativisten.

Andrea riss die Augen auf. Er wollte noch etwas sagen, doch Antonio schob sich mit ernster Miene die Sonnenbrille aufs Gesicht. Die letzten Lagerhallen wichen kargen, staubigen, von Mesquitebäumen bewachsenen Brachen. Wo fahren wir hin?

Nach Altar.

Wo ist Altar?

Richtung Norden. Richtung Sásabe.

Was ist in Sásabe?

Sásabe ist an der Grenze, da, wo du hinmusst. *Donde se cruza.*

Können wir nicht direkt nach Sásabe fahren?

Das ist sechs Stunden von hier. Wir übernachten in Altar.

Und wo schlafen wir?

Im Lieferwagen. Wir schlafen eh nicht viel.

Was soll das heißen, wir schlafen nicht viel?
Da läuft ein *palenque*, sagte Antonio und versuchte die Musik und den Fahrtwind zu übertönen.
Was?
Ein *palenque*, brüllte er.
Was ist das?
Du weißt nicht, was ein *palenque* ist?
Nein.
Du warst nie in Mexiko, wenn du keinen *palenque* gesehen hast.
Andrea schrie. Hör mal, Antonio, ich bin müde. Ich bin seit zwei Tagen unterwegs.
Zum *palenque*, wiederholte Antonio. Ich bringe dich zum *palenque*. Danach schlafen wir.
Andrea schloss die Augen, ließ seine Haut vom Fahrtwind trocknen. Kurz darauf fuhr er auf und schnalzte mit der Zunge. Antonio, sagte er.
Was gibt's?
Was ist ein *palenque*?
Ein Hahnenkampf.
Ich will mir keinen Hahnenkampf ansehen, Antonio.
Es wird dir gefallen.
Ich sagte, ich will da nicht hin.
Antonio drehte das Autoradio lauter. Kennst du das hier?
Andrea antwortete nicht.
Komm schon, das musst du doch kennen.
Andrea antwortete nicht.

Das sind Rage Against The Machine, schrie Antonio. Andrea. Kennst du die?
Nein, Antonio. Die kenne ich nicht.
Andrea.
…
Antonio packte Andreas Schenkel und schüttelte ihn.
Hey, Andrea.
Was ist, Antonio? Was ist?
Was hörst du für Musik, Andrea? Ich meine, außer Rock.

Trotz der Müdigkeit ist der Tag noch fern, als Andrea die Augen aufschlägt. Schwefliger Dämmer fällt durch dic Autofenster und lässt ihn eine unförmige Masse neben sich erahnen, die, wie er, im Laderaum des Lieferwagens liegt: Es ist Antonio, eingerollt in Decken. Er atmet nicht, oder zumindest scheint es so. Andrea fragt sich, ob er noch lebt. Er tastet nach dem Griff der Schiebetür und schlüpft in das morgendliche Nichts von Altar hinaus: kein Mensch zu sehen, ein paar Wolken am Himmel, ein Licht in einem nahe gelegenen Haus. Er fragt sich, wie er dort gelandet ist. Nicht, dass er nicht wüsste, wie er in Altar gelandet ist – Victor, den er um Hilfe gebeten, das Geld, das ihm Aun-Liangs Mutter geliehen hat –, aber die Frage lautet: Wie konnte aus meinem Leben all das werden? Er überlegt, dass in seinem Leben nichts von all dem geschrieben stand: Da waren die Schule und dann die Arbeit und dann sei-

ne Stadt und die Freunde, und eine Familie – ja, *meine* Familie, eine Frau und ein Kind, *mehrere* Kinder, und ihnen Schwimmen beibringen und sich lieben und streiten und mich mit meiner Frau versöhnen, denkt er, und die Schule und die Kollegen und die Abendessen, und sich mit einem alternden Körper abfinden, mit *unseren* alternden Körpern, denkt er, meinem und dem meiner Frau, und Kinder, die groß und erwachsen werden und unseren Platz im Leben einnehmen, die klüger werden als wir, gebildeter als wir, die das Rüstzeug besitzen, eine Wirklichkeit zu verstehen, die wir Eltern, wir Alten, nur schwerlich begreifen, überlegt er, und sie dennoch weniger klarblickend zu wissen, denn Klarblick ist etwas, das man durch Akkumulation und Sedimentation gewinnt, weshalb die Alten in Sachen Klarblick immer einen Schritt voraus sind, überlegt er, und die Kinder mit offenen Armen empfangen, wenn sie einen Rest Weisheit benötigen, sie aufnehmen in dem Bewusstsein, dass wir eines Tages nicht mehr da sein werden, und eines Tages werden sie nicht mehr für ihre Kinder und ihre Kinder nicht mehr für deren Kinder da sein. So stand es geschrieben. Kein Wort von New York, von Rembrandt, von den Chinesen – er blickt umher und ringsum sind die Häuser und Lagerhallen der Peripherie von Altar, gehüllt in ein Licht, das eine in Kürze aufgehende Sonne verheißt – und kein Wort von all dem hier, denkt er.
Wo ist der Ursprung des Seins?

In dem Moment hört er die Musik: Es ist Gesang. Es sind Stimmen. Sie kommen von Osten, und für einen Augenblick scheint es, als trüge der anbrechende Morgen sie heran; sie entströmen den Wohnhäusern dort hinten. Er setzt sich in Bewegung. Betritt die verwaisten Gassen und folgt dem Gesang – verliert ihn, findet ihn wieder. Hinter einer Kurve taucht ein Hund auf, bleibt mitten auf der Kreuzung stehen und blickt ihn an. Er hat die Schnauze eines alten Kriegers oder einer aztekischen Gottheit wie Quetzalcoatl bei ihrer Heimkehr nach langen Schlachten; sein stolzer Blick steht im Kontrast zu dem knochendürren, verlausten Körper, der schlecht vernarbten Wunde auf den Rippen. Die Stimmen beginnen wieder zu singen, der Hund starrt ihn an, stolz, dann läuft er davon. Ein alter Mann sitzt vor einer Haustür und hantiert mit einem Schloss, neben ihm auf einem Hocker steht ein mit bernsteinfarbener Flüssigkeit gefülltes Glas, plötzlich steht er auf und geht hinter ein Auto pinkeln; als er Andrea sieht, hebt er grüßend eine Hand und fummelt mit der anderen am Hosenschlitz herum. Andrea geht weiter, folgt den Gesangskrumen, bis er auf einen kleinen, von niedrigen, heruntergekommenen Wohnhäusern gesäumten Platz stößt – vier junge, frisch gepflanzte Bäume und eine Kirche. Die Kirche ist vollkommen weiß, ihre von einem Kirchturm bekrönte Fassade hat die Form einer Papaya. Die Fenster sind erleuchtet und die Stimmen, die aus der Kirche dringen, werden kraftvoll.

Er tritt ein.
Rund hundert Menschen: Männer, Frauen, junge Leute, Teenager, auch ein paar Kinder, manche noch ganz klein, im Arm ihrer Mütter. Sie stehen, die Augen auf einen weißhaarigen Priester mit sonnengegerbtem Gesicht gerichtet, fast alle tragen einen Rucksack auf dem Rücken, und wer ihn nicht auf dem Rücken trägt, hat ihn unter die Bank gestellt.
Der Gesang endet. Der Priester hebt die Arme, um den Segen zu sprechen. Alle knien nieder. Dann gehen die Gläubigen einer nach dem anderen zum Altar, und der Priester legt jedem die Hand auf den Kopf und gibt ihm etwas – einen kleinen Zettel. Andrea versteckt sich in einem Beichtstuhl, die Menschen verlassen nach und nach die Kirche. In den Händen einer Frau sieht er, was der Priester austeilt: Es ist ein Heiligenbildchen, ein Männergesicht, das er nicht kennt. Er beschließt zu warten; er hat das Bedürfnis, ein bisschen allein zu sein. Er beobachtet die vorbeigehenden Menschen, die alle aussehen, als brächen sie gleich zu einer Reise auf.
Als die Kirche sich leert, setzt sich Andrea auf eine Bank. Kurz darauf spürt er jemanden hinter sich stehen. Er dreht sich um: Es ist der Priester. Er fragt etwas auf Spanisch. Andrea antwortet auf Englisch, sagt, er verstehe nicht. Der Priester setzt sich neben ihn und blickt ihn unverwandt an.
Und wer bist du?, fragt er auf Englisch.
Es würde genügen, seinen Namen zu sagen, doch An-

drea fragt sich, ob diese Antwort nicht falsch wäre. Er lacht.
Was gibt es zu lachen?
Nun ja, es gab eine Zeit, da hätte ich auf diese Frage antworten können.
Jetzt nicht mehr?
Jetzt bin ich nicht sicher, ob die Antwort von Bedeutung ist.
Der Priester seufzt. Es ist wichtig, danach zu suchen. In diesem Sinne ist die Frage, glaube ich, mehr wert als die Antwort.
Wer waren die?
Wer?
Diese Leute.
Migranten. Sie werden im Laufe des Tages die Grenze erreichen und versuchen, auf die andere Seite zu gelangen.
Alle?
Der Priester lächelt. Lieber Freund, sie sind ein Bruchteil derer, die es heute versuchen werden. Manchmal versuchen es fünfzigtausend Menschen pro Tag.
Was hast du ihnen gegeben? Dieses Heiligenbildchen. Wer ist das?
Der hier? Der Priester zieht einen kleinen Stapel Bildchen aus der Tasche seines Messhemdes und hält ihm eines hin. Das ist Toribio Romo, sagt er. Ein Priester, der während einer der unzähligen Aufstände in der mexikanischen Geschichte erschossen wurde. Vor weni-

gen Jahren wurde er heiliggesprochen. Die Migranten halten ihn für ihren Beschützer. Manche haben lose Zettel oder Hefte mit seinen Gebeten bei sich, und einige tragen sogar T-Shirts mit seinem Konterfei. Sie erzählen von Wundern, von Menschen, die Wasser gefunden haben, von Kindern, die nach dem Biss einer Klapperschlange gerettet wurden, von Männern, die unsichtbar wurden, um der *Migra* zu entkommen.

Der *Migra*?

Der Grenzpolizei.

Auf der Rückseite des Heiligenbildes steht ein Zitat von Toribio Romo: Ich glaube, ein Bürger der Welt und einer Kirche ohne Grenzen zu sein.

Ich muss gehen, sagt der Priester. Sehe ich dich wieder?

Nein.

Na dann, sagt er und steht auf, knie nieder.

Was?

Knie dich hin, hier.

Andrea gehorcht. Der Priester legt ihm eine Hand auf den Kopf, segnet ihn und geht davon. Andrea bleibt dort, auf den Knien, die Augen geschlossen.

Als er zum Lieferwagen zurückkehrt, ist die Sonne aufgegangen und Antonio erwartet ihn, die Hände auf dem Lenkrad.

Wo zum Henker warst du?

Wäre nicht übel, was zu finden, wo man einen Kaffee kriegt, sagt Andrea beim Einsteigen. Wollen wir? Es ist ein herrlicher Tag. Auf geht's!

Antonio schüttelt den Kopf und lässt den Motor an, die Gitarre von Angus Young bläst den Staub vom Armaturenbrett.
Sie halten an einem Kiosk in einem der großen Parks der Stadt: überall Schlepper und Migranten. Die ersten leiern Litaneien von Zielorten herunter oder laden Wassertanks auf Lieferwagen, deren Pritschen Klebebandstreifen mit der Aufschrift »Sásabe« oder »Grenze« tragen. Die Migranten machen Besorgungen in einem nahe gelegenen Supermarkt, der Super El Coyote heißt. Manche verkaufen Bonbons, Getränke und Trockenobst und machen mit einer Kuhglocke auf sich aufmerksam. Sie schreien. Zeitungen, Maiskolben, Tacos mit Ziegenbacke, Ofenkutteln und *tejuino*; Dörrpflaumen und kiloweise Süßkram. Bellende Hunde. Kinder weinen. Knallfrösche – oder vielleicht Pistolenschüsse. Antonio lässt sich den Becher mit Kaffee für die Reise füllen. Sie steigen in den Lieferwagen.
Wie lange braucht man bis Sásabe?, fragt Andrea.
Ein paar Stunden.
Und dann?
Dann reden wir mit Don Reymundo.

Da sind Häuser, die zwischen Autoskeletten in der Wüste verfallen, Bars mit verwitterten Schildern, ein Gemischtwarenladen, der alles Notwendige für die Grenzüberquerung verkauft, Wellblech und Gittermasten, an die jemand ein Pferd gebunden hat, Erde

und Staub – Erde und Staub, die in dieser Gegend alles bedecken, die Pflanzen und die Seelen der Menschen, die Träume und die Fotos der Kinder, Fotos, auf die die Migranten pusten, aus Respekt für die Gesichter, die sie zurücklassen. In Sásabe steht ein Schild mit der Aufschrift: »Für die Schlepper sind eure Bedürfnisse nur ein Geschäft. Die Schlepper haben keinerlei Interesse an eurer Sicherheit oder eurer Familie: Bezahlt sie nicht mit eurem Leben.«
Siehst du das Schild?, sagt Antonio und zeigt durch das Autofenster. Auf diese Weise tut die mexikanische Regierung so, als würde sie gegen illegale Migration vorgehen. Die Soldaten tun so, als würden sie aufpassen. Eine Menge Leute stehen auf der Gehaltsliste der Schlepper, die viel mehr Geld haben als die Politiker, die solche Schilder aufstellen, um sich das Gewissen reinzuwaschen und die Amerikaner glücklich zu machen. Was kratzt es die Soldaten, wenn die Leute nach Arizona gehen?
Antonio parkt den Lieferwagen neben einem Kapokbaum: Die nackte Baumkrone ist eine auf den Rücken liegende Spinne, die Beine gen Himmel gereckt. Bleib hier, sagt er zu Andrea. Er steigt aus, überquert die Straße und verschwindet in einem Hof jenseits einer Mauer aus Ziegeln und Glasbausteinen, hinter der eine rostige Satellitenschüssel und eine Zisterne aufragen. Ein Kind radelt vorbei, rotes T-Shirt, Kratzer auf dem Knie: Es sieht Andrea und lächelt ihm zu; er winkt zu-

rück: Die Hitze ist unerträglich. Er hat Durst, aber das Wasser in der Plastikflasche ist wie Pisse, suchend blickt er sich nach einer Bar um. Vielleicht dort hinten. Vielleicht. Doch Antonio hat gesagt, er soll sich nicht fortrühren. Er starrt auf den Hofeingang, es ist niemand zu sehen. Es wäre nichts dabei, auszusteigen und nachzusehen, ob es unter diesem grünen Schild, das er dort hinten sieht, die Chance auf etwas Kühles gibt, oder? Antonio hat gesagt, er soll im Wagen bleiben. Aber die Kehle, die Hitze.
In dem Moment hört er einen Pfiff. Antonio winkt ihn zu sich.
Das Gebäude, das sie betreten, ist zweistöckig. Im Erdgeschoss ein großer Raum mit Stühlen und Tischen und, in einer Ecke, zwei roten Sofas; auf dem einen sitzt ein Mann mit dichtem schwarzem Haar und einem strahlenden Lächeln. Andrea grüßt und blickt sich um. Die Wände sind weiß und kahl bis auf ein Gemälde hinter dem Mann, ein Porträt, das gleiche wie auf dem Heiligenbildchen, das Andrea in der Tasche trägt: Toribio Romo. In der Luft Geruch nach Frittiertem.
Das ist Don Reymundo, sagt Antonio. Don Reymundo, das ist der Freund meines Cousins Victor, der Italiener, von dem ich dir erzählt habe.
Kennst du ihn?, fragt Don Reymundo Andrea.
Wen?
Don Reymundo zeigt auf das Bild.
Das ist Toribio Romo.

Ganz genau. Es heißt, er beschütze diejenigen, die versuchen, über die Grenze zu kommen. Er vollbringe Wunder. Glaubst du an Wunder, *ciudadano*?
Wie haben Sie mich genannt?
Antworte auf die Frage, sagt Antonio.
Ich habe dich *ciudadano* – Bürger – genannt. Stört es dich, wenn ich dich so nenne? Ich hoffe, du hast nichts dagegen. Ich will gar nicht wissen, wie die Leute heißen: Namen sind etwas für Kinder und Eltern. Aber alle, die hier vorbeikommen, fühlen sich als Bürger der Welt, und niemand nimmt es mir krumm, wenn ich ihn Bürger nenne. Du, Bürger, fühlst du dich als Weltbürger?
Andrea unterdrückt ein Lachen, fährt sich mit den Fingern durchs Haar.
Amüsiert dich etwas, Bürger?
Nein. Es ist nur … ich kannte noch jemanden, der mich so nannte.
Don Reymundo nimmt eine Meerschaumpfeife aus einem vor ihm stehenden Korb voller Pfeifen, öffnet die Tabakdose. Zwei Antworten stehen noch aus, Bürger, sagt er und zerrupft den Tabak mit den Fingern.
Antonio berührt seine Schulter. Antworte, sagt er.
Die Tür fliegt auf und vier Männer kommen herein, zwei sind fast noch Kinder; die Arme des einen sind mit verschlungenen Tattoos bedeckt, sogar seine Hände, und auf den Wangen, unter den Augen, hat er tätowierte Tränen: drei unter dem rechten, zwei unter dem lin-

ken Auge. Sie kommen auf die Sofas zu. Drei von ihnen setzen sich; der tätowierte Junge lehnt sich an die Wand, die Hände hinter dem Rücken.
Ich fühle mich als Weltbürger, sagt Andrea. Aber, nein, ich glaube nicht an Wunder, auch wenn ich großen Respekt für jede Art von Glauben und Religion habe.
An was glaubst du?, fragt Don Reymundo.
Andrea steht reglos da, mit hängenden Armen. Ihm kommt der Gedanke, dass es richtige und falsche Antworten gibt, doch er hat keine Ahnung, wie sie lauten.
Woran glaube ich? Ich weiß nicht. An Entscheidungen vielleicht. An die Möglichkeit, entscheiden zu können.
Ja.
Auch an die Möglichkeit, eine falsche Entscheidung zu treffen?
Auch daran, ja.
Hast du die richtigen Entscheidungen getroffen, Bürger?
Wann?
Im Leben.
Kommt drauf an.
Worauf?
Auf den Moment.
Nein, sagt Don Reymundo und wird laut. Auf den klaren Verstand kommt es an.
…
Darauf, nicht Spielball unserer Gefühle zu sein.
Das sehe ich nicht so.

Das siehst du nicht so?
Nein.
Glaubst du, Gefühle helfen den Menschen dabei, Entscheidungen zu treffen?
Ich glaube, dass die Wahrheit Verhandlungssache ist. Zwischen Gefühl und Verstand, meine ich.
Don Reymundo stopft den Tabak in die Pfeife. Und weiter, Bürger?
Weiter was?
Woran glaubst du noch?
Ich glaube an mich selbst.
An dich selbst?
Ja.
Seit wann?
Andrea begegnet Toribio Romos Blick. Seit ich nach Mexiko aufgebrochen bin. Seit ich beschlossen habe, nach New York zurückzukehren.
Was kannst du, Bürger?
Ich war Kunstlehrer. Ich kann unterrichten.
Glaubst du an die Schönheit? Don Reymundo kramt in seinen Taschen nach einem Feuerzeug. Einer der Männer kommt ihm zuvor; Don Reymundo nimmt einen genüsslichen Zug. Wird die Schönheit die Welt retten?
Die Entscheidungen der Menschen werden die Welt retten, doch ich glaube, die Schönheit kann den Weg weisen.
Don Reymundo nickt, lehnt sich zur Seite und flüstert dem Mann zu seiner Rechten etwas zu, der aufsteht

und hinausgeht. Antonio ist ein guter Freund, sagt Don Reymundo. Ein guter Freund, ja. Und genau deshalb schenken wir ihm gern Gehör, und wenn wir ihm einen Gefallen tun können, tun wir das. Und jetzt sagt Antonio uns, dass du, Bürger, über die Grenze musst, aber er sagt auch, dass du kein Geld hast, um die Reise zu bezahlen. Deshalb wollen wir dir einen Vorschlag machen. Don Reymundo lehnt sich nach vorn, und der Mann, der ihm zuvor Feuer gegeben hat, zündet erneut die verloschene Pfeife an. Der Vorschlag lautet, mit einem Rucksack auf dem Rücken über die Grenze zu gehen, Bürger; mit einem dreißig Kilo schweren Rucksack auf dem Rücken. Es sind nicht mehr als acht oder neun Stunden Fußmarsch, aber acht oder neun Stunden Fußmarsch durch die Wüste mit einem dreißig Kilo schweren Rucksack auf den Schultern ist für niemanden ein Spaß. Deshalb sind unsere *mulos* fähige Leute, vor allem sind sie jung; Pi mal Daumen ein bisschen jünger als du, Bürger. Deshalb wirst du es uns nachsehen, dass wir einen Test machen müssen.
Andrea weiß nicht, was er sagen soll; er versucht sich auf das Wort *Rucksack* zu konzentrieren und den Sinn zu entschlüsseln. Was ist in dem Rucksack?
Wie viel Uhr ist es?
Einer der Männer sieht auf die Uhr. Fast Mittag, Don Reymundo.
Perfekt, sagt er. Wenn du nichts dagegen hast, Bürger, machen wir den Test sofort.

Die Schotterstraße, die sich vor ihm entrollt, ist rechts von trockenen Hügeln und links von sandigen Brachen und Kakteen gesäumt. Don Reymundos Männer laden einen Rucksack aus dem Auto. Dreißig Kilo, sagen sie, aber das sind nur Steine. Sie geben ihm eine weiße Kappe und deuten zur Straße. Du musst ihr nur folgen. Immer geradeaus. Bis du auf ein Heiligenhäuschen der Jungfrau von Guadalupe stößt. Unter einem Stein am Fuß des Heiligenhäuschens findest du hellblaue Plastikkreuze.
Was soll ich tun?
Sie sagen, er solle eines davon einstecken und zurückkommen.
Das ist alles?
Er soll innerhalb von zwei Stunden zurück sein.
Ist es weit?
Weit genug, sagt der Typ mit den tätowierten Tränen, den alle Lagrima nennen, er gibt ihm zwei Ein-Liter-Kanister mit Wasser. Immer mehr Gewicht kommt zusammen. Einer reicht, sagt Andrea. Er will den zweiten zurückgeben. Lagrima drückt ihn ihm gegen den Brustkorb. Er sagt nichts, hält nur den Kanister und blickt ihm fest in die Augen.
Zwei Stunden, wiederholt Don Reymundo.
Ich habe keine Uhr.
Du brauchst keine Uhr. Du musst laufen. Ohne anzuhalten.
Antonio kauert im Schatten des Autos auf den Fersen,

legt sich die Hand an die Stirn. In der Ferne, in Richtung *border fence*, der von den Vereinigten Staaten errichteten Barriere, die illegale Einwanderer zurückhalten soll, malt ein Vogel, ein Falke vielleicht, Spiralen in den Himmel. Andrea hat die Mauer noch nie gesehen und fragt sich, wie sie wohl aussieht. Und während er sich das fragt, hat er sich bereits in Bewegung gesetzt. Das Auto ist losgefahren, damit Don Reymundo sich ein eiskaltes Bier gönnen kann, ehe er zurückkommt und ihn wieder einsammelt. Beim Laufen fragt er sich, woraus die Barriere gebaut ist: Ziegel, Holz, Metall. Er fragt sich, ob er darüberklettern oder darunter durchkriechen muss. Er läuft. Die Hitze ist mörderisch. Es ist, als trüge er keine Kappe, als wäre die Sonne in der Kappe. Er geht gebeugt unter der Last des Rucksacks. Die Haut unter den Riemen wird wund, der Rücken trieft vor Schweiß, und mit dem Schweiß verrinnt die Kraft. Er fragt sich, vor wie langer Zeit er losgegangen ist, und denkt, dass er vor weniger als einer halben Stunde losgegangen ist – ich bin gerade erst losgegangen, denkt er, ich kann nicht schon so fertig sein. Die Schwerkraft hat zugenommen. Einen Fuß zu heben und ihn zwei Handbreit nach vorn zu setzen, kostet unendliche Mühe. Ringsum nichts als Wüste. Darüber nur Himmel. Erde und Himmel sind unendlich, denkt er. Ein paar Pickup-Reifen haben die Schotterpiste frisch gespurt. Spuren von Autorädern und Kojoten.

Wo ist das Heiligenhäuschen?

Er leert den ersten Wasserkanister. Der Körper tut alles, um die Flüssigkeit zu halten, doch der Durst lässt nicht nach. Eine Brise erhebt sich, die welken Kreosotbüsche rascheln wie Schlangen. Wie viel Grad werden es sein? Vierzig – oder fünfzig, denkt er. Ein Zeh am rechten Fuß fängt an zu brennen: Er bekommt eine Blase.

Als er das Heiligenhäuschen der Jungfrau von Guadalupe erreicht, ein Konstrukt aus Steinen und grellem Putz, weiß er nicht, wie lange er bis dorthin gebraucht hat, und auch nicht, wie viel Zeit ihm noch bleibt. Er hat keine Zeit, auszuruhen, hat Don Reymundo gesagt. Er nimmt den Rucksack ab, lässt ihn zu Boden krachen und jault auf vor Schmerz und Erleichterung. Er hockt sich hin, sucht die hellblauen Plastikkreuze. Hebt die Steine hoch. Ein Skorpion zwängt sich in einen Spalt zwischen den Felsbrocken. Da sind sie. Der Felsblock, die Kreuze. Er nimmt eines, steckt es in die Tasche und steht auf. Mit übermenschlicher Anstrengung schultert er den Rucksack, macht kehrt und geht wieder los. Nach einer Weile bleibt er stehen und blickt sich nach dem Heiligenhäuschen um: Ihm ist, als hätte er es gerade erst verlassen, aber er sieht es nicht. Gut, denkt er. Gut. Dann durchfährt ihn der Schreck, er könnte das Kreuz nicht wirklich genommen, es sich nur eingebildet haben. Er vergräbt die Hand in der Tasche. Nein, da ist es, er kann es fühlen. Ja, er hat es genommen, er schleift die Füße nach: jemand hat seine Knöchel zusammengekettet. Das Wasser ist alle. Und er wollte einen Kanister bei dem Typen mit den tätowierten Tränen lassen; er fragt sich, wieso sich jemand Tränen unter die Augen tätowieren lässt. Er hat von einem Ort am *border fence* gelesen, an dem tausende Kreuze angebracht wurden, eines für jeden toten Einwanderer. Er hat nie daran gedacht, sich ein Tattoo stechen zu lassen. Welches Tattoo würde ich mir machen lassen? Er läuft. Die Sonne saugt die Knochen aus. Der Schweiß rinnt brennend in die Augen. Welches Tattoo würde ich mir machen lassen? Er läuft. Und während er läuft, versucht er auf diese absurde Frage zu antworten, und während er versucht, auf diese absurde Frage zu antworten, blickt er zum Himmel auf und sieht ein Funkeln, Sonnenstrahlen am Bauch eines Flugzeugs, und sieht ihm nach. Und als er den Blick schließlich wieder senkt, als das Flugzeug am Horizont verschwindet, sieht er das gleiche Funkeln direkt vor sich. Er braucht Tage Wochen Monate für die letzten Meter. Dann nimmt ihm jemand den Rucksack ab. Antonio gibt ihm zu trinken. Don Reymundo sagt: Nicht übel, Bürger, nicht übel. Ein bisschen spät, aber ich habe Schlimmeres befürchtet. Jetzt gehen wir beten, beten und essen.

In der Nacht hat Andrea Mühe einzuschlafen, trotz der Erschöpfung. Die Augen gen Decke gerichtet, wo der Mond aus den knochigen Ästen der Bäume Schattenbilder spinnt, fragt er sich, was ihn erwartet.

Am nächsten Morgen verabschiedet sich Antonio von ihm: Er muss zurück nach Altar. Andrea umarmt ihn und bedankt sich, bittet ihn, Victor Bescheid zu geben, ihm zu sagen, er sei bald in New York. Antonios Blick ist viel nüchterner und ernster, als er selbst es je zu sein schien. Andrea hat noch nicht ausgeredet, als Antonio ihn bei den Schultern packt. Die Wüste ist ein Bastard, sagt er. Du darfst der Wüste nicht trauen. Bleib bei deinem Führer und mach keinen Scheiß.
Nein.
Aber ihm darfst du auch nicht trauen. Egal, wer er ist.
Ich darf dem Führer nicht trauen? Wieso darf ich dem Führer nicht trauen?
Ich habe nicht gesagt, dass du ihm nicht trauen darfst. Vertrau ihm. Aber ohne ihm zu trauen. Haben wir uns verstanden?
Wem darf ich trauen?
Respektiere die Wüste und vertrau auf deinen Instinkt. Habe ich mich klar ausgedrückt?
Nein.
Jimi Hendrix kann man trauen. Angus Young. Und Pete Townshend.
Denen würde ich auch trauen, Antonio.
Glaub nicht, es ist alles schon geschafft.
Ja.
Verlass dich auf nichts.
Nein.
Und such dir einen Freund.

Einen Freund?
Einen Freund.
Wo?
Hier.
Ich kenne hier niemanden.
Ich muss los.
Antonio, kennst du jemanden, der mein Freund sein könnte?
Nur du kannst einen Freund erkennen, sagt Antonio. Sie umarmen einander, und kurz darauf verschwindet der Lieferwagen in einer Staubwolke zwischen den Häusern. Andrea bleibt auf der Straße stehen, die Hände in den Taschen, und sieht zu, wie sich der Staub auf die Mauern und Autowracks legt. Auf dem Boden liegt ein Spielzeugsoldat aus Plastik, ein Kind muss ihn verloren haben; er bückt sich, um ihn aufzuheben. Eine Hand legt sich auf seine Schulter. Komm mit, sagt Lagrima. Ich soll dich begleiten, um Besorgungen zu machen.
Was für Besorgungen?
Por cruzar, sagt er und deutet zur Grenze.
Ich habe kein Geld.
Don Reymundo streckt dir was vor.
Don Reymundo ist sehr nett.
Ein Feixen tritt in Lagrimas Gesicht. Nett? Was glaubst du, mit wem du es zu tun hast, mit einem Missionar? Don Reymundo will keine beschissenen dreißig Kilo Marihuana in der Wüste verlieren, deshalb ist er nett. Er will, dass du es schaffst, deinen Arsch über die Gren-

ze und bis zum Treffpunkt zu bewegen. Glaubst du, du schaffst es, deinen Arsch übermorgen zum Treffpunkt zu bewegen?
Brechen wir übermorgen auf?
Ich habe dich was gefragt.
Ja.
Ja, was?
Ja, ich glaube, ich schaffe es.
Du glaubst?
Ich werde es schaffen.
Das kann ich dir nur wünschen. Denn wenn du es nicht schaffst, ist die Wüste dein geringstes Problem. Dann holt Don Reymundo dich aus der Hölle zurück und haucht dir neues Leben ein, nur um dir die Fingernägel rauszureißen. Haben wir uns verstanden?
Ja.
Gut. Und, ja. Wir brechen übermorgen auf. Jetzt komm mit.
An Häusern und Höfen vorbei, erreichen sie die Durchgangsstraße des Dorfes, dessen karge Erwerbsgrundlage aus Menschen- und Drogenschmuggel sich dort auf wenigen hundert Metern ballt. *Polleros*, die vor den Bars auf Motorhauben sitzen, nervös herumlungern und sich dreckige Sprüche zuwerfen. Frisch aus Altar eingetroffene Migranten. Eine soeben angekommene Gruppe klettert aus vier ramponierten Lieferwagen. Rund hundert Leute. Frauen mit kleinen Kindern, Männer mit fleckigen Zähnen und geschwärzter Haut, ver-

zagt lächelnde Alte und Teenager mit bunten Turnschuhen, in den Augen ein Versprechen, das sie niemals preisgeben werden, versiegelt im Schoß einer Mitschülerin. Für manche ist es das erste Mal, für andere nicht. Sie betreten den Kramladen des Dorfes, kaufen Blasenpflaster, Mineralstoffe, Sonnenbrillen und Strümpfe. In den Regalen findet sich alles, was man zur Wüstendurchquerung braucht, von Rucksäcken über Kappen bis zu Rosenkränzen; mehr brauchen sie nicht.

Andrea beobachtet eine Spinne, die ihr Netz in einer Fensternische baut. Er hört geschäftige Geräusche im Hof, tritt hinaus und setzt sich auf eine Bank. Im Schatten der Loggia schnitzt Lagrima an einem Holzbrett, er benutzt ein Messer mit kurzer Klinge, die er hin und wieder über einen mit Schleifpaste bestrichenen Streichriemen zieht; in einem Gürtel, der an der Mauer hängt, stecken weitere Messer.
Was schnitzt du da?
Eine Sonnenuhr.
Für wen?
Für meinen Sohn.
Du hast einen Sohn?
Ich habe gesagt, sie ist für meinen Sohn. Also habe ich einen Sohn. Hast du Kinder?
Wie heißt er?
Luis Fernando. Er ist anderthalb. Morgen mache ich mich auf den Weg zu ihm.

Wo wohnt er?
In Denver.
Wie kommst du nach Denver?
Und du, wie kommst du dahin, wo zum Henker du hinwillst?
Kommst du mit uns mit?
Nein. Du kommst mit uns mit.
Ich dachte, du lebst hier. Ich dachte, du wärst …
Ein *pollero*?
Ich dachte, du arbeitest für Don Reymundo.
Morgen ist meine letzte Reise. Danach komme ich nicht zurück.
Bist du der Führer?
Nein.
Warst du mal Führer?
Ja.
Wieso bist du morgen nicht der Führer?
Weil ich einer der *mulos* bin. Der Führer trägt keinen Rucksack, er reist leicht.
Aber du kennst den Weg.
Ich kenne meinen Weg. Jeder Führer hat seinen eigenen. Unser Führer ist León, und León hat seine Fährten.
Was für Fährten?
Glaubst du vielleicht, in der Wüste gibt es Wegweiser? Der Kaktus, der Horizont, die Hügel: in dieser Scheiße ist alles eine Fährte. Und alles leitet dich in die Irre.
Während er spricht, schnitzt Lagrima die Rosette des

Ziffernblattes fertig. Er arbeitet von außen nach innen, schält lockige, rote Späne herunter, die Verzierung in der Mitte ist fast fertig, als der Luftzug ein Fenster aufstößt und das zurückgeworfene Licht der Schnitzerei Tiefe verleiht.
Es ist ein Drache, sagt Andrea.
Mein Sohn liebt Drachen.
Weil er sie auf deinen Armen gesehen hat?
Mein Sohn hat meine Arme nie gesehen.
Du hast deinen Sohn nie gesehen?
Nein, sagt Lagrima. Ich habe meinen Sohn nie gesehen, aber ich habe die Frau gesehen, die ihn zur Welt gebracht hat, und die Frau, die ihn zur Welt gebracht hat, ist das Licht der Welt, und dieses Licht wartet in Denver auf mich. Und jetzt, *pinche guero*, wenn du mir jetzt noch eine Frage stellst, ramme ich dir dieses Messer in die Kehle und imprägniere das Holz mit deinem Blut.

In der zweiten Nacht hat Andrea abermals Mühe, Schlaf zu finden, er ist ruhelos. Er hat Durst, geht häufig aufs Klo. Auf dem Rückweg wirft er einen Blick durch die Hoftür und sieht Lagrima im Licht einer Lampe knien und mit einem Schwamm Beize auf die Sonnenuhr auftragen; er summt ein Schlaflied vor sich hin und wiegt sich sacht, wie Kinder, die sich in einem Traum verlieren.

Der nächste Tag kriecht zwischen dem Surren der Fliegen und dem Aufprall eines Balles dahin, den eine Horde kleiner Jungs hinter Don Reymundos Anwesen gegen eine Hauswand kickt. Andrea verbringt die Zeit damit, durch das Klofenster zu einem jungen Mädchen hinüberzuspähen, das vor der Loggia, die das niedrige Wohnhaus in ihrem Rücken von der Straße trennt, auf einem Geländer hockt: Sie trägt ein schwarzes Sweatshirt mit weißem Aufdruck, schwarze Hosen und schwarze Schuhe mit gelben Schnürsenkeln; sie hat schmale, mandelförmige Augen, knabbert an den Fingernägeln und spielt mit den zahlreichen Metallringen an ihren Fingern. Hin und wieder hält ein Auto oder ein Motorrad an, der Fahrer verschwindet in der Tür, ohne das Mädchen eines Blickes zu würdigen – sie steht auf und folgt ihm. Fünfzehn Minuten später kommen beide wieder heraus: erst er, dann sie. Der Mann fährt davon. Das Mädchen setzt sich wieder auf das Geländer – schließt die Augen, hält die Nase ostwärts in den Wind. Hinter der Ecke taucht ein Kind auf einem Fahrrad auf: Es ist das Kind, das er am ersten Tag gesehen hat, das mit dem roten T-Shirt und dem Kratzer auf dem Knie. Vor dem Mädchen hält es an, sagt etwas zu ihr, lacht, es hat strahlend weiße Zähne; es holt ein Päckchen Bonbons aus der Tasche, und das Mädchen nimmt sich eines.

Als Andrea in der dritten Nacht auf seiner Pritsche liegt, fliegt die Tür auf und eine ihm unbekannte Stimme sagt: *Levántate! Ya es hora de irnos.* Er setzt sich auf, streift das zweite paar Strümpfe über und bindet sich die Schuhe zu; er bemerkt, dass seine Hände zittern. Er tritt in den Hof hinaus. Vor der Loggia parkt ein Pick-up, Hunde bellen. Auf dem Boden stapeln sich zehn verschlissene, sonnengebleichte Militärrucksäcke, die großen zu fünfundsiebzig Liter. León, der Typ, der Don Reymundo vor zwei Tagen immer wieder Feuer für die Pfeife anbot, sagt, er solle sich einen nehmen und auf den Pick-up laden. Lagrima bindet die Sonnenuhr an seinem Rucksack fest. Manche schieben Energieriegel und Dörrpflaumen in die Seitentaschen.

Andrea hebt den Rucksack, setzt ihn auf; justiert die Schulterriemen. Plötzlich steht León neben ihm. Nimm, sagt er. In seiner Hand liegen himmelblaue Pillen.

Was ist das?

Die helfen dir beim Laufen.

Ja, aber was ist das?

Ephedrin.

Was ist Ephedrin?

Wir verschieben die Chemiestunde aufs nächste Mal, okay?

Andrea schiebt sich eine unter die Zunge.

Alle, sagt León.

Andrea greift sich einen Wasserkanister vom Boden, nimmt die Tabletten und schluckt sie hinunter.

León fingert die nächsten sechs aus einer Papiertüte und geht zu einem großen, dürren Jungen in einem weißen T-Shirt, auf das mit Filzstift die US-Flagge gemalt ist: Er schluckt die Pillen ohne einen Mucks.
Was war das?
Lagrima wuchtet den Rucksack auf den Pick-up und gibt dabei auf die Sonnenuhr acht. Fatburner, *guero.* Schlankheitspillen. Billig und leicht zu finden. Die Menge macht's. Bald wirst du dich fühlen wie unter Strom.
Alle zusammen steigen sie auf die Pritsche, den Rucksack zwischen den Knien. Ein leichtes Kribbeln beginnt sich im Körper auszubreiten, die Finger werden zappelig, der Hals juckt; das Herz pumpt Blut in die Muskeln und entzieht es der Haut, Puls und Blutdruck steigen. Andrea fühlt sich aggressiver, wacher; beim Aufstehen hatte er Hunger, jetzt hat er keinen mehr. Sie verlassen den Hof. Don Reymundo winkt ihnen zu, als brächen sie zu einem Ausflug auf. Hoch am Himmel schwebt ein messerscharfer Sichelmond. Dieser Abend wurde bewusst gewählt, er hat das richtige Licht, um Körper in Schatten zu verwandeln.

Die Mauer besteht aus drei Meter hohen, vorgefertigten Gitterelementen mit einem Fundament aus Beton, um zu verhindern, dass die Leute sich unter dem Zaun hindurchbuddeln. Der Pick-up fährt haarscharf heran und schaltet den Motor ab. León rührt sich als Erster.

Von der Pritsche kraxelt er auf das Dach der Fahrerkabine und hängt sich mit den Händen an die Oberkante des Metallgitters. Winselnd zieht er sich mit den Armen hoch, hievt sich bäuchlings darauf, schwingt ein Bein hinüber. Einen Moment lang hockt er rittlings auf dem Zaun. Dann hebt er das andere Bein nach, hält sich kurz fest, um den Landepunkt anzuvisieren, lässt sich fallen, krümmt die Beine erst bei Bodenberührung, und rollt zur Seite, um den Aufprall abzufedern, den Kopf schützend zwischen den Armen vergraben. Er rappelt sich hoch, mahnt zur Vorsicht: Er habe Männer gesehen, die sich beim Sprung vom Zaun den Knöchel gebrochen und ihre Reise damit beendet hätten.
Einer nach dem anderen hechten sie auf die Fahrerkabine, werfen den Rucksack auf die andere Seite. Andrea ist der Letzte. Das Ephedrin hat ihm eine giftige Erregung eingeträufelt, die Reaktionen sind schneller als die Gedanken. Als er jenseits des Zauns wieder auf den Füßen ist, den Rucksack auf dem Rücken, glaubt er noch, auf dem Pick-up zu stehen. Die Erde bebt. Er heftet den Blick drei Handbreit vor sich auf Lagrimas Schuhe, auf die baumelnde Sonnenuhr. Er ist auf amerikanischem Boden. Er ist in Amerika. Sie sind alle in Amerika. Für drei oder vier von ihnen ist es das erste Mal. Für die anderen ist es eine Rückkehr nach der Abschiebung. Es sind allesamt junge Kerle, um die zwanzig vielleicht, und manch bartlosem Gesicht nach zu urteilen, womöglich nicht einmal das. Auf dem Pick-up

haben sie nicht gesagt, wie sie heißen, sich nicht vorgestellt, einander kaum angesehen: Körper, Blut und Muskeln sind hier, doch die Augen sind bereits in Arkansas oder in Nebraska, und das Herz, das Herz ist sonst wo.

Vor ihnen liegen fünfzehn Meilen, die es in möglichst kurzer Zeit zurückzulegen gilt, und möglichst kurze Zeit bedeutet, nicht länger als acht, neun Stunden, zumal sie nachts schneller vorankommen, denn steht erst einmal die Sonne am Himmel, wird sich die Hitze wie eine Decke über sie legen, und sie werden sich fühlen, als hätten sie einen Vulkan im Schädel und Termiten in den Adern.

Sie bewegen sich durch eine unveränderliche Landschaft: Sträucher, Felsen, Akazienstämme, Saguaro-Kakteen, die aussehen wie schlaksige Menschen, die Arme zum Himmel erhoben. Andrea ist es ein Rätsel, woran sich León orientiert – an den Sternen, denkt er; er hebt den Blick und hört den Schrei der Sterne. Niemand spricht.

Zwei Stunden später eine Pause. Andrea kauert sich auf die Erde. Wie viel hat die Mauer gekostet?, fragt er.

Lagrima schlingt eine Handvoll Dörrobst hinunter.

Der *border fence*. Wie viel hat der gekostet?

Was juckt's dich?

Der muss einen Haufen Geld gekostet haben. Die ha-

ben einen Haufen Geld ausgegeben, um eine Grenzanlage zu errichten, über die man vom Dach eines Pickups rüberspringen kann.
Na und?
Ich dachte nur …
Er denkt schweigend.
Ja.
Und setz dich auf den Rucksack, nicht auf den Boden. Nachts kommen die Tiere raus. Viecher, die kriechen und sich unter die Haut bohren oder von denen du Ausschlag bekommst, wenn du sie berührst.
Andrea springt auf, klopft sich die Hosen ab.
León macht ein Zeichen zum Aufbruch.

Das Geräusch der Schritte passt sich dem Atem an. Andrea muss wieder an *Der Mann, der Liberty Valance erschoss* denken, er hört Andy Devines Stimme, die sagt: Nur das Land draußen ist immer das gleiche. Vera Miles, die fragt: Steht nicht die Kaktusrose jetzt in Blüte? Andy Devine, der die Kutschpferde mit den Zügeln antreibt. Andrea hört das Getrappel von Pferden. Er dreht sich um, sucht sie, findet sie nicht.
Hast du das auch gehört?, fragt er.
…
Lagrima. Hast du das auch gehört?
Was?
Dann explodieren Stimmen. Zwei Stimmen gleichzeitig. Und Licht. Blendende Scheinwerfer.

Die Wolframglühfäden der Halogenscheinwerfer werfen ein gleißendes Lichtbündel über den steinigen Boden und malen Arabesken in den Staub. Gefangen in Spinnweben aus Licht, bedecken sie sich schützend die Augen. Auf einmal fühlen sie sich nackt – blind und nackt, als hätte das Licht ihnen die Kleider vom Leib gerissen.
Rührt euch nicht von der Stelle, sagt eine Männerstimme.
Keinen Schritt, sagt eine Frauenstimme.
Beide klingen frisch und hell, doch in der des jungen Mannes schwingt Anspannung mit.
Sind wir verhaftet?, fragt León.
Das werdet ihr bald sein, sagt der Junge. Sie werden … bald hier sein. Also, jeden Moment. Baut ja keinen Mist. Haben wir uns verstanden?
Wie wäre es damit, antwortet León und schirmt sich mit den Händen die Augen ab. Während ihr auf die *Migra* wartet, machen wir uns vom Acker, was meint ihr?
Das würde ich an eurer Stelle bleiben lassen, sagt die junge Frau.
Wieso?
Wenn ihr geht, sind wir gezwungen zu schießen.
Seid ihr bewaffnet?
Ja klar, sagt der Junge. Sicher. Zwingt uns nicht zu schießen, habt ihr verstanden?
Und wer sagt uns, dass ihr Waffen habt? Kleine Kinder

laufen nicht mit Waffen durch die Gegend, zumindest nicht da, wo ich herkomme. Von wegen. León dreht sich zur Gruppe um. Kommt, wir gehen und verplempern unsere Zeit nicht mit diesen …
Hey! Das Mädchen tritt aus dem Schatten ins Halogenscheinwerferlicht. Sie ist nicht älter als achtzehn, blonder Zopf, breitkrempiger Hut und in der Hand ein auf León gerichtetes Gewehr. Wie nennst du das hier? Irre ich mich, oder ist das ein Gewehr, Mr Schlauberger? Was sagst du jetzt?
Chris, komm wieder her. Komm zurück, flüstert der Junge.
Und?, sagt Chris.
León krempelt sich die Hemdsärmel bis zum Ellenbogen auf. Dass du ein Gewehr hast, heißt noch lange nicht, dass du damit umgehen kannst, *niña.*
Meinst du?
Was willst du tun, wenn wir gehen?
Das, was unsere Regierung nicht tut.
Chris. Verdammte … verdammte Scheiße, Chris. Ich habe gesagt, du sollst wieder herkommen, sagt der Junge.
Weißt du, was ich glaube, *niña*? Dass du ein Gewehr hast, das du niemals benutzen wirst, und dass dein kleiner Freund dahinten nicht einmal das hat. Und wenn ich genau darüber nachdenke, ist es womöglich gar nicht geladen.
Lagrima nimmt den Rucksack ab, wirft ihn zu Boden und setzt sich darauf.

Was tust du da?, fragt Chris. Steh sofort auf.
Aufstehen?, grunzt Lagrima. Ich bin müde. Wenn wir schon in dieser Scheiße hocken müssen, will ich wenigstens sitzen, in Ordnung? Dieses Ding ist mordsmäßig schwer.
Nein. Die *niña* hat recht, sagt León. Steh auf, wir gehen.
Chris richtet das Gewehr in die Dunkelheit und feuert einen Schuss ab, der trocken durch Wüste hallt wie das Bersten eines Baumstammes. Sie will etwas sagen, etwas wie: Na bitte, da hast du's. Doch in dem Augenblick – in genau diesem Augenblick – bückt sich Lagrima, hebt einen Stein von der Größe einer Orange auf, macht eine seitlich ausholende Armbewegung, als wollte er ein Frisbee werfen, und schleudert ihn auf das Mädchen; der Stein saust durchs Lichtgespinst und trifft ihr Gesicht; Haut platzt, Blut schießt aus der Nase, und sie bricht zusammen.
León rennt weg und die Gruppe hinterher, sofern man mit dreißig Kilo auf dem Buckel rennen kann, und auch Andrea will gerade losspurten, da sieht er aus dem Augenwinkel, wie Lagrima sich dem Gewehr nähert. Er hebt es auf, dreht sich um und will sich gerade seinen Rucksack schnappen, als der Junge mit einem gellenden Schrei aus dem Dunkel hervorschießt und sich von hinten auf ihn stürzt. Lagrima schnellt zur Seite, packt ihn mit der freien Hand beim Handgelenk und verdreht ihm den Arm, doch als er das Gleichgewicht verliert, zieht der Junge ein Messer aus dem Gürtel

und rammt es ihm in den Schenkel. Brüllend reißt Lagrima das verletzte Bein hoch. Der Junge stürzt zu Boden. Mit der Kraft des durch den Schmerz freigesetzten Adrenalins lässt Lagrima sein verletztes Bein auf den Unterarm des Jungen niedersausen; der Knochen bricht mit einem Geräusch, das Andrea nie mehr vergessen wird. Er lädt das Gewehr durch und richtet es auf den Jungen, den Finger am Abzug.
Warte, schreit Andrea.
Der Junge krümmt sich um seinen gebrochenen Arm zusammen, er weint.
Jetzt bringe ich diesen Dreckskerl um. Ich bringe ihn um, ich mache ihn kalt. Lagrima inspiziert seinen blutenden Oberschenkel. Scheiße!, brüllt er. Scheiße Scheiße Scheiße!
Lagrima, sagt Andrea, Lagrima, schau mich an. Wir müssen die anderen einholen, wir müssen weg.
Lagrima zuckt jäh zusammen, schreit und knirscht mit den Zähnen, seine Augen glänzen.
Wir müssen abhauen. Denk an deinen Sohn.
Was zum Scheiß hat mein Sohn damit zu tun?
Rette dein Leben.
Ich rette mich, wenn ich den hier erschossen habe.
Das Geräusch eines Autos, Scheinwerfer in der Ferne.
Die Polizei kommt. Andrea legt eine Hand auf das Gewehr.
Lagrima reißt die Augen auf. Nimm die Pfoten weg.
Lass uns gehen, sagt er kaum hörbar. Ich bitte dich.

Lagrimas Gesicht ist Wut und Schmerz, sein Atem geht verbissen; dann, während der Junge noch immer wimmernd nach Chris ruft, dreht er sich langsam um. Auf das Gewehr gestützt, humpelt er zum Rucksack. Andrea hilft ihm beim Aufsetzen, doch schon beim ersten Schritt schreit er auf.
Das schaffst du nicht. Lass ihn hier.
Das kann ich nicht.
Lass ihn hier. Du kannst ihn nicht tragen.
Bist du irre?
Wenn du ihn nicht hierlässt, sind wir in zwei Minuten in Handschellen.
Der Rucksack plumpst zu Boden. Das Wasser, sagt Lagrima, nimm das Wasser.
Andrea zieht die Flasche aus dem Netz.
Und die Sonnenuhr. Mach die Sonnenuhr los.
Die ist festgebunden, sagt Andrea.
Binde den Knoten auf.
Ich schaffe es nicht.
Das Geräusch des Ford Explorer der Grenzpolizei wird immer lauter.
Schneide sie ab, sagt Lagrima. Schneide die Schur durch.
Andrea hat nichts zum Schneiden, er blickt sich um. Das Messer des Jungen funkelt am Boden. Er hebt es auf, legt eine Schlaufe, schiebt das Messer hindurch, und die Schnur gibt nach. Lagrima drückt sich die Sonnenuhr an die Brust. Andrea stützt ihn. Stolpernd hasten sie ins Dunkel davon. Nach ein paar Minuten bre-

chen sie keuchend hinter einem Abhang zusammen. Lagrima zieht sein T-Shirt aus und gibt es Andrea, der es zerreißt und das Bein damit abbindet, um die Blutung zu stoppen.
Wo sind die anderen?, fragt Lagrima und versucht, sich das Keuchen zu verbeißen. In welche Richtung sind sie verschwunden? Hast du gesehen, in welche Richtung sie verschwunden sind?
Nein.
Lagrima blickt sich um. Hilf mir hoch. Er wendet den Kopf nach rechts und links, Wolfsaugen – er blickt zum Himmel. Dann: Da lang, sagt er. Er schiebt seinen Arm zwischen Andreas Hals und den Rucksack, und zusammen staksen sie einen sandigen Hang hinab, beleuchtet von einem freundlichen Mond, der nichts als Märchen erzählen kann.

Über der Wüste graut der Tag, und mit den ersten Sonnenstrahlen sättigt Hitze die Luft. Es raschelt zwischen den Felsen. Der Kaktuszaunkönig macht Jagd auf Insekten, die die nächtliche Feuchtigkeit hervorgelockt hat und die ihm die Käuzchen nun nicht mehr streitig machen.
Sie kommen mit quälender Langsamkeit voran. Lagrima ist am Ende seiner Kräfte. Andrea bietet ihm Bonbons an, redet, um ihn auf andere Gedanken zu bringen, ihn von dem Schmerz abzulenken, der ihn bei jedem Schritt durchfährt. Mit lädierten Worten schildern

sie einander ihr Leben. Lagrima erzählt von der Mara Salvatrucha, der kriminellen Organisation, aus der er es herausgeschafft hat, von den Tattoos, die sich heutzutage von der Haut entfernen, aber nicht aus der Erinnerung tilgen lassen; von den Toten. Wie viele?, fragt Andrea. Zähl die Tränen, lautet die Antwort. Sie sprechen über ihre Träume, vom sich Verlieren und sich Wiederfinden, vom sich Wiederfinden als Folge des Verlorengehens, davon, wie man plötzlich feststellt, dass man anders ist, als man immer glaubte, anders, als man sich in den Augen der Menschen sah, die einem wichtig waren.

Wie zum Henker bist du eigentlich in der Wüste gelandet?, fragt Lagrima.

Wegen einer Umarmung, antwortet Andrea.

Dann bröckeln die Worte – erst im Kopf, dann auf den rissigen Lippen. Die Hitze lässt die Zehen anschwellen und macht die Gedanken wirr, die wie Papierblumen Feuer fangen. So geht es los. Mit den allgemeinen Beschwerden. Der Durst ist unerbittlich, und obwohl Andrea und Lagrima alles tun, um das Wasser zu rationieren, ist, ehe sie es sich versehen, keines mehr da: Sie heben die Flasche hoch, und sie ist leer. Der Schweiß rinnt ihnen aus den Achseln und von den Leisten, von der Stirn und vom Hals. Der Körper nimmt alles Wasser auf, das er kriegen kann, und gibt es wieder ab, um die Haut zu kühlen. Die Wüste liegt ihnen im Magen und hängt in ihren Lungen, weil sie sie hinunterge-

schluckt und eingeatmet haben. Der Mund ist weit aufgerissen, doch je mehr Luft in die Kehle dringt, desto mehr verdorrt das Fleisch. Die Zunge ist ein Blutegel. Die Krämpfe beginnen. Die Salze sind aufgebraucht, und ohne Salze versagen die Muskeln. Es ist zehn Uhr morgens. Bis neun Uhr sollten sie am Treffpunkt sein. Wo wohl die anderen sind? Ob sie nach ihnen suchen? Sie halten an, um unter einem Felsvorsprung zu verschnaufen, der dreißig Zentimeter Schatten spendet – sofort stellt sich Erleichterung ein, doch Lagrima scheint kurz davor, das Bewusstsein zu verlieren. Andrea legt ihm eine Hand auf die Stirn: seine Haut ist eiskalt. Vielleicht sollten sie ein bisschen schlafen. Oder ohnmächtig werden. Er weiß, mit einer Ohnmacht will der Körper einen retten: Schalt die Maschinen ab, heißt das, schalt sie sofort ab, sonst geht hier alles in die Luft!
Hoffen wir, dass er uns nicht findet, sagt Lagrima.
Wer?
Der *chupacabra.*
…
Das blutsaugende Ungeheuer.
Das was?
Es greift Tiere an. Es springt … springt in die Kinderzimmer. Während sie schlafen. Um sie zu verschlingen.
Der *chupacabra?*
Lagrima nickt.
Also, ich glaube nicht, dass sich der *chupacabra* um diese Uhrzeit blicken lässt.

Der *chupacabra* lässt sich blicken … wenn du am wenigsten damit rechnest.
Wir haben ein Gewehr, sagt er lächelnd. Sind da noch Patronen drin?
Weiß nicht.
Andrea schnappt sich das Gewehr. Wo muss ich nachsehen?
Lagrima nimmt es und öffnet es mühelos. Ein einziger Schuss, sagt er.
Das wird reichen, sagt Andrea. Für den *chupacabra* reicht das, da bin ich sicher.
Lagrima legt das Gewehr neben sein Bein, schließt die Augen. War richtig von dir.
Was denn?
Ihn zu retten. Den Jungen.
Den Jungen. Ja. Aber werde jetzt bloß nicht gefühlig, sagt Andrea.
Lagrima hebt eine Hand, als trüge sie das Gewicht der Welt. Er legt die Finger ans Gesicht und tut so, als würde er sich mit dem Daumen die tätowierten Tränen fortwischen.
Beide müssen lachen, ein schmerzhaftes Lachen, das sich wie Stecknadeln in die Knochen bohrt.

Er weiß nicht, woher es gekommen ist, doch irgendwann ist es da: Das Kind auf dem Fahrrad, mit dem roten T-Shirt und dem Kratzer auf dem Knie. Er sieht es vorbeifahren und ihm zulächeln, dann verschwindet es zwischen den Felsen und lässt eine Spur aus Staub und Fröhlichkeit zurück. Andrea denkt, dass es ihm als Kind auch Spaß gemacht hätte, einen solchen Ort mit dem Fahrrad zu erkunden, und dabei fallen ihm die Spielkarten ein, die er und seine Freunde sich mit Wäscheklammern in die Speichen klemmten und die beim Fahren knatterten, wenn man in die Pedalen mit den seitlichen Katzenaugen trat; und wie er zwischen den Ölflecken auf dem Asphalt Slalom fuhr, zwischen den Kassenbons, die aus den Einkaufstüten geflattert waren, oder zwischen Slalomstangen, die nur in seiner Vorstellung existierten und ihm das Gefühl gaben, ein echter Fahrradchampion zu sein; bis zu dem Tag, als sein bester Freund, der stehen geblieben war und ihm zusah, wie er in seiltänzerischem Zickzack durch seinen Fantasieparcours wedelte, am Ende seines Kunststückes sagte: Bist du blöd? Er konnte die Stangen nicht sehen, und tatsächlich war er nicht lange sein bester Freund gewesen. Jedenfalls hatte er an dem Tag aufgehört, Zickzack zu fahren.

Als sie die Schreie hören, ist es wie ein Traum. Beide sind eingenickt.
Hörst du das auch?, fragt Lagrima und rüttelt ihn.
Wo ist es?
Wer?
Das Kind.
Welches Kind? Das ist eine Frau.

Andrea reibt sich die Benommenheit aus dem Gesicht. Er wendet den Kopf und spitzt die Ohren. Ja, sagt er. Ich höre sie.
Hilf mir.
Wie Regenwürmer kriechen sie aus dem Schattenstreifen. Folgen dem Klang der Stimme – der Stimmen, es sind mehrere –, die, je näher sie kommen, in Gelächter und Wimmern, Fluchen und Winseln zerfallen. Sie lassen den Rucksack hinter einem Felsen. Klettern hinauf und spähen bäuchlings hinüber, Staub in Staub. Kaum hat Andrea die Szene erfasst, scheint eine unsichtbare Hand seinen Schädel zu packen und mit Gewalt auf den Felsgrund zu schmettern. Unter ihnen, in einer von zwei Vorsprüngen aus grauem, blähigem Mondgestein gebildeten Senke, vergewaltigt ein Mann ein Mädchen, während ein zweiter eine Gruppe Migranten mit einer Pistole in Schach hält – auf Knien, die Hände im Schoß, die Köpfe gesenkt.
Andrea reißt den Blick los, den Schädel voller spitzer Steine, lässt ihn vorsichtig zurückwandern, bei einer Wasserlache verharren, die aus einer Felsspalte sickert und sich in einer Mulde sammelt. Erst da bemerkt er die weißen Muster auf dem schwarzen Sweatshirt des Mädchens, die auf die Fußknöchel gerutschten schwarzen Hosen, die schimmernde Haut ihrer Beine, die gelben Schnürsenkel ihrer Schuhe, die vielen Ringe an den Fingern, die sich vergeblich in die Erde krallen.
Hijos de puta, zischt Lagrima.

Ich kenne sie, flüstert Andrea. Das Mädchen. Sie war in Sásabe, gestern. Sie war …

Sie war vor Rosarios Haus. Sie hat die Reise mit ihrem Körper bezahlt.

…

Diese beiden hatten sich ihren Anteil noch nicht geholt. Oder sie wollten noch mehr.

Was machen wir?

Nichts, sagt Lagrima.

Wie, nichts? Wir können doch nicht …

Ich kann mich kaum auf den Beinen halten. Im Gewehr ist nur noch ein Schuss. Wie stellst du dir das vor?

…

Lagrima beginnt, davonzukriechen. Auf Unterarmen und Ellenbogen robbt er rückwärts, das Gewicht auf dem linken Bein, das rechte gestreckt und angehoben.

Du kannst doch nicht …

Ich kann, ich tu's. Und du kommst mit, *entendido*?

Lagrima …

Folg mir, habe ich gesagt.

Unglaublich, wie schnell der Verstand arbeitet. Die Gedanken bringen Bilder hervor, die sich übereinanderschieben, einander verdrängen oder sich zu Tausenden zusammenballen, in einer Spanne, die sich in geologischen Zeitaltern bemessen lässt, obwohl auf der Erde nur wenige Sekunden vergangen sind. Und währenddessen zucken zwei oder drei Fragen – Andrea wüsste nicht zu sagen, welche, denn die Antwort ist so

dringend, dass von ihnen nach wenigen Augenblicken nur Ascheflocken bleiben – in Lichtgeschwindigkeit durch die Synapsenstränge und zeigen Möglichkeiten auf. Ich könnte gehen, denkt er. Oder ich könnte etwas tun. Ich könnte mein Leben verlieren. Oder ich könnte eines retten. Und in dieser funkenschlagenden Zeitspanne wägt er die Folgen beider Handlungen ab und wählt nicht die, die er für richtig hält: sondern die, die ihn, ganz gleich, was geschieht, weniger leiden lässt.
Mit einer ungekannten Präzision, als würde nicht er, sondern eine perfekte Vorstellung seiner selbst sich bewegen, packt er das Gewehr, das Lagrima im Staub davonschleift, beim Lauf. Lagrima ist zu überrascht, um Widerstand zu leisten: Gerade hatte er es noch, und schon ist es in Andreas Händen, und kaum hat er das Gewehr in Andreas Händen wahrgenommen, sieht Lagrima, wie Andrea vom Boden aufsteht, zwei Schritte nach vorn an die Felskante macht, sich breitbeinig hinstellt, um festen Halt zu haben, das Gewehr auf den Mann mit der Pistole richtet und den Blick zwischen ihm und dem rammelnden Kerl zwischen den Beinen des Mädchens hin und her irren lässt.
Wirf die Pistole weg, ruft er schrill. Und du … geh weg von ihr.
Alle drehen sich um, *polleros* und Migranten. Der mit der Pistole breitet die Arme aus, ohne die Pistole fallen zu lassen. Und du, sagt er, wo kommst du auf einmal her?

Wirf die Pistole weg, habe ich gesagt. Hierher. In meine Richtung.
Wer zum Henker bist du? Du siehst nicht aus wie ein *minuteman.* Und auch nicht wie einer von der *Migra.*
Der andere Mann richtet sich auf und zieht sich die Hosen hoch. Das Mädchen krabbelt davon, zur Wasserpfütze.
Ich will eure Hände sehen, schreit er, Panik in der Stimme. Deine auch.
Ich muss mir den Gürtel zubinden.
Ja … Oder, nein. Hände hoch. Und du, lass die Pistole fallen, oder ich schwöre dir, ich erschieße dich.
Du schwörst, du erschießt mich?
Ich glaube nicht, dass der das macht, sagt der andere und zieht die Nase hoch.
Jedenfalls glaube ich nicht, dass er mich treffen würde.
Stellt … stellt mich nicht auf die Probe, sagt Andrea. Kann sein, dass ich danebenschieße, aber es kann auch sein, also, schon möglich, dass die Kugel, dass die sich geradewegs in deinen Magen bohrt, ja genau, dich meine ich, durch die Leber oder die Brust oder in die Lunge oder ins Herz oder ins Gesicht, wir können es ja mal ausprobieren, was meint ihr? Wollen wir? Ihr solltet lieber nicht daran zweifeln, dass ich bereit bin zu schießen, aber klar, ich könnte dich verfehlen, ich könnte dich verfehlen, aber ich könnte auch treffen, was meinst du? Und in wenigen Sekunden könntest du am Leben und ich tot sein, aber es könnte auch sein, dass ich am

Leben bin und du tot bist, oder schlimmer als tot, schwer verletzt, für den Rest deines Lebens verstümmelt, die Kugel könnte die lebenswichtigen Organe verschonen, aber die Wirbelsäule zertrümmern, und du könntest deine restlichen Jahre im Rollstuhl verbringen, von der Hüfte abwärts gelähmt, oder im Bett, vollständig bewegungsunfähig, es gibt unendliche Möglichkeiten, oder nicht unendliche, aber zahlreiche, es gibt zahlreiche Möglichkeiten, wollen wir es drauf ankommen lassen? Was meint ihr? Seid ihr bereit? Wollen wir sehen, wer das große Los zieht? Denn ich weise außerdem darauf hin, dass ich derjenige bin, der den Finger am Abzug hat, und die erste Kugel, die losginge, und sei es nur als Reaktion auf eine verdächtige Bewegung, wäre meine. Also?

Die Worte waren hervorgebrochen wie ein Zug, der in eine Kurve rast und mit kreischenden Bremsen, funkenschlagendem Metall und berstenden Fenstern Waggon für Waggon gegen einen Bahndamm kracht. Er spürt seine Knie weich werden – das Bewusstsein des Gewehrs in seiner Hand, des Abzugs unter der Fingerkuppe.

Weißt du was?, sagt der Mann mit dem losen Gürtel zu seinem Kumpel. Ich fürchte, wenn wir nicht tun, was er sagt, bringt der uns noch mit Worten um. So sieht's aus. Wenn ich du wäre, Pablo, würde ich die Pistole wegwerfen.

Wohin genau, Rodrigo?

Lass sie fallen und fertig. Tritt sie weg.

Ich glaube, er hat mich aufgefordert, sie zu ihm zu werfen.
Na, dann wirf sie zu ihm.
Was soll ich machen?, fragt er, an Andrea gewandt. Soll ich mich bücken und sie über den Boden zu dir schlittern lassen oder soll ich sie dir zuschmeißen wie beim Hufeisenwerfen? Na, was meinst du? Was ist besser?
Wirf sie … wirf sie und fertig, sagt Andrea, die Stimme ein Strohhalm.
Ohne Andrea aus dem Blick zu lassen, greift der Mann die Pistole mit blitzschnellen Fingern beim Lauf und lässt sie mit einem Dreh des Handgelenks, als wollte er eine Spielkarte austeilen, flach durch die ungerührte Morgenluft fliegen; die Pistole prallt vom Boden ab und bleibt quer zwischen zwei Steinen liegen.
Was machen wir jetzt?, fragt der Mann mit dem losen Gürtel.
Jetzt verschwindet ihr.
Wohin?
Was soll ich antworten, überlegt Andrea, was soll ich antworten? Das ist nicht mein Problem, sagt er.
Soll das heißen, dass du diese Leute zum Treffpunkt führst?
Diese Leute?
Ich meine, du weißt doch, wie man aus dieser Wüste rauskommt, *guero*, richtig? Du bist ein Freiwilliger von No More Deaths, richtig? Oder so was in der Art.
Wer … wer ich bin, geht euch nichts an, sagt Andrea.

Zwei riesige Pranken quetschen seine Lungen zusammen. Er würde sich gern umdrehen, sich vergewissern, dass Lagrima hinter ihm ist, doch er wagt es nicht, den Blick abzuwenden.
Weißt du, was ich denke, Rodrigo? Der da hat nicht den blassesten Schimmer, wie man aus der Wüste rauskommt, sagt der Mann, der die Pistole geworfen hat.
Das glaube ich auch, Pablo.
Was meint ihr?, sagt der Mann, der die Pistole geworfen hat, zu den Alten, Jungen und Frauen hinter ihm, die Augen unvermindert in Andreas gebohrt. Soll ich euch diesem Typen überlassen? Und du, was machst du dann? Du hast keine Ahnung, wo wir sie hinbringen, und du hast keine Ahnung, wie man aus dieser Scheiße rausfindet, stimmt's? Ich glaube nicht, dass es klug wäre, eurem Superhelden hier zu folgen. Was meint ihr? Das glaube ich wirklich nicht.
Eine Frau mit Strohhut, die eine alte Dame an der Hand hält, flüstert dem Mann an ihrer Seite etwas ins Ohr. Wie das Summen eines Bienenstocks entbrennt ein von Kopfnicken begleitetes Getuschel, das ebenso plötzlich wieder verstummt. Den Blick auf eine im Staub herumrudernde Spinne geheftet, bittet die Frau mit dem Strohhut im Namen aller, den Weg fortzusetzen und zum Treffpunkt zu wandern. Die beiden Männer feixen, recken Schultern und Brust.
Was soll ich tun, denkt Andrea, was soll ich tun? Und du?, sagt er.

Das Mädchen antwortet nicht.
Dich meine ich, sagt Andrea. Willst du auch mit ihnen mit?
Wie auf einen fernen Pfiff hebt das Mädchen den Kopf. Die Sonne scheint ihr in die Augen und wird von ihnen verschluckt, sie sind schwarze Löcher, die allen Schmerz der Welt bergen.
Die kannst du ruhig behalten, sagt der Mann mit dem losen Gürtel. Die ist gut, weißt du? Und du hast sie dir verdient. Oh ja. Hab ich recht? Er lacht, und es ist, als würde ein schlammverdreckter Hund sich schütteln und Jauche nach allen Seiten verspritzen. Ich rate dir, sie von hinten zu nehmen, schiebt er nach und bewegt das Becken. Und lacht wieder. Jetzt verwandelt sich auch das verhaltene Feixen seines Kumpels in fauliges Gelächter. Es ist laut. Sie lachen laut. Und ihr doppeltes Gelächter bohrt sich in Andreas Ohren, trifft mit gellendem Schmerz auf den Hörnerv und löst eine körperliche Kettenreaktion aus, eine Eruption, sodass er gar nicht richtig mitbekommt, wie energisch er auf den Abzug des Gewehrs drückt.
Der Rückstoß kommt völlig überraschend.
Vom Krachen des Schusses nimmt er nur das Grundrauschen wahr.
Der lose Gürtel peitscht durch die Luft. Der Mann fliegt zu Boden. Aus dem aufgerissenen Mund seines Kumpels dringen kehlige Laute. Der Mann wälzt sich, stöhnt, umklammert seine Schulter – Blut breitet sich

unter ihm aus, gelenkt von unsichtbaren Unebenheiten des Bodens. Die Migranten rennen stolpernd davon und kauern sich hinter die Felsen; manche drängen sich schutzsuchend zusammen; eine Frau weint.
Sag ihm, er soll verschwinden, sagt eine Stimme.
...
Sag ihm, er soll verschwinden, wiederholt sie.
Lagrima, flüstert Andrea.
Sag ihm, er soll abhauen.
Er ist verletzt. Wir müssen ...
Sag ihm, sie sollen ihn wegschaffen.
...
Sag es ihm.
Geht weg, brüllt er fast heulend.
Du hast auf ihn geschossen, sagt der *pollero* und rauft sich die Haare. *Hijo de puta,* Dreckskerl, du hast auf ihn geschossen.
Weg, geh weg, wiederholt er. *Bitte*, würde er am liebsten sagen. Es liegt ihm auf der Zunge – *bitte bitte bitte bitte hau ab* – und er kämpft, um es zurückzuhalten; presst sich die Hand auf den Mund. Weg, geh weg, schreit er zwischen den Fingern hindurch. Weg. Und nimm diese Leute mit. Und ihn auch, er zeigt auf den winselnden Mann am Boden. Bring sie alle weg. *Bitte bitte bitte bitte*
Außer das Mädchen, raunt Lagrima.
Das Mädchen nicht, brüllt Andrea. Du ... du nicht.

Und so geschieht es.

Das ist *agua sucia*, sagt Lagrima, als Andrea auf die Wasserlache zugeht, um sich das Gesicht zu waschen. Trink es nicht.

Er trinkt es nicht, taucht nur die Hände hinein und lässt sie darin. Er starrt auf den Fleck, den das Blut des Mannes hinterlassen hat. Er kann nicht aufhören zu zittern. Das Mädchen hat gesagt, sie heißt Celia, sie ist zweiundzwanzig Jahre alt und aus Cuautepec; sie ist auf dem Weg nach Florida, um Orangen zu ernten. Lagrima sagt ihr, sie solle das Sweatshirt ausziehen: Schwarz zieht die Hitze an. Sie tut so, als hätte sie nichts gehört. Nimm wenigstens die Kapuze ab, sagt er. Doch als er die Hand ausstreckt, um sie herunterzuziehen, schreckt sie panisch zurück. Die Kapuze ist der Bau eines Tieres: die Nasenspitze lugt hervor, die Augen zwei Knöpfe. Celia hat nicht einmal eine Kappe: Sie dachte, die Kapuze würde reichen. Es wird dir das Hirn frittieren, sagt Lagrima.

Sie kehren zu dem Rucksack zurück. Andrea will ihn gerade aufsetzen, als Lagrima ihn zurückhält. Es ist zu heiß, nimm nur die Sonnenuhr.

...

Bitte, sagt Lagrima mit mehliger Stimme, die nicht seine ist.

Sie setzen sich wieder in Bewegung, langsam und wackelig, einer neben dem anderen. Die Wunde blutet nicht mehr, doch Lagrima hat das Gefühl, sein Schenkel wäre zu einer Trommel geworden und jemand drösche gewaltsam darauf ein. Die Wunde blutet nicht mehr, weil in Lagrimas Körper zu wenig Blut übrig ist. Wasser. Sie brauchen Wasser. Wenn sie nicht bald welches finden, kommt das Fieber und lähmt sie, dazu der Brechreiz, doch wenn sie ihm nachgeben, verlieren sie weitere Flüssigkeit. Das Herz wird nach Blut ringen, und da es nicht genug kriegen kann, wird es aufhören zu schlagen. Lagrima hat von einem gehört, der in der Wüste ein Autowrack gefunden hat, er hat den Motor ausgebaut, um das Kühlwasser zu trinken, und ist am Frostschutzmittel gestorben. Er will es den anderen erzählen, aber die Worte kommen nicht über die Lippen – die Worte verklumpen im Hirn, mit der Sonne und dem Staub. Wenn er pinkeln müsste, könnte er seinen Urin auffangen. Und ihn trinken. Und stattdessen.

Andrea sieht, wie die Horizontlinie sich unnatürlich krümmt, ihm ist schwindelig. Ich habe auf einen Mann geschossen, denkt er. Er wird nicht sterben. Woher weißt du das? Ich weiß es einfach. Er fragt sich, wie es ist, zu sterben. Er denkt an die Kunst, an die Kunstgeschichte, daran, was sie ihn über den Tod gelehrt hat; ihm kommt *Der Tod des Marat* von David in den Sinn, der zusammengesunkene Körper in der Badewanne; heilige Motive, Himmelfahrten. Steigt man in den Himmel auf wie auf manchen Bildern? Eine Tarantel zieht sich in ihr Loch zurück. Manche Pflanzen gleichen riesenhaften Tieren. Die Wüste ist eine Lügnerin: Die Hitzewellen sehen wie Wasser aus, die fernen Berge erscheinen nah, eine Klapperschlange gleicht einem sandigen Strick. John Wayne wüsste, wie man Wasser aus einem Kaktus holt, denkt er, die Saguaro-Kakteen bestehen zu neunzig Prozent aus Wasser. Andrea blickt sich um, versucht nicht zu stolpern, und ihm ist, als machten sich die Kakteen über ihn lustig, mit ihren von Spechten gepickten Gesichtern, als verbeugten sie sich oder zögen den Hut oder schwenkten grüßend die Arme – komm her und lass dir das Gesicht zerkratzen, scheinen sie zu sagen, komm her.

Celia geht mit geschlossenen Augen. Hin und wieder nimmt sie Andreas Hand. Irgendwann greift Andrea in seine Tasche, holt das Heiligenbildchen von Toribio Romo hervor und gibt es ihr. Celia nimmt es und legt es sich an die Wange. Eine Weile geht sie so, das Heiligenbildchen an die Wange gedrückt, als Lagrima plötzlich stehenbleibt und Andrea stehen bleibt und sie gegen seinen Rücken prallt, mit den Lidern blinzelt und etwas Weißes näher kommen sieht, wie eine Dampfwolke, die sich allmählich verdichtet und im Wind flatternden Laken ähnelt, bis sie inmitten des weißen Stoffes einen Körper erkennt: ein Gesicht, Hände, einen ebenfalls weißen Hut; auf dem Rücken ballt sich etwas Funkelndes, das sie nicht zu deuten weiß. Es sind Plastikkanister.

Die sind leer, sagt der Mann, als er bei ihnen ist, ich sammele sie ein. Nicht weit von hier habe ich volle. Ich habe volle Flaschen, sagt er.
Hast du Wasser?
Mehrere Flaschen.
Wo?
Nicht weit von hier. Folgt mir.
Sie folgen ihm und erreichen eine Schotterpiste, einen Pick-up, und auf der Pritsche des Pick-ups stehen rund ein Dutzend Gallonen Wasser; der Mann teilt sie aus.
Darf ich mir auch ein bisschen über den Kopf gießen?, fragt Andrea mit Kinderstimme.
So viel du willst.
Andrea hebt die Flasche, spürt die Beschaffenheit jedes einzelnen Tropfens, jeder Tropfen ist die Welle eines Ozeans, und in dem Moment, auf dieser Schotterpiste, vor diesem Pick-up, beregnet vom breiten Lächeln eines Unbekannten, wird jedes Wassermolekül wieder zu jenem legendären und geheiligten Element, in dem das Leben seinen Ursprung hat.

Ich kann euch nicht mitnehmen, tut mir leid. Wenn die Polizei mich anhält, gibt's Ärger. Wenn sie euch auf dem Auto finden, können sie mich wegen Beihilfe zur illegalen Einwanderung drankriegen. Aber ich kann euch Wasser und Essen geben. Nehmt so viel Wasser wie ihr wollt, und lauft in diese Richtung, seht ihr? Folgt der Piste, und in einer halben Stunde gelangt ihr

zum Camp von No More Deaths. Denen könnt ihr vertrauen. Folgt der Straße. Da lang.
Dürfen wir uns ausruhen?
Ausruhen?
Im Auto, sagt Lagrima. Mit Klimaanlage.
Zehn Minuten.
Zehn Minuten reichen.
Alle steigen ein, außer Andrea, der sich in den Schatten des Pick-ups hockt, den Rücken gegen den Reifen gelehnt.
Zu welchem Stamm gehörst du?, fragt Lagrima.
Tohono O'odham.
Ich wusste es.
Sicher nicht, weil ich euch helfe.
Warum? Helfen die Tohono O'odham keinen Leuten, die sich in der Wüste verirren?
Das hier ist ihr Land, das Land meines Volkes. Und ihr zerstört es.
Wir?
Die Einwanderer, mit dem Müll, den sie zurücklassen. Die Regierung mit dem *border fence.* Viele Tohono O'odham sind stinksauer auf die Migranten und auf die Regierung, weil sie unser Land zerstören.
Und du nicht?
Ein sterbender Mensch ist ein sterbender Mensch.
Nicht alle Menschen sind gleich.
Nicht alle Menschen leben auf die gleiche Weise, aber der Tod … Er wirft einen Blick auf das Bein. Lass die

Wunde untersuchen, wenn du ins Camp kommst. Es gibt dort keinen Arzt, aber Maryada kennt sich aus. Was hat dein Kumpel? Er sieht nicht aus wie ein Mexikaner.
Er ist keiner.
Geht es ihm gut?
Nein.
Was hat er?
Er hat auf einen Mann geschossen. Er tat es, um das Mädchen zu retten.
Heute Nacht gab es einen Zwischenfall. Zwei junge Kerle aus Tucson. Anscheinend haben *mulos* sie angegriffen. Weißt du was darüber?
Nein.
Sicher?
Sehen wir aus wie *mulos*?
Verstehe. Vielleicht solltet ihr jetzt besser gehen.
Lagrima schraubt die Flasche auf und nimmt einen gierigen Schluck. Wo lang, hast du gesagt? Er rüttelt Celia wach, die im sanften Hauch der Klimaanlage eingeschlafen ist. Ab und zu greift sich Andrea eine Faustvoll Erde und gibt sie dem Wind zu fressen.

Das Camp des Vereins No More Deaths besteht aus festen Wohnwagen und ein paar Zelten, einer Feldküche und Wassergallonen: Gallonen über Gallonen voller Wasser, die Freiwillige aus Tucson herschaffen und in der Wüste verteilen, jeder Kanister beschriftet mit dem Tag und dem Ort, an dem sie ihn in der Wüste zu-

rücklassen, um dadurch, wenn sie ihn wiederfinden, den Weg desjenigen zu rekonstruieren, der ihn verloren hat. Es gibt Tische und Bänke und einen mit Steinen markierten Weg: Folgt man ihm und stößt auf einen quer gelegten Stock, heißt das »besetzt«, liegt er parallel zu den Steinen, heißt das »frei«: Es ist der Eingang zum Klo. Das Klo ist ein zwischen zwei Bäumen gespannter Vorhang, hinter dem ein Stuhl mit einem Loch und unter dem Loch ein Eimer steht. In der Mitte des Camps ist ein Altar für die Jungfrau von Guadalupe errichtet, Gegenstände, die die Freiwilligen in der Wüste gesammelt haben: ein Kinderschuh, Briefe, eine Zahnbürste, eine Kette, Fotos.
Als Maryada sich auf einen Hocker setzt, um Lagrimas Wunde in Augenschein zu nehmen, kann sie fast nicht glauben, dass er in diesem Zustand gelaufen ist. Man muss sie desinfizieren und nähen, sagt sie.
Tu's.
Ich habe kein Betäubungsmittel. Ich kann nur Trockeneis draufsprühen und dir Rum geben.
Er nickt, legt sich auf die Liege, dreht den Kopf Richtung Wohnwagen und starrt auf einen von der Sonne ausgeblichenen gelben Aufkleber, auf dem steht »mi casa tu casa«. Maryada geht, um alles Nötige zu holen. Wenn du Wasser willst, nimm es dir, sagt sie im Vorbeigehen zu Andrea, wenn du Hunger hast, gibt es in dem Wohnwagen was zu essen, Cracker und Käse, auch Obst. Wo ist das Mädchen? Andrea deutet auf ein Zelt.

Alles in Ordnung? Andrea lächelt und nickt. Er steht auf und tritt in die Sonne hinaus, als hätte er noch nicht genug von ihr. Er blickt ins Licht und schirmt sich mit der Hand die Augen ab. Sein Kopf ist leicht. Er atmet tief ein und steht minutenlang da, als wartete er auf etwas, von dem er nicht weiß, was es ist, etwas, das aus dem Licht und aus der Erde kommt.
Celia lugt aus dem Zelt, ihre Augen sind zwei schimmernde Pflaumen.
Fühlst du dich besser?
Celia nickt.
Willst du etwas? Mir wurde gesagt, es gibt was zu essen.
Wie kommen wir von hier weg?
Ich habe keine Ahnung.
Aus dem weißen Zelt in der Mitte des Camps dringen Schmerzenslaute. Celia wendet den Kopf, um die Gefahr zu orten.
Das ist Lagrima. Sie verarzten seine Wunde.
Du wolltest nicht schießen, oder?
Andrea lässt eine an der Firststange hängende Lampe schaukeln.
Es ist meine Schuld.
Deine?
Ja.
Und welche Schuld wäre das? Du hast nicht die geringste Schuld.
Glaubst du das wirklich?
Wir handeln nicht, sagt Andrea. Wir reagieren.

Celia beißt sich auf die Lippe.
Wenn die Welt anders wäre, würden wir vielleicht anders reagieren.

Gegen Abend trifft eine Gruppe Freiwilliger ein; als sie ihre Wasserrunde beendet haben, essen sie alle gemeinsam zu Abend. Sie zünden ein Feuer an, grillen Steaks und Würstchen. Die Freiwilligen erklären den Neuankömmlingen, wie sie sich für die Nacht einrichten sollen, um sich vor Schlangen und Taranteln zu schützen. Der östliche Himmel kleidet sich wie eine vorwitzige Göre in Rosagelb. Vor dem Schlafengehen steht Andrea noch einen Moment in der Wohnwagentür. Ein einäugiger Kojote nähert sich dem Camp, angelockt vom Fleischgeruch; er streicht umher, die Nase am Boden, bleibt horchend stehen. Dann beschließt er, das Lager nicht zu betreten, kein Risiko einzugehen. Er huscht einen Hügel hinauf, der kaum mehr als ein Buckel ist, und dreht sich, ehe er verschwindet, noch einmal um: Sekundenlang blicken er und Andrea einander an, ahnungslos, ohne sich zu sehen.

Am Morgen liegt auf einem Hocker gebrauchte Kleidung für sie bereit. Sie waschen sich und ziehen sich an. Während sie den von Maryada gekochten Kaffee trinken, kommt eine Freiwillige zu ihnen, sie heißt Catherine, doch alle nennen sie Cat: graue Augen und kasta-

nienbraunes Haar, zu einem rückenlangen Zopf geflochten.
Das ist unsere Cat, sagt Maryada. Andrea, Cat ist aus New York.
Andrea blickt von seiner Tasse auf. Kannst du mich nach New York mitnehmen?
Cat nimmt sich ein Roggenplätzchen. Wenn ich könnte, täte ich es liebend gern.
Moment, sagt Maryada. Cat *ist* aus New York, aber sie lebt in Tucson. Sie kann dich nach Tucson mitnehmen. Du hast kein Geld, der Greyhound von hier nach New York kostet rund dreihundert Dollar, und es besteht die Gefahr, dass jemand deine Papiere verlangt. Es ist besser, du suchst dir immer neue Mitfahrgelegenheiten. Es wimmelt vor jungen Leuten aus Europa, die quer durch Amerika reisen. Tankstellen sind am besten. Da kann man den Leuten ins Gesicht sehen und hören, worüber sie reden. Cat kann dich jetzt gleich nach Tucson mitnehmen. Also, trink aus und zieh Leine, verstanden? Maryada zwinkert ihm zu und hebt die Tasse zum Himmel.
Und sie?, fragt Andrea und deutet auf Lagrima und Celia.
Für sie ist es anders.
Inwiefern?
Wenn sie uns mit einem Einwanderer im Auto erwischen, landen wir im Knast. Und damit meine ich Mexikaner, Guatemalteken und so weiter. Du bist ein Otm.

Otm?
Other than mexican. Ein Europäer.
Und was heißt das?
Was heißt was?
Was ist mit ihnen?
Sie werden laufen müssen.
Aber Lagrima kann mit dieser Verletzung nicht lange laufen und …
Lagrima wird hierbleiben, bis er lange *genug* laufen kann.
Aber …
Hey!, sagt Lagrima und breitet die Arme aus. Was soll dieses Gerede über mich, als wäre ich gar nicht da? Danke für die Fürsorge, aber jetzt trennen sich unsere Wege, mein Freund. Du hast deine Mitfahrgelegenheit. Nutz die Chance und geh mir nicht auf den Sack.

Als alles bereit, der Kofferraum von Cats Wagen mit leeren Kanistern vollgestopft und die Rückbank mit Müllsäcken bepackt ist, die es in der Stadt zu entsorgen gilt, macht sich Andrea auf die Suche nach Lagrima, um sich von ihm zu verabschieden, und findet ihn mit verschränkten Armen und einer Rolle Klopapier reglos wartend vor dem querliegenden Ast.
Andrea würde gerne fragen, was nun passiert. Ob Don Reymundos Männer wissen wollen werden, wo das Marihuana abgeblieben ist; ob Antonio etwas zustoßen wird. Doch als er zu sprechen ansetzt, kommt Lagrima

ihm zuvor, sagt, er solle sich keine Sorgen machen, er werde sich darum kümmern. Andrea würde ihn gern fragen, was er damit meint, doch Lagrima sieht ihn auf eine Weise an, dass die Worte ihm zwischen den Zähnen zerrinnen. Ein Freiwilliger kommt hinter dem Vorhang hervor und zieht sich die Hosen zurecht.
Und jetzt, sagt Lagrima, muss ich dringend scheißen, wenn du nichts dagegen hast.

8

Beim Geräusch des näher kommenden Wagens fährt ein hochgewachsener Mann, der mit einem Rancherhut auf dem Kopf und einem Bündel unter dem Arm an der Ausfahrt der Bundesstraße steht, blitzschnell herum; er lächelt linkisch und rudert winkend mit dem Arm. Als sie auf seiner Höhe sind, neigt er den Kopf, winkt abermals hektisch und öffnet die Lippen; dann, als er merkt, dass der Wagen nicht die Absicht hat, anzuhalten, bricht er in einen zappelnden Tanz aus, den Andrea im Rückspiegel beobachtet.

Sie halten zum Tanken an einer Raststätte, irgendwo an einer von Lastern verstopften und von kleinen Motels belagerten mehrspurigen Straße. Im Osten ballen sich düstere, regenschwere Wolken. Cat fädelt sich sicher durch Tucsons Vorortstraßen, bis sie einen niedrigen Ziegelbau erreichen; sie parkt vor einem Rosenbusch. Sagt, das sei das Warenlager eines Freundes von ihr, er solle im Auto warten: Auf einem Schild steht »Glidden's Twisted Oval«. Zehn Minuten später schaut sie aus der Tür und winkt Andrea zu sich.

Michael, das ist Andrea, Andrea, darf ich dir Michael vorstellen?

Die beiden geben sich die Hand. Michael hat eine

Lieferung nach Oklahoma City. Das ist zwar nicht New York, aber ein gutes Stück in die Richtung.
Um genau zu sein, sagt Michael und kratzt sich den Bart, und seine Stimme scheint aus einem Bergwerk zu kommen, fast tausend Meilen in die Richtung.
Fantastisch, antwortet Andrea.
Sie verabschieden sich am Rosenbusch. Maryada meinte, ich soll dir das hier geben, sagt Cat und steckt ihm fünf Zehn-Dollar-Scheine in die Tasche. Das ist nicht viel, aber … Sie holt ein dickes Sweatshirt aus dem Kofferraum. Du fährst nach Norden, da ist ein Hemd nicht genug. Sie schreibt ihre Handynummer auf einen Zettel und gibt sie ihm. Du wirst sie nicht brauchen, aber besser, du hast sie. Sie küsst ihn auf die Stirn und steigt in den Wagen.
Andrea wartet, bis das Auto um die Kurve biegt, ein letztes Winken. Er denkt, dass es auf der Welt wirklich wunderbare Menschen gibt. Er kehrt ins Lager zurück. Michael hat gesagt, sie würden erst in fünf oder sechs Stunden aufbrechen, er könne ein bisschen durch die Gegend stromern, und falls ihn jemand anspreche, müsse er nur sagen, er gehöre zu ihm. Die Firma, für die Michael arbeitet, vertreibt Stacheldraht: Zu Hunderten stapeln sich die Rollen und warten darauf, auf die Anhänger geladen zu werden. In einem Büro mit Glasbausteinwänden findet Andrea einen Lehnstuhl und ein mit Büchern und Zeitschriften überhäuftes Tischchen. Der Lehnstuhl ist durchgesessen. Er zieht

einen Roman mit zerfleddertem Umschlag und knitterigen Seiten aus dem Stapel, der *Blue Highways* heißt, eine Reise entlang der Nebenstraßen Nordamerikas, und lässt sich von ihm davontragen, bis Michael ihn ruft.

Der Sattelschlepper besteht aus einem Auflieger und einem Anhänger; die Zugmaschine ist riesig, sie hat sogar eine Schlafkoje. Kennleuchten schmücken das Dach und erfüllen die Fahrerkabine mit weihnachtlichem Schein. Die Straße ist ein asphaltenes Band durch einsame, von hohen Staubwirbeln zerrissene Landschaften, die sie wie Geister durchkreiseln.

Manche sehen in diesen Wüstentromben Gott, andere den Teufel, sagt Michael und lässt den Blick über das Nichts gleiten. Er redet viel, von sich und von Arizona. Andrea hört zu, doch das Brummen des Motors umhüllt ihn wie eine wohlige Decke, und gewiegt von Hank Williams' Balladen, schläft er ein.

Kurz vor Tagesanbruch beginnt es zu regnen. Wie ein blauer Fleck taucht Oklahoma City aus dem Nebel auf, in dem die Lichter der Häuser flimmern. Die Autoscheinwerfer spiegeln sich auf dem glänzenden Asphalt. Michael lässt das Autobahndreieck hinter sich, das ihn zu seinem Ziel gebracht hätte, fährt noch ein paar Meilen weiter, während die riesigen Scheibenwischer das Wasser von der Windschutzscheibe fegen, und biegt schließlich ab auf den Parkplatz einer Rast-

stätte. Wir sind da, sagt er. Hier sollte es nicht schwer sein, eine Mitfahrgelegenheit in deine Richtung zu finden. Er reibt die Handflächen über seine Schenkel.
Kommst du auf einen Kaffee mit rein?, fragt Andrea.
Ich fahre lieber weiter, sagt Michael schüchtern, aber danke.
Du bedankst dich bei mir? Was soll ich erst sagen?
Nichts. Wer weiß, vielleicht laufen wir uns mal wieder über den Weg. Kommt vor.
Kommt vor.
Und geh mir ja nicht verloren.
Schon passiert, sagt Andrea.
Sie drücken einander die Hand. Als er die Tür öffnet, strömt die feuchte Luft in die Fahrerkabine, und Andrea klettert vorsichtig von dem rutschigen Trittbrett; er hält sich die Hände über den Kopf, die gespreizten Finger ineinander verschränkt, und hastet schutzsuchend in die Raststätte. Durch die Fenster, jenseits der Neonschilder, sieht er, wie sich der Sattelschlepper, schnaubend und duldsam wie ein alter Elefant, in den Verkehr einreiht. Er bestellt einen Kaffee und Eier mit Speck. Blickt sich um, mustert die Mienen der Leute: Wen könnte er um eine Mitfahrgelegenheit bitten? Er versucht es bei einem gleichmütig wirkenden Alten mit wässrigem Blick, der ihm antwortet, mit ihm käme er leider nur wenige Meilen weit, und gleich darauf bei einer Frau, die hereinkommt und die am Boden ausgestreute Sägespäne volltropft, mit abgespreizten Armen

steht sie da wie zum Trocknen aufgehängt und sagt, dass sie nach Memphis zu ihrer Schwester fahre und die falsche Ausfahrt genommen habe, sie hätte die Interstate 40 nehmen sollen, und deshalb könne sie ihn bis Tulsa mitnehmen, wenn er wolle, aber sie wisse nicht, ob das für ihn ratsam sei – und sie zählt einige Gründe auf, darunter die Qualität des Essens in Tulsa –, und von Tulsa aus fahre sie nach Süden, und um ehrlich zu sein, habe sie noch nie in ihrem Leben einen Anhalter mitgenommen, sei das überhaupt sicher? Er fragt zwei junge Leute, die nach Washington fahren und ihn gern ein Stück mitgenommen hätten, aber sie haben keinen Platz: Sie fangen mit ihrem Studium an und haben den Wagen voller Kartons.

Ihm ist kalt. Er zieht das Sweatshirt an, das Cat ihm geschenkt hat.

Es ist fast neun Uhr und der Regen macht keine Anstalten, nachzulassen, als eine Frau mit aschfarbenem Haar und dürrem Lächeln die Raststätte betritt; sie bestellt Heidelbeersaft und einen Vollkornbagel. Deutet auf den Hocker neben Andrea. Was dagegen, wenn ich mich hierhersetze?

Er ist frei.

Sie reibt sich eine Grimasse ins Gesicht. Mein Rücken ist im Eimer, sagt sie.

Sind Sie schon lange unterwegs?

Kommt drauf an.

Worauf?

Wenn du den Tacho fragst, wird er dir sagen, dass ich weniger als zweihundert Meilen gefahren bin. Aber wenn du meine Wirbelsäule fragst, tja, mein Junge, dann wirst du dir Geschichten von Exodus und Eiszeiten anhören müssen. Sie prustet los, ein mitreißendes Lachen, das in volle, schallende Jodler und dann in ein schmerzhaftes Aufseufzen umschlägt; sie presst die Hände in die Nieren. Das Problem ist, dass ich nicht einmal – was weiß ich – ein Sechstel oder Siebtel der Reise hinter mir habe.
Wohin sind Sie unterwegs?
Chicago.
Ich nach New York.
Sie lacht. Na, dann hast du auch noch was vor dir.
Mehr als Sie glauben, fürchte ich.
Inwiefern?
Ich habe kein eigenes Auto und frage die Leute nach Mitfahrgelegenheiten. Ich werde wohl noch eine ganze Weile brauchen.
Wohnst du in New York?
Es wohnen Leute dort, die mir etwas bedeuten. Ich will zu ihnen.
Verstehe.
Jepp.
Wäre Indianapolis gut für dich?, fragt die Frau.
…
Ich könnte dich bis Indianapolis mitnehmen. Es liegt auf dem Weg.

Echt?
Wenn es nicht so wäre, hätte ich es nicht gesagt. Aber du fährst.
Ich?
Dann kann ich die Rückenlehne runterkurbeln und mich ausstrecken. Ich will nicht schlafen, nur den Rücken entlasten. Hast du einen Führerschein?
Nein. Das heißt, ja. Ich kann fahren. Aber ich habe ihn nicht bei mir.
Was soll's. Hauptsache, du fährst langsam. Sie kneift Augen und Lippen zu einem drolligen Gesicht zusammen. Wirst du langsam fahren?
Im Schneckentempo.
Nein, nicht so langsam. Innerhalb des Tempolimits. Wenn wir die Geschwindigkeitsbegrenzungen einhalten, winkt uns keiner raus.
Die Türklingel geht, und eine Gruppe Kinder kommt herein, sie reden alle durcheinander, als wäre Schreien die einzige Möglichkeit, sich Gehör zu verschaffen. Andrea rückt sich auf dem Hocker zurecht, schlägt die Beine übereinander, er hat ein lästiges Jucken an der Leiste. Sie sind also aus Chicago?
Ich bin aus Miami. Aber ich unterrichte seit zwanzig Jahren an der Universität von Illinois.
Was unterrichten Sie?
Was unterrichte ich? Mal sehen, alles, was mit Geschichte zu tun hat: Geschichte der Vereinigten Staaten von Amerika beispielsweise, Geschichte der Ge-

werkschaften, solche Sachen … Aber was hältst du davon, wenn wir jetzt aufbrechen? Vor uns liegen noch rund zehn Stunden Fahrt, die wir uns mit Plaudern vertreiben können. Sie steht auf, wendet sich zum Gehen und dreht sie sich wieder zu Andrea um: Oh, übrigens, ich heiße Lora.

Während der Fahrt werden die Wolken immer dünner, das Sonnenlicht verschlingt sie. Die Interstate ist ein Inferno aus Autos und riesigen Fernlastern, doch ringsum sind Wälder, Wälder und Fabriken, Wälder und Häuser, Wälder und Felder, Felder mit Traktoren und Pferden und Rindern, und dann wieder Bäume, Millionen von Bäumen, die der Herbst in Flammen setzt und die, je weiter sie nach Nordwesten kommen, immer röter und gelber leuchten. Sie reden über die italienische Renaissance und die Konzeptkunst von Sol LeWitt, darüber, wie man Tintenfisch kocht, und über die Etymologie des Wortes *Boykott* – es geht auf den britischen Gutsverwalter Charles Boycott zurück, der seine Arbeiter so miserabel entlohnte, dass die sich eines Tages geschlossen weigerten, das von ihm verwaltete Land zu bestellen, sollten die Besitzer ihn nicht feuern: und so kam es. Andrea wüsste nicht wie, doch irgendwann kommen sie auf illegale Einwanderung zu sprechen, und sie, Lora, fragt, ob er zufällig von Luis Alberto Urrea gehört habe, einem Unikollegen von ihr, der mit seinem Buch über eine Gruppe Südamerikaner, die bei dem Versuch, die Sonora-Wüste zu durchqueren und nach Amerika zu gelangen, ihr Leben verlor, für den Pulitzer nominiert war, und besteht darauf, dass er es lesen müsse, dass er dieses Buch unbedingt lesen müsse, er fände es bestimmt interessant.

An einer Tankstelle in Indianapolis, deren Betreiber, ein gut hundertdreißig Kilo schwerer Kerl mit einer tätowierten Norman-Rockwell-Zeichnung auf dem Unterarm, die Windschutzscheibe mit solcher Hingabe wäscht und poliert, dass sie ganz geblendet sind, verabschieden sich Lora und Andrea. Es ist fast Morgen, als ein distinguierter Herr, kariertes Hemd und weißer Bart, einwilligt, ihn nach Pittsburgh, Pennsylvania, mitzunehmen, wo er, als er gerade einen Hamburger isst, einen Mann und eine Frau in Sweatshirts der New York Giants erblickt. Er spricht sie an. Sie sagen, sie können ihn nach East Rutherford in New Jersey mitnehmen. Dort müsse er in den Zug zur Penn Station steigen. Andrea fragt, wie viel die Fahrkarte kostet. Sie antworten, zehn Dollar vielleicht, so um den Dreh.

Die Augen leuchten auf. Zehn Dollar habe ich, sagt er.

Und während ein Steinschleuder-Wind die Wolken hinter den Horizont katapultiert, denkt er an Lagrima und an Celia und fragt sich, ob sie es geschafft haben, das No-More-Deaths-Camp zu verlassen; er denkt an Agnese, zum ersten Mal nach langer Zeit, ohne Groll oder Reue; er denkt an Walter, stellt sich vor, wie er im Metropolitan steht und den Besuchern zulächelt; er denkt an Elisabeth und hört das elegante Flechtwerk einer Melodie: zuerst das Cello, dann die Viola und schließlich die Geige, und als er aufhört, daran zu denken, spürt er noch einen Moment lang das Wogen der Luft, wie Wasser in einem Schwimmbecken nach dem Sprung eines Kindes. Er denkt an Vincenzo und weiß, dass er ihn anrufen und bitten muss, ihm den Job wiederzugeben; er denkt an Unique und an Rita und sieht sie wieder in der Sozialwohnung in Red Hook vor sich, die eingetretene Tür, den Staub in der Luft, Unique am Boden, Rita, die schreit; er denkt an Victor, und als er an Victor denkt, taucht Cayetano vor ihm auf, seine auf kleinen, blutgesäumten Hautwulsten kauernden Augen. Dann denkt er an Maryada, an Cat, an Michael, an Lora. Wir sind aus den Rudimenten der Menschen gemacht, denen wir begegnen, denkt er. Nur an den Mann, auf den er geschossen hat, beschließt er nicht mehr zu denken.

Und es ist die I-70. Es ist Somerset, Bedford, Hustontown. Und dann die I-76. Dann die I-81. Die Brücke über den Fluss Susquehanna zwischen Marysville und Harrisburg, und Eichenwälder, so weit das Auge reicht. Im Autoradio die Klänge von Grant Lee Buffalo und vor sich die Hinterköpfe eines Mannes und einer Frau, die sich hin und wieder ansehen, als wollten sie sich einander versichern, sich aneinander laben, ihre Hand, die sich durch die Papiertaschentücher und Getränkedosen in der Lücke zwischen den Sitzen schlängelt, um die seine zu finden und mit seinem Ring zu spielen. Auch Andrea stellt Fragen, aber nur aus Höflichkeit; ginge es nach ihm, wäre nur Raum für Betrachtung: Schweigend würde er sie beobachten, sich Arys Hand vergegenwärtigen.

Plötzlich hat er Angst. Wie wird sie ihn aufnehmen? Das hat er sich nie gefragt. Panik ist jähe Anspannung, ein Jucken auf der Haut – er kratzt sich die Wange, die Stirn. Sie wird mich aufnehmen, ich bin mir sicher. Und wenn nicht? Wenn es schon einen anderen gäbe? Ach was, es sind nur fünf Monate vergangen. Mitunter können fünf Monate ein ganzes Leben sein. So … so gut kennst du Ary gar nicht, gib es zu. Du warst ein Jahr, nein, weniger, weniger als ein Jahr bei ihr und bildest dir ein, zu wissen und zu verstehen und vorhersehen zu können? Bei Agnese hast du dich lächerlich gemacht, und sie war deine Frau. Aber ich bin hier, und wenn ich jetzt hier bin, dann, weil dies mein Schicksal ist, denkt er; irgendeinen Sinn wird all das, was hinter mir liegt, schließlich haben, oder nicht? Ja, gewiss hat es das. Ergo? Ergo heißt das nicht, dass es derselbe ist, den du ihm zu geben beschlossen hast.

Ein Vorortzug bringt ihn zum Stadion der Giants von East Rutherford an der Secaucus Junction, und von dort nimmt er die Bahn nach New York. Es ist der Abend des 31. Oktober: Es ist Halloween. Während er,

müde und von Angstschaudern durchrieselt, den Gängen der Penn Station zur U-Bahn-Linie 2 folgt, begegnet er verkleideten Teenagergruppen: Pailletten und blutverschmierte Zähne, Hexenhüte und Ohrringe in Sargform, schwarze Jacken und lila Hemden.
Im U-Bahn-Wagen setzt er sich neben ein Mädchen, das eine aus einem Basketball gemachte Kürbis-Handtasche auf dem Schoß hält und wild auf ihrem Handy herumtippt. Er friert an den Füßen und an der Nase, seine Ohren glühen.
Die Haltestelle ist weit weg vom Haus der Pattersons, er hat noch ein ganzes Stück Fußmarsch vor sich. Die Läden von Carroll Gardens sind mit Kerzen und Papierlaternen dekoriert und überall hängen Spinnweben. Nur wenige Menschen sind unterwegs, und es werden immer weniger, je näher er Red Hook kommt. Irgendwann fällt ihm auf, dass er allein ist. Es ist niemand mehr da. Die Gehsteige sind menschenleer, kein Auto fährt vorüber. Kerzen erhellen die Fenster und die zahnlos grinsenden Kürbisse, die auf den Eingangsstufen der Häuser stehen. Kein Laut. Es ist, als wäre Red Hook Hals über Kopf evakuiert worden; als hätten sich seine Bewohner aufgelöst – ein Knistern in der Luft, ein Wölkchen von Haut.
Dann. Da ist es. Das Haus der Pattersons. So, wie er es verlassen hat. Und leer, wie alle anderen.
Er klopft. Klingelt. Die Tür ist abgeschlossen. Er späht durch die Scheiben: schmutzige Teller auf dem Kü-

chentisch, ein Kuchen, in dem ein Messer steckt, Spuren eines halbfertigen Dioramas.
Wo sind denn alle hin?, fragt er sich. Ist niemand zu Hause?, ruft er.
Das ganze Viertel erscheint wie eine gigantische, monströse Version von Arys Modellen, und für einen kurzen Moment, einen winzigen Augenblick schaut Andrea zum Himmel auf, als könnte sich im nächsten Moment ihre Hand herabsenken, ihre Finger, die ihn greifen und hochheben, Arys riesige Pupillen, die ihn beäugen, unschlüssig, ob sie ihn neu anmalen, die Hosen etwas blauer machen soll – ja, vielleicht an den Knien. Und Andrea will gerade schreien, die Wirklichkeit anrufen, sie anflehen, als, gedämpft und fern wie ein Schiffshorn, der Klang von Trommeln und Trompeten den Nebel seiner Vision durchdringt; zu den Trompeten gesellt sich Gelächter – Stimmen.
Er tritt aus dem Hof, geht auf die Straße hinaus. Angekündigt von einem nuklearen Leuchten, biegt zwischen den Häusern ein mit weißen und roten Lämpchen geschmückter Wagen um die Ecke; darauf rund ein Dutzend grün und schwarz gekleidete Musiker, südamerikanische Klänge. Schon drängt hinter dem Wagen ein Magma aus Stimmen, Körpern und Farben nach: Da sind weitere Wagen, Menschen, die ihnen folgen, Kinder, die die von den Wagen geworfenen Bonbons aufsammeln. Mit dem Vorrücken der Parade wird die Musik ohrenbetäubend, und Andrea muss die Fahr-

bahn verlassen und auf den Gehsteig ausweichen. Er ist umringt von Masken: Monster, Superhelden, Außerirdische, Abraham Lincoln und Dick Tracy, der Blechmann aus *Der Zauberer von Oz* mit Dorothy an seiner Seite, die Beatles und eine Gruppe verwesender Mumien.

Den Abschluss des Zuges bildet ein Trupp Zeichentrickfiguren. Ein dicker Mann in einem gelben Overall, der in einer riesigen Blechdose aus Pappe mit der Aufschrift *Duff Beer* steckt, sagt zu jedem, der ihn anrempelt oder anspricht, *D'ho!*. Drei als Ninja Turtles verkleidete Teenager zanken sich mit Beavis und Butt-Head. Da sind die Feuersteins und die Gargoyles. Prinzessin Mononoke und SpongeBob. Der Rettichgeist kommt auf Andrea zu und nimmt seine Hand; mit dem Kopf macht er ihm ein Zeichen, ihm zu folgen, sich der Gruppe anzuschließen. Andrea kann kaum noch atmen. Nein, sagt er zum Rettichgeist, nein, bitte. Und lächelt müde. Er bedankt sich, aber nein, er muss hierbleiben, sagt er: Ich warte auf jemanden, tut mir leid, ich kann nicht.

Der Rettichgeist schwankt davon, und dahinter taucht Bender auf, der Roboter aus *Futurama*. Bender bleibt mitten auf der Fahrbahn stehen, den Blick auf Andrea geheftet, der ein duldsames Lächeln aufsetzt für jeden, der sich hinter der Maske aus Stanniolpapier verbergen mag. Fry, weißes T-Shirt und rote Jacke, und Leela, nur ein Auge und lila Haare, rufen nach Bender. Sie sagen,

er solle sich beeilen, die anderen seien schon fast weg. Doch Bender rührt sich nicht.
Als die Augen der beiden, Fry und Leela, Benders Blick durch die Nachtluft folgen, als sendete er blitzende Lichtstrahlen aus, und bei ihm hängen bleiben, erkennt Andrea ihre Stimmen. Sie brechen in Freudenschreie aus. Rennen. Springen ihm an den Hals. Andrea versucht vergeblich, sich an einem Laternenpfahl festzuhalten, fällt hin – während Bender sich mit chirurgischen Handgriffen den Helm abnimmt und Arys Gesicht zum Vorschein kommt. Alles verlangsamt – und bleibt stehen.
In dem Moment begreift Andrea, dass alles gut werden wird. Es wird nicht einfach werden, aber es wird gut gehen. In diesem Augenblick absoluter Zuversicht verspricht er sich, dass er alles für diese drei Leben tun wird: Er wird sich aufnehmen lassen und sie aufnehmen, er wird sich leiten lassen und sie stützen.
Dann taucht am rechten Rand des Häuserblocks, aus einem mit Zierstatuen aus Marmor und Granit vollgestellten Hof, Batman auf, gefolgt von Joker. Batman geht an ihnen vorüber, ohne sie eines Blickes zu würdigen, doch Joker bleibt stehen und streckt die Zunge heraus, als wollte er sich damit über die Lippen, über sein ausgefranstes Grinsen lecken. Wen haben wir den hier?, sagt er. Er nähert sich Ary, umrundet sie. Bender, was? Das hier ist Bender. Bitte sehr, sagt er und zieht einen Lolli aus der Tasche, der ist für unsere kleine Roboter-

freundin. Und wen haben wir da? Mit schlaksigen Schritten geht er auf Benjamin und Allison zu, die neben Andrea auf dem Boden sitzen. Er mustert sie mit seinen blutunterlaufenen Augen, den schminkeverschmierten Wangen. Fry und Leela, möchte ich wetten, hm, so so. Bitte sehr. In seinen Händen tauchen zwei weitere Lollis auf. Die sind für euch. Aber denkt dran, ihr schuldet mir einen Gefallen, verstanden? Er richtet sich auf, taumelt, lässt den alkoholisierten Blick über den Gehsteig schrammen und richtet ihn wieder auf sie; da entdeckt er Andrea. Und du?, sagt er und beäugt ihn erstaunt.

Ich?

Ja, du.

Was?

Du, sagt Joker. Wer bist du?

Danksagung

Danke an Stefano Milano, ganz gleich, was ihr über Sásabe und Umgebung wissen wollt, fragt ihn.

Fabio Geda, 1972 geboren, arbeitete viele Jahre mit Jugendlichen und schrieb für Zeitungen. Seine Romane *Im Meer schwimmen Krokodile* und *Ein Sonntag mit Elena* brachten ihm international den Durchbruch und standen auch in Deutschland auf der Bestsellerliste. Fabio Geda lebt in Turin.